HINTERM DEICH KRIMI 5

Hannes Nygaard ist das Pseudonym von Rainer Dissars-Nygaard. Er wurde 1949 in Hamburg geboren und hat sein halbes Leben in Schleswig-Holstein verbracht. Er studierte Betriebswirtschaft und war viele Jahre als Unternehmensberater tätig. Heute lebt er als freier Autor in Münster/Westfalen. Im Emons Verlag erschienen »Tod in der Marsch«, »Vom Himmel hoch«, »Mordlicht« und »Tod an der Förde«.

HANNES NYGAARD

TODESHAUS AM DEICH

HINTERM DEICH KRIMI

Emons Verlag

Umschlagzeichnung: Heribert Stragholz
Druck und Bindung: CPI – Clausen & Bosse, Leck
Originalausgabe
Printed in Germany 2008
Erstausgabe 2007
ISBN 978-3-89705-485-1

Dieser Roman wurde vermittelt durch die Agentur EDITIO DIALOG,
Dr. Michael Wenzel, Lille, Frankreich (www.editio-dialog.com)

»Doch hängt mein Herz an dir,
du graue Stadt am Meer;
der Jugend Zauber für und für
ruht lächelnd doch auf dir, auf dir,
du graue Stadt am Meer.«

Theodor Storm

Für meine Freunde

EINS

Der mäßige Westwind trieb die Wolken landeinwärts und veränderte fortwährend Formen und Farbspiel der am Himmel vorbeiziehenden Gebilde. Zwischen die überwiegend düsteren Töne mischte sich hier und da ein aufgehelltes Grau. An einer Stelle strebten die fransigen Ränder auseinander und boten einem weißen Fleck mehr Raum.

Den ganzen Tag über war es bedeckt gewesen. Doch jetzt riss der beständige Seewind die ostwärts ziehende Wolkendecke auf und zeigte ein Stück mattblauen Himmel. Durch diese Lücke tasteten sich einige Strahlen der Märzsonne auf das Watt herab, wanderten südwärts über den Deich und das dahinterliegende feuchte Grün, überquerten den matt glänzenden Asphalt der Straße und fielen durch das Fenster des modernen, rot geklinkerten Hauses. Als hätte jemand einen himmlischen Spot angeschaltet, beleuchteten die Strahlen das Gesicht eines alten Mannes, der langgestreckt in seinem Bett lag.

Die trüben Augen im faltigen Gesicht nahmen den Gruß des Himmels aber nicht wahr. Sie waren geschlossen, während sich der Mund weit geöffnet hatte und den Blick auf die zahnlosen Kiefer freigab.

Nur schwach war das Röcheln zu vernehmen, das aus der Kehle drang. Der magere Oberkörper bäumte sich mit der Kraft auf, die dem alten Menschen verblieben war, und die dürren Arme griffen panisch zum Hals. Sie wollten den Fremdkörper beseitigen, der sich im Rachen festgesetzt hatte.

Immer kläglicher wurde das Atmen, der verzweifelte Kampf um die Luft, die nicht mehr in die Lunge strömen konnte. Die dünnen Finger verkrampften sich in den Kragenecken des Hemdes. Der Mann spürte nicht, wie sich sein Fingernagel in die Haut am Hals eingrub und eine blutige Schramme hinterließ.

Die Brust hob und senkte sich unter der Bettdecke, bis das Röcheln langsam nachließ, der Körper in sich zusammenfiel und die linke Hand vom Hals in Richtung Brust rutschte.

Paul Schüttemann hatte den letzten Kampf seines Lebens verloren. Er war zweiundneunzig Jahre alt geworden.

*

Das Loch in der Wolkendecke war weitergezogen. Das milchige Licht des Märzhimmels erhellte den Raum nur matt, als Schwester Regina nach einem Pro-forma-Anklopfen das Zimmer betrat, das in den letzten Jahren der Lebensmittelpunkt des alten Mannes gewesen war.

»So, Herr Schüttemann, jetzt wollen wir dem Mittagsschläfchen ein Ende bereiten«, sagte die gut fünfzigjährige Frau mit dem mütterlichen Aussehen, strich sich eine vorwitzige blonde Locke aus der Stirn und eilte ans Fenster, um es auf Kipp zu stellen und die frische Seeluft hereinzulassen. Dann wandte sie sich dem Bett zu, in dem der Greis auf dem Rücken lag, die Augen geschlossen und den Mund leicht geöffnet.

»Herr Schüttemann! Sie müssen wach werden.«

Die Stimme der Schwester war eine Spur eindringlicher geworden. Sie sah auf den Mann hinab. Als dieser sich immer noch nicht rührte, fasste sie sanft an seine Schulter und bewegte sie. Dann bemerkte sie, dass sich die Bettdecke mit der mageren Gestalt darunter nicht im gleichmäßigen Rhythmus der Atemzüge bewegte. Schwester Regina beugte sich zum Kopf des alten Mannes, fühlte mit zwei Fingern den Puls an der Halsschlagader und erkannte sofort, dass Paul Schüttemann tot war. Aufgrund der langjährigen Erfahrung einer auf Altenpflege spezialisierten Krankenschwester, für die die Begegnung mit dem Tod zum Berufsalltag gehört, war Regina weit davon entfernt, in Panik zu verfallen.

Sie verließ den Raum, schloss sorgfältig die Tür hinter sich und ging ruhigen Schrittes über den Flur zum Schwesternzimmer.

»Schwester Regina«, wurde sie auf dem Flur von einer weißhaarigen alten Frau angesprochen, »können Sie noch mal nach meinem Fernseher gucken?«

Regina schenkte der alten Frau ein Lächeln.

»Ich sage Gerd Bescheid, Frau Beckerling. Der wird gleich zu Ihnen kommen.«

»Danke«, hörte sie die Weißhaarige hinter sich herrufen, bevor sie ins Schwesternzimmer eintrat.

Die Pflegedienstleiterin, Schwester Dagmar, sah kurz auf, widmete sich dann aber wieder der Aufteilung von Medikamenten, die sie den zahlreichen Packungen entnahm und gewissenhaft nach Plan in die kleinen Döschen umfüllte, die mit den Namen der Bewohner des Seniorenheimes versehen waren.

»Herr Schüttemann ist tot«, sagte Regina. Sie setzte sich auf einen Stuhl und konnte nun doch nicht völlig ihre Erregung verbergen.

Dagmar unterbrach ihre Arbeit.

»Tot?«, fragte sie eher rhetorisch. »Bist du dir sicher?« Sie schüttelte dabei ihren Kopf mit den sportlich geschnittenen Haaren, deren ursprüngliches Schwarz mit zahleichen grauen Strähnen durchzogen war.

»Ja«, antwortete Regina ein wenig atemlos.

Schwester Dagmar befüllte das Döschen für einen Patienten zu Ende, machte einen Haken in der mit der Ärztin abgestimmten Liste und sagte dann zu Regina: »Komm.«

Sie verschloss sorgfältig das Schwesternzimmer und ging mit Regina zurück zu dem Raum, in dem Paul Schüttemann lag. Unterwegs begegneten sie erneut Frau Beckerling. Bevor die alte Dame etwas sagen konnte, lächelte Regina sie an.

»Ich habe Gerd informiert. Er kommt gleich zu Ihnen«, wimmelte sie die alte Frau ab.

»Danke, Schwester Regina.«

»Kann Frau Beckerling eigentlich auch etwas anderes als ›Danke‹ sagen?«, fragte Dagmar mit leiser Stimme. »Für den kleinsten Handgriff bedankt sie sich.«

»Wenn andere genauso wären«, erwiderte Regina, »dann wäre unsere Arbeit erfreulicher.«

Die beiden Frauen huschten in das Zimmer, in dem der Tote lag.

Schwester Dagmar nahm ein Stethoskop aus ihrer Kitteltasche, entblößte die Brust des alten Mannes und horchte. Dann schüttelte sie den Kopf.

»Endlich hat er es geschafft«, sagte sie. »Er hat ja lange genug leiden müssen.«

Regina nickte. »Ein sanfter Tod ist jedem zu wünschen. Auch wenn mich das Sterben unserer Senioren immer wieder berührt.«

Dagmar nahm ihre zehn Jahre ältere Kollegin kurz in den Arm. »Du bist eben unsere mütterliche Seele«, sagte sie. »Aber gegen den Tod sind wir machtlos. Manchmal ist es gut, wenn er zu den Alten kommt und sie von Krankheit und Gebrechen oder der Einsamkeit erlöst. Doch nun sollten wir die Doktersche anrufen, damit sie den Totenschein ausstellen kann.«

Dann verließen die beiden den Raum.

*

Die Frau mit dem sportlichen Kurzhaarschnitt, in dem das Silbergrau eindeutig überwog, mochte um die sechzig sein, obwohl ihre sportlich-schlanke Figur sie jünger erscheinen ließ. Sie beugte sich zu dem Toten herab und untersuchte ihn oberflächlich. Dann wandte sie sich an die im Hintergrund stehenden Krankenschwestern.

»Können Sie mal behilflich sein, Herrn Schüttemann zu entkleiden und umzulagern?«

»Wieso denn das, Frau Doktor?«, mischte sich Broder Brodersen ein. »Der ist doch eindeutig an Altersschwäche gestorben. Der war seit Jahren krank. Krebs bis unter die Haarspitzen. Uns hat es alle gewundert, dass er überhaupt so lange durchgehalten hat.«

Dr. Christine Michalke warf dem Leiter der »Hauke-Haien-Residenz« einen missbilligenden Blick zu.

»Sie müssen es mir überlassen, was ich als notwendig erachte, um einen korrekten Totenschein ausstellen zu können.«

Der zur Rundlichkeit neigende Mann mit den millimeterkurz geschnittenen rotblonden Haaren wollte es aber nicht dabei bewenden lassen.

»Sie sind nicht nur eine Ärztin mit Erfahrung, sondern haben den alten Schüttemann auch selbst behandelt. Wer sollte besser wissen, woran er eingegangen ist?«

»Ich darf doch sehr bitten. Sie sollten mit etwas mehr Respekt von Verstorbenen sprechen. Die Würde eines Menschen reicht schließlich bis über den Tod hinaus.«

Broder Brodersen fuchtelte nervös mit seinen Armen in der Luft herum.

»Wenn das Lebensende zu Ihrem Alltag gehört wie hier bei uns im Seniorenheim, dann gewöhnen Sie sich an, den Tod als Selbstverständlichkeit zu begreifen. Wir müssten hier alle wie die Sauertöpfe herumlaufen, würden wir jedem Alten, der sich davonschleicht, bitterste Tränen nachweinen. Es ist doch nicht unser Verschulden, wenn die Familien, was sag ich – die Gesellschaft –, die nutzlosen Senioren bei uns abstellt, damit wir das langsame Dahinsiechen bis zum bitteren Ende begleiten und sich die Leute da draußen«, Brodersen zeigte mit ausgestrecktem Arm auf das Fenster, »in ihrem sonnigen Alltag nicht vom Geruch des Alters, von der Begegnung mit Alzheimer und Demenz und gar der Inkontinenz stören lassen müssen.«

Die Ärztin unterbrach kurz die Untersuchung des Verstorbenen und sah den Heimleiter einen kurzen Moment gedankenverloren an.

»Möglicherweise haben Sie mit Ihrer Anklage recht«, sagte sie leise. »Deshalb können wir uns aber trotzdem auf Würde und Anstand gegenüber den alten Menschen besinnen, auch wenn sie das manchmal sogar erstrebte Ziel ihrer letzten Jahre erreicht haben.«

»Ich habe nichts anderes gesagt«, protestierte Brodersen. »Und warum stören Sie nun den verdienten Frieden, den der alte Schüttemann endlich gefunden hat?«

Dr. Michalke schwieg einen Moment und betrachtete konzentriert den leblosen Körper. Den Tod hatte sie bereits festgestellt, was bei alten Menschen manchmal ein schwieriges Unterfangen ist. Die Muskulatur war erschlafft, der Unterkiefer herabgesunken, Puls und Herzschlag hatten ausgesetzt. Die Augen hatten an Glanz und Spannung verloren. Sie waren gebrochen, wie es der Laie nennt. Die Ärztin hatte an den Händen und im Gesicht des Toten eine deutlich wahrnehmbare Abkühlung registriert.

Mit Hilfe der beiden Krankenschwestern hatte Dr. Michalke den Verstorbenen umgedreht und untersuchte akribisch den faltigen Körper von oben bis unten. An den Schultern und im Gesäßbereich hatten sich bereits erste Anzeichen von Totenflecken gebildet. Die Medizinerin drückte vorsichtig auf einen Fleck und stellte fest, dass er sich noch verdrängen ließ. Dies gab ihr Aufschluss über den wahrscheinlichen Todeszeitpunkt. Bei der weiteren Untersuchung konnte sie nichts Auffälliges entdecken. Sie drehten den alten Mann wieder auf den Rücken. Schwester Dagmar fasste nach den Zipfeln der Bettdecke und wollte den Leichnam damit zudecken.

»Ich verstehe nicht, was dieser ganze Zauber soll«, empörte sich Brodersen im Hintergrund. Seiner Stimme war anzumerken, dass die Spannung von ihm gewichen war.

Dr. Michalke warf einen letzten Blick auf den Toten, bevor sie überraschend Schwester Dagmars Arm ergriff und das Bedecken des Gesichts verhinderte.

»Moment mal«, murmelte sie, zog die Bettdecke bis auf die Höhe der mageren Greisenbrust zurück und beäugte kritisch das Gesicht des Toten. Sie hatte dabei die Augen ein wenig zusammengekniffen, sodass sich auf ihrer Stirn Falten bildeten. Mit ihren schlanken Händen tastete sie den faltigen Hals ab, dann versuchte sie ein Augenlid hochzuklappen.

»Merkwürdig«, murmelte sie leise vor sich hin.

Die drei anderen sahen sie schweigsam an. Nach einer Weile räusperte sich Brodersen, bevor er als Erster das Wort ergriff.

»Was ist merkwürdig? Der alte Schüttemann liegt friedlich da. Er ist nach einem erfüllten Leben in aller Ruhe vor seinen Herrgott getreten.«

Dr. Michalke warf einen raschen Blick über die Schulter und sah den Heimleiter an.

»Irgendwann treten wir alle die letzte Reise an. Und wenn diese ohne Turbulenzen abläuft, ist das vielleicht das schönste Geschenk in einem hoffentlich langen und friedlichen Leben. Aber der Zeitpunkt sollte schon gottgewollt sein«, sagte sie vieldeutig.

Die beiden Schwestern sahen sich an. Überraschung lag in diesem Blick. Brodersen hatte die Augen weit aufgerissen. Er kam einen Schritt näher.

»Was wollen Sie damit sagen? Haben Sie Zweifel an einem natürlichen Tod?«

Er unterstrich seine Worte mit ausladenden Armbewegungen, als würde er ein großes Orchester zum Finale auffordern.

Dr. Michalke sah ihn nicht an, sondern konzentrierte sich weiter auf Kopf und Hals des Leichnams. Dann richtete sie sich auf. Sie sah zu Schwester Dagmar. Die erwiderte den festen Blick der Ärztin, ohne mit der Wimper zu zucken. Deren Kollegin, Schwester Regina, machte einen bekümmerten Eindruck. Dr. Michalkes Blick blieb bei Broder Brodersen haften. Sie registrierte ein zorniges Funkeln in den Augen des Heimleiters.

»Sie haben meine Frage nicht beantwortet«, zischte er. »Wollen Sie allen Ernstes behaupten, der alte Schüttemann ist keines natürlichen Todes gestorben?«

Dr. Michalke bewegte unmerklich ihre Schultern in die Höhe.

»Ich bin mir nicht sicher. Ich werde als Todesursache ›unklar‹ angeben.«

»Es gibt viele Bewohner dieses Hauses, die Sie bisher als gute Ärztin angesehen und Ihren Diagnosen stets vertraut haben. Wenn sich herumspricht, dass Sie sich Ihrer Sache nicht sicher sind, könnte das Nachteile für Ihre Praxis haben«, gab Brodersen zu bedenken. »Ich weiß nicht, was Sie am natürlichen Tod eines Hochbetagten in Zweifel ziehen wollen, schließlich war Schüttemann nicht nur seit Jahren krank, sondern auch im seligen Alter von zweiundneunzig Jahren.« Mit dem ausgestreckten Zeigefinger der rechten Hand wies der Heimleiter auf die Ärztin.

»Wollen Sie mir drohen?«, entgegnete Dr. Michalke mit hörbarer Verärgerung in der Stimme. »Haben Sie vielleicht einen Grund, weshalb Sie so vehement fordern, ich soll eine natürliche Todesursache bestätigen?«

Brodersen lief rot an. Er fuhr sich mit zwei Fingern am Kragen seines Hemdes entlang, als wäre ihm dieser urplötzlich zu eng geworden.

»Das nicht«, stammelte er, »ich möchte nur jede Unruhe von unserem Haus fernhalten.«

»Dann schüren Sie diese nicht selbst«, erwiderte Dr. Michalke unterkühlt. »So! Und jetzt verständige ich die Kripo in Husum.«

»Kripo?«, ächzte der Heimleiter. »Sie wollen die Polizei ins Haus holen?«

Eine Mischung zwischen Entsetzen und Erstaunen machte sich auf den Gesichtern der drei Heimmitarbeiter breit.

*

Dr. Michalke nippte an der Kaffeetasse, die ihr Schwester Regina angeboten hatte, und sah aus dem Fenster des Schwesternzimmers auf den Platz vor der »Hauke-Haien-Residenz« hinaus. Zwei Fahnenmasten standen in den Beeten neben dem Eingang. Die Deutschlandflagge und die blau-weiß-rote Landesflagge Schleswig-Holsteins flatterten fröhlich im Wind. Die Schnüre, mit denen sie gehalten wurden, schlugen gegen die Pfähle und machten die Luftbewegung hörbar. Im Beet stand ein etwa fünfzigjähriger Mann im grauen Kittel und harkte sorgfältig zwischen den zurückgeschnittenen Rosenpflanzen, die jetzt, am 12. März, noch keine sichtbaren Ansätze ihrer sommerlichen Blütenpracht zeigten. Der Hausmeister hielt in seiner Arbeit inne, stützte sich auf dem Stiel der Harke ab und hörte einem gemütlich aussehenden Mann mit einem kugelrunden Bauch zu, der auf dem Weg stehen geblieben war. Der alte Herr trug eine Schippermütze, wie sie der ehemalige Bundeskanzler Helmut Schmidt auch über Norddeutschland hinaus populär gemacht hatte. Unter der Kopfbedeckung lugte üppiges schlohweißes Haar hervor, das in einen Backenbart überging, der am Unterkiefer entlang Richtung Kinn führte. Der Senior hätte gut als Modell für jenen Kapitän durchgehen können, der in der Fernsehwerbung kleinen Kindern den Verzehr von Fischstäbchen empfahl.

Dr. Michalke lächelte versonnen. Bernhard Thordsen war tatsächlich ein pensionierter Kapitän. Allerdings beschränkte sich seine seemännische Erfahrung auf das Führen eines Fährschiffes, das im Wattenmeer zwischen den Inseln und Halligen pendelte. Das hinderte ihn aber nicht daran, in fröhlicher Runde buntes Seemannsgarn zu spinnen.

Sie wurde bei ihrer Betrachtung durch einen älteren Ford-Kombi in unscheinbarem Grau abgelenkt, der aus Richtung Husum kam und direkt vor dem Eingang hielt. Das Fahrzeug erregte auch die Aufmerksamkeit des Hausmeisters, der den beiden Männern, die dem Wagen entstiegen, etwas zurief. Doch der Fahrer winkte nur ab und strebte mit dem zweiten Mann der Automatiktür der Seniorenresidenz zu.

Das werden die Beamten der Kripo sein, vermutete die Ärztin, stand auf und ging den Männern entgegen. Im Eingangsbereich traf sie auf Schwester Anke, die mit den beiden sprach.

Der ältere der beiden Polizisten machte auf den ersten Blick keinen vertrauenerweckenden Eindruck. Er trug ein rot kariertes Holzfällerhemd unter einer fleckigen Lederweste. Der Schmerbauch verdeckte fast völlig die Gürtelschnalle, die eine ebenfalls schmuddelige Jeans hielt. Das Doppelkinn und die Wangen waren unrasiert. Es war aber nicht die Art von Bartstoppeln, die einen gepflegten Dreitagebart ausmachen, sondern jene, die das Gesicht eines Mannes zieren, der schlichtweg die morgendliche Rasur unterlassen hat. Der Mann hatte sich auch das Waschen der ungekämmten grau-schwarzen Haare erspart, die mit einem leichten Fettschimmer sein Haupt zierten. Mit einem Hauch von Widerwillen sah Dr. Michalke auf die großen Hände mit den gezackten Fingernägeln und den schwarzen Rändern. Die dunkelgelben Nikotinspuren an den Innenseiten zwischen dem rechten Zeige- und Mittelfinger verrieten den starken Raucher.

»Das ist Frau Dr. Michalke«, stellte Schwester Anke die Ärztin vor.

»Kriminaloberkommissar Große Jäger, Polizei Husum«, nannte der Stoppelbärtige seinen Namen und zeigte auf den jungen, hochgewachsenen Mann in seiner Begleitung. »Mein Kollege, Kommissar Mommsen.«

Der sportliche Mann mit den blauen Augen, der trotz des noch immer nicht frühlingshaften Wetters eine gesunde Gesichtsfarbe aufwies, nickte kurz zur Begrüßung.

Große Jäger machte eine Andeutung, als würde er der Ärztin die Hand reichen wollen. Dr. Michalke tat so, als habe sie diese Geste übersehen.

»Sie haben einen ungeklärten Todesfall?«, fragte Große Jäger mit lauter Stimme.

Die Ärztin erschrak im gleichen Maße wie Schwester Anke.

»Psst«, sagte die Schwester und sah sich im Foyer um, ob jemand diese vorlaute Bemerkung des Oberkommissars mitbekommen hatte.

»Können wir ein wenig mehr Diskretion wahren?«, mahnte auch Dr. Michalke.

Große Jäger sah die beiden Frauen mit nahezu unschuldiger Miene an.

»Wieso? Ist der Tod nicht ein tägliches Ereignis in einem Altersheim?« Er hatte jetzt allerdings leiser gesprochen, sodass diese Bemerkung nur in der kleinen Gruppe zu hören war. »Was veranlasst Sie zu der Vermutung, dass kein natürlicher Tod vorliegt?«, fragte er dann.

»Vielleicht kommen Sie erst einmal mit. Dann kann ich Ihnen meinen vagen Verdacht vor Ort erläutern«, sagte die Ärztin bestimmt und ging voraus.

Schwester Anke verabschiedete sich mit der Bemerkung, dass sie den Heimleiter und die Oberschwester benachrichtigen wolle.

Vor der verschlossenen Tür des Raumes, in dem Paul Schüttemann seine letzten Lebensjahre verbracht hatte, warteten sie auf die beiden.

Kurz darauf eilte Brodersen auf den Oberkommissar zu, streckte ihm eilfertig die Hand entgegen, um sie sich nach dieser Geste verstohlen an seiner Hose abzuwischen.

Währenddessen hatte Schwester Dagmar die Tür aufgeschlossen.

Große Jäger hielt seine Nase in die Luft und schnupperte wie ein Jagdhund. Es roch modrig in diesem Raum. Die Luft war verbraucht und abgestanden, weil das Fenster seit dem frühen Morgen nicht mehr geöffnet worden war. Schwester Regina hatte es, gleich nachdem sie Schüttemanns Tod festgestellt hatte, wieder geschlossen.

Der Oberkommissar warf routinemäßig einen Blick in das kleine Zimmer, von dem eine weitere Tür zur Nasszelle abging. Die Möblierung war schlicht. Ein Wäscheschrank, ein kleiner Tisch mit zwei einfachen Holzstühlen, ein an der Wand stehender Schreibtisch und ein Lehnstuhl aus Peddigrohr, ausgepolstert mit mehreren Kissen. In der Ecke des Raumes stand das Bett mit dem Nachttisch, ebenfalls aus dem fast ein wenig düster wirkendem

Nussbaumholz. Ein einfacher Wollteppich in der Mitte des Raumes sowie ein großer Fernsehapparat vervollständigten die Einrichtung.

Zwei Bilder und der Blumentopf auf der Fensterbank waren die einzigen belebenden Elemente, wenn man von der Fotogalerie absah, die auf dem Schreibtisch stand.

Auf dem Nachttisch am Kopfende des Bettes stand ein einfaches Uhrenradio, daneben ein Glas mit einer Flüssigkeit, in der das Gebiss Paul Schüttemanns schwamm.

Der Tote lag auf dem Rücken, die Bettdecke bis ans Kinn herangezogen. Auf den ersten Blick war nicht zu erkennen, ob der alte Mann nicht nur schlief. Die Augen waren geschlossen, der Mund leicht geöffnet.

Die beiden Polizisten ließen das Bild einen Moment auf sich wirken. Dann beugte sich Große Jäger hinab und roch am Mund des Toten.

»Es riecht merkwürdig«, stellte er fest. »Fast ein wenig fruchtig.« Er sah die Ärztin an. »Ist das der Grund, weshalb Sie uns informiert haben?«

Dr. Michalke war auch an das Bett herangetreten.

»Nein, nicht deshalb. Mir sind zwei Dinge aufgefallen. Zum einen haben sich die Totenflecken relativ schnell gebildet. Das dürfte bei einem alten Menschen, der an allgemeiner Kreislaufschwäche stirbt, eigentlich nicht der Fall sein. Andererseits hat die Totenstarre, die bei den Augenlidern beginnt, viel zu schnell eingesetzt.«

Die beiden Polizisten wechselten einen raschen Blick.

»Haben Sie sonst irgendwelche außergewöhnlichen Merkmale festgestellt?«, fragte Große Jäger.

»Was meinen Sie damit?«

»Verletzungen? Prellungen, Blutergüsse? Einstiche?«

»Was wollen Sie mit diesen Fragen andeuten?«, mischte sich aufgebracht der Heimleiter ein. »Das ist doch absurd, was Sie hier unterstellen wollen.«

Der Oberkommissar wandte sich Brodersen zu.

»Sie werden nachher noch hinreichend Gelegenheit für Kommentare erhalten. Jetzt stelle ich die Fragen. Und ich möchte eine kompetente Antwort. Deshalb schweigen *Sie*.«

Der Heimleiter schnappte nach Luft. »Sie!«, drohte er.

Große Jäger schenkte ihm ein Lächeln, was den Mann noch wütender machte. Er sah mit seinem feuerroten Kopf jetzt wie ein Zündholz aus.

Dr. Michalke war dem Dialog stumm gefolgt.

»Sonst habe ich keine Besonderheiten feststellen können«, beantwortete sie dann die Frage des Oberkommissars.

»Haben Sie einen Verdacht?«

»Meine Diagnosemöglichkeiten sind zu eingeschränkt, als dass ich mich konkreter hierzu äußern könnte«, antwortete sie vorsichtig.

Große Jäger beugte sich erneut zu dem Toten hinab und roch am offenen Mund.

»Woher könnte dieser leicht saure, fruchtige Geruch stammen? Könnte eine Vergiftung vorliegen?«

»Gift?«, empörte sich Brodersen. »Haben Sie Gift gesagt? Soll das ein Scherz sein? Wer sollte daran interessiert sein, einen alten, mittellosen Mann zu vergiften?«

Der Oberkommissar sah den Heimleiter lange an.

»Sie zum Beispiel«, sagte er dann.

»Ich? Was sollte ich für einen Grund haben?«

»Wenn der Verstorbene mittellos war, könnte es doch interessant sein, den frei werdenden Pflegeplatz mit einem zahlungskräftigeren jüngeren Senior zu besetzen, der zudem weniger Arbeit bedeutet.«

»Das ist ja unerhört«, schimpfte Brodersen. »Ich fasse es nicht, was sich hier in meinem Haus abspielt.«

»Sehen Sie«, erwiderte Große Jäger ungerührt. »Vor dem gleichen Rätsel stehen wir auch. Und nun bitte ich Sie, eine Schweigeminute einzulegen.«

»Ich habe hier Hausrecht! Ich! Ganz allein!« Brodersen hatte vor Zorn geschwollene Adern an den Schläfen.

»Das haben Sie nur, wenn wir nicht da sind. Unsere Rechte sind die stärkeren, insbesondere wenn wir ungeklärten Todesfällen nachgehen«, erwiderte der Oberkommissar und hatte einen Tonfall angeschlagen, als würde er einem kleinen Kind etwas erklären. Dann wandte er sich wieder an die Ärztin.

»Also, was ist mit Ihrer Vermutung? Gift?«

Dr. Michalke schüttelte den Kopf. »Das kann man nur im Labor feststellen. Der schnelle Eintritt der Totenstarre könnte aber auf eine schwere Anstrengung vor dem Tod hindeuten. Zum Beispiel auf einen Krampf. In Verbindung mit der nahezu unbeweglichen Kaumuskulatur und den Blutungen um die Augäpfel könnte der Tod durch Ersticken eingetreten sein. Merkwürdig sind auch die Anzeichen einer Zyanose.«

»Was ist das?«, fragte der Oberkommissar.

»Das ist eine bläuliche Verfärbung der Lippen, Schleimhäute und Fingernägel und deutet auf eine mögliche Unterversorgung des Blutes mit Sauerstoff hin. Das können Anzeichen für einen Erstickungstod sein, kann aber ebenso als Symptom einer Herzerkrankung gedeutet werden.«

»Donnerwetter«, merkte Große Jäger an. »Gibt es Spuren am Hals?«

»Keine«, antwortete Dr. Michalke. »Wobei die bei den Falten des alten Mannes auch nur schwer auszumachen wären.«

»Insbesondere, da mit Sicherheit kein übermäßiger Kraftaufwand erforderlich war«, ergänzte der Oberkommissar. Dann sah er die Ärztin an. »Kompliment. Den meisten Ärzten entgehen solche Anzeichen bei der Leichenschau.«

Große Jäger wandte sich an den Heimleiter. »Bis zur Klärung des Sachverhalts bleibt der Raum unter Verschluss. Wir werden ihn versiegeln.«

Brodersen schien sprachlos. Mehrfach versuchte er zu einer Antwort anzusetzen, bis er schließlich hervorbrachte: »Wie soll ich das den Bewohnern der Residenz erklären? Das bringt Unruhe in unseren Tagesablauf. Die alten Leute werden verunsichert sein. Wer kommt für die Rufschädigung auf?« Er sah Dr. Michalke an. »Und das alles nur, weil eine übereifrige Frau am Ziel vorbeischießt und sich ihrer ärztlichen Verantwortung gegenüber den Lebenden nicht bewusst ist. Oder möchten Sie nur einmal bedeutungsschwanger die allwissende Gerichtsmedizinern spielen, die mysteriöse Vorgänge ans Tageslicht bringt?«

»Vielleicht haben wir hier einen solchen Fall. Dann können Sie besonders stolz drauf sein, dass ein weiblicher Dr. Quincy Ihre Senioren betreut.«

Brodersen zuckte wie unter Peitschenhieben zusammen, als Große Jäger seine Worte durch ein joviales Klopfen auf die Schulter des Heimleiters unterstrich.

Harm Mommsen, der zweite Polizeibeamte, hatte die ganze Aktion ebenso schweigend verfolgt wie Schwester Anke, die dem jungen Kommissar zwischendurch verstohlene Seitenblicke zugeworfen hatte.

*

Das graue Dienstgebäude der Husumer Polizei lag in der Poggenburgstraße, schräg gegenüber vom Bahnhof der nordfriesischen Metropole. Vor mehr als einem Jahr war im Zuge der Organisationsreform der Landespolizei aus der Inspektion eine Polizeidirektion geworden. Die kleinste des Landes. Das bezog sich aber nur auf die Anzahl der Bediensteten, nicht hingegen auf die Erfolge, die von den Frauen und Männern am äußersten nordwestlichen Zipfel Deutschlands erzielt wurden. Jetzt waren die Husumer direkt der Polizeiführung in Kiel verantwortlich und nicht mehr eine dem fernen Flensburg zugeordnete Behörde. Die Flensburger Bezirkskriminalinspektion war aber noch für Tötungsdelikte und schwere Kapitalverbrechen zuständig. Eine sinnvolle Arbeitsteilung, da die BKIs, wie sie in Kurzform genannt wurden, jeweils am Sitz einer Staatsanwaltschaft eingerichtet waren. Und deren Sitz war identisch mit den vier Landgerichtsbezirken Schleswig-Holsteins.

Hauptkommissar Christoph Johannes stand am Fenster seines Büros und sah auf die gegenüberliegende Gleisanlage. Er war vor zweieinhalb Jahren gegen seinen Willen aus Kiel an die Westküste versetzt worden und hatte seinen ruhigen Posten in der Polizeiverwaltung gegen den des Leiters der Kriminalpolizeistelle Husum tauschen müssen.

»Du wirst ein Provinzkommissar«, hatten seine ehemaligen Kollegen in Kiel gelästert und dabei offengelassen, ob sie damit den Standort in Nordfriesland oder den Aufgabenbereich in einer aus ihrer Sicht nachgeordneten Dienststelle meinten. Ihm fehlte damals jegliche Routine in der praktischen Verbrechensbekämpfung vor Ort. Das hatten ihn auch Oberkommissar Große Jäger, der sich im Stillen selbst Hoffnung auf diese Position gemacht hatte, und der ehrgeizige Dr. Starke aus Flensburg spüren lassen. Der Kriminaloberrat nutzte jede Gelegenheit, die Tätigkeit der Husumer Kripo in ein schlechtes Licht zu rücken und die Ermittlungen vor Ort zu behindern.

Nicht zuletzt dank eines hervorragenden Teamgeistes hatten die Husumer in den letzten Jahren aber gute Arbeit geleistet und auch gegen behördeninternen Widerstand einige spektakuläre Fälle klären können. So hatte der letzte Fall überregional Aufsehen erregt, und die gute Ermittlungsarbeit der Nordfriesen war auch der Kieler Polizeiführung nicht entgangen.

Obwohl Dienststellung und Raumangebot es Christoph gestattet hätten, in einem eigenen Büro zu residieren, teilte er sich aus lieb gewonnener Gewohnheit den Raum mit Große Jäger und Mommsen.

Er wurde durch das Klingeln des Telefons aus seinen Gedanken gerissen.

»Fehling«, meldete sich die sympathische Stimme der Sekretärin von Polizeidirektor Grothe. »Der Chef möchte Sie sprechen.«

Christoph hatte sich seit Beginn seiner Zeit in Husum daran gewöhnt, dass der Leiter der Polizeidirektion von allen respektvoll mit »Chef« angesprochen wurde.

Die gepflegte und stets dezent-geschmackvoll gekleidete Frau Fehling, die im vergangenen Jahr das sechzigste Lebensjahr überschritten hatte, blickte auf, als Christoph eintrat, und zeigte auf die Zwischentür.

»Der Chef erwartet Sie.«

Nach einem eher symbolischen Anklopfen trat Christoph ein. Es bot sich ihm ein vertrautes Bild: Grothe thronte hinter seinem Schreibtisch. Zwei breite Hosenträger spannten sich über den gewölbten Bauch, der sich nur mit Mühe hinter der Schreibtischkante verstecken konnte. Der Knopf am viel zu engen Halskragen war gelockert. Auf dem Stiernacken saß der große runde Kopf, den Christoph noch nie anders als in einem Hochdruckrot gesehen hatte.

Der Polizeidirektor zog an seiner Zigarre, deren Qualm in

blauen Schwaden durch den Raum waberte, und wies, den Glimmstängel als Zeigestock nutzend, auf den Besucherstuhl.

Wie üblich ersparte sich Grothe Begrüßung und Einleitung.

»Wir haben ein besonderes Hilfeersuchen des Polizeipräsidiums Münster vorliegen. Es handelt sich um einen außergewöhnlichen Fall. In der Kinderonkologie der Westfälischen Wilhelms-Universität liegt ein neunjähriger Junge. Der kleine Lukas leidet an Leukämie. Die dortigen Ärzte geben dem Kind nur noch eine geringe Chance. Dazu bedarf es dringend einer Knochmarktransplantation. Man hat einen geeigneten Spender herausgefiltert. Thorben Althoff heißt der Mann, ist Mitte zwanzig und wohnt nach letzten Informationen in Husum.«

Christoph sah den Polizeidirektor fragend an.

Grothe zog erneut an seiner Zigarre und unternahm gar nicht erst den Versuch, die Rauchwolke in eine andere als Christophs Richtung zu blasen. Ungerührt registrierte er, dass Christoph nur mit Mühe einen Hustenreiz unterdrücken konnte.

»Das Problem der Ärzte ist, dass sie Althoff nicht erreichen können. Der Mann scheint wie vom Erdboden verschwunden zu sein. Also, mein Sohn, mobilisieren Sie Ihre Mannschaft und stöbern Sie den potenziellen Spender auf. Eile ist geboten.«

Der Polizeidirektor beugte sich kommentarlos über Unterlagen, die auf seinem Schreibtisch lagen, und begann, ein Schriftstück zu lesen.

Aus Erfahrung wusste Christoph, dass die Unterredung damit beendet war. Grothe, der Dithmarscher Bauernsohn, war ein Mann der knappen, aber klaren Worte, ohne überflüssige Schnörkel. Jeder Beamte der Direktion hatte Respekt vor dem altgedienten und erfahrenen Polizisten, wusste aber auch, dass Grothe nicht nur Achtung und Disziplin einforderte, sondern auch hundertprozentig hinter seinen Mitarbeitern stand. Wegen seiner hinter der rauen Schale verborgenen Menschlichkeit würde er nur schwer zu ersetzen sein, wenn er im kommenden Jahr in Pension gehen würde.

Christoph stand auf und verließ mit einem angedeuteten Kopfnicken das Büro, in dem der Polizeidirektor fest verwurzelt schien. In all den Jahren hatte Christoph Grothe noch nie außerhalb des Chefzimmers gesehen.

Nachdenklich kehrte er in sein eigenes Büro zurück. Er hatte sich kaum an seinem Arbeitsplatz niedergesetzt, als sich die Tür öffnete und eine rotblonde Frau mit wuscheligen Haaren, die immer wie ungekämmt aussahen, eintrat.

»Hallo«, sagte Kommissarin Hilke Hauck und zog ihre Stupsnase dabei ein wenig in die Höhe, sodass sich über der Nasenwurzel eine Falte bildete. Mit den zahlreichen Sommersprossen im runden Gesicht machte sie einen fröhlichen Eindruck. »Ich habe dich gesucht und würde mit dir gern noch einmal den Fall des jugendlichen Randalierers besprechen, der bei seinem Zug durch die Friedrichstraße im Stadtteil Rödemis eine Reihe von Fahrzeugspiegeln abgebrochen hat.«

Christoph sah seine Kollegin, die vor einem Jahr nach Husum versetzt worden war, mit einem abwesenden Blick an.

»Ja«, sagte er. »Aber das kann warten. Wir haben ein dringenderes Problem.« Er berichtete von seinem Gespräch mit Polizeidirektor Grothe.

Betroffenheit machte sich in Hilkes Gesicht breit.

»Ich verstehe«, sagte sie und wandte sich zur Tür. »Ich werde versuchen, die Adresse zu ermitteln, und dort vorbeifahren.«

Im Türrahmen stieß sie mit Große Jäger zusammen.

»Hey, was sind das für Annährungsversuche? Wirfst du dich jetzt schon deinem Lieblingskollegen an die Brust?«, knurrte der Oberkommissar.

»Du stehst auf meiner Liste ganz unten«, konterte Hilke und lächelte Harm Mommsen an, der hinter Große Jäger stand. Dann verschwand sie durch die Lücke, die Große Jäger durch einen Schritt rückwärts geschaffen hatte, auf den Flur.

»Was ist mit unserer Zicke los?«, fragte der Oberkommissar Christoph. »Die Deern sieht man selten so dynamisch.«

»Dann müsstet ihr beide miteinander verwandt sein«, entgegnete Christoph. »Nicht umsonst nennst du sie Tante Hilke.«

»Nicht wahr, Onkel Remmidemmi?«, mischte sich Mommsen ein und spielte auf den ungeliebten Spitznamen für Große Jäger an, den Hilke Hauck aus dessen zweitem Vornamen Remigius abgeleitet hatte.

Große Jäger ließ sich ächzend auf seinen Schreibtischstuhl fallen, zog die unterste Schublade hervor und parkte seine Füße darinnen. Mit spitzen Fingern kramte er eine zerknautschte Zigarettenpackung aus der Jeans, suchte durch das Aufschlagen der flachen Hand auf die unsortierten Papierberge auf seinem Schreibtisch nach dem Feuerzeug und zündete sich geräuschvoll eine Zigarette an. Alle Versuche, ihm das Rauchen am Arbeitsplatz freundschaftlich abzugewöhnen, waren bisher gescheitert.

Der Oberkommissar berichtete vom Besuch in der Seniorenresidenz und schloss seine Ausführungen mit der Feststellung: »Nun solltest du mit dem Staatsanwalt sprechen und die Obduktion beantragen.«

»Seid ihr euch sicher, dass es sich um eine unklare Todesursache handelt?«, gab Christoph zu bedenken. »Der Mann war nach Auskunft der behandelnden Ärztin schwer krank und außerdem hochbetagt.«

»Und deshalb schenken wir dem Fall keine Beachtung? Die Kosten einer Obduktion für einen alten Knaben, der ohnehin keine Angehörigen mehr hat, wollen wir uns sparen. Großartig«, ereiferte sich Große Jäger und griff zu seinem mit Kaffeeflecken reich verzierten Becher, sah hinein und schlürfte laut und vernehmlich am leeren Trinkgefäß.

Mommsen stand auf.

»Okay. Ich setze neuen Kaffee auf.« Der junge Kommissar ging zur Fensterbank, nahm die Kanne von der Kaffeemaschine und verließ den Raum, um Wasser zu holen.

»Das siehst du falsch, Wilderich«, versuchte Christoph seinen Kollegen zu beruhigen. »In der Tat drängt die Staatsanwaltschaft ein wenig drauf, wirklich nur bei begründetem Zweifel weitere kostenintensive Untersuchungen einzuleiten. Haben wir denn zusätzliche Anhaltspunkte oder nur den vagen Verdacht der Ärztin und dein Bauchgefühl?«

Große Jäger griente und fuhr sich mit beiden Händen über seinen Leib. »Mein Feinkostgewölbe« nannte er seinen Schmerbauch, was schmeichelhaft war, denn jeder in der Dienststelle kannte seine ausgemachte Vorliebe für Fastfood.

»Es ist natürlich der bequemere Weg, den Fall nicht weiterzuverfolgen. Wir sparen nicht nur Kosten, sondern auch Arbeit.«

Große Jäger rieb sich die Hände. »Ich muss keinen Bericht schreiben. Die Leiche wird eingekuhlt, und der Heimleiter freut sich, dass in seinem überaus seriösen Etablissement nichts aus den Fugen gerät. Ich bin durchaus deiner Meinung, dass wir uns zurücklehnen sollten. Dem Toten weint keiner eine Träne nach.«

Christoph seufzte. Er wusste, dass die sarkastische Antwort des Oberkommissars dessen Art war, die eigene Meinung kundzutun. Und in der Vergangenheit hatten sie oft gute Erfahrung mit dem »Bauchgefühl« Große Jägers gemacht. »Unser Schnüffelschwein« hatte Christoph ihn einmal genannt und dabei offen gelassen, ob er damit den kriminalistischen Instinkt des engagierten Polizisten oder die Nachlässigkeit bei der Einhaltung hygienischer Mindestanforderungen meinte.

»Gut. Ich werde mit Dr. Breckwoldt in Flensburg sprechen.«

Es verging über eine Stunde, bis Christoph den Oberstaatsanwalt erreicht hatte. Er schilderte ihm den Fall. Dr. Breckwoldt äußerte die gleichen Bedenken, die Christoph selbst vorgetragen hatte.

»Wir haben in diesem Fall berechtigten Zweifel an einer natürlichen Todesursache«, sagte Christoph. »Da wir hier eine übereinstimmend kritische Meinung der Ärztin und meines erfahrenen Mitarbeiters haben, sollten wir der Sache nachgehen, zumal sich der Heimleiter vehement gegen den Verdacht der Medizinerin zur Wehr gesetzt hat.«

»Also gut«, stimmte Dr. Breckwoldt zu. »Veranlassen Sie bitte die übliche Prozedur.«

Nach dem Gespräch wählte Christoph die Kriminaltechnik der Bezirkskriminalinspektion in Flensburg an. Als der Hörer abgenommen wurde, war zuerst ein Räuspern zu hören, dem eine kurze Pause folgte. Danach hustete sich der Gesprächsteilnehmer noch einmal kräftig die Kehle frei.

»Hallo, Klaus«, begrüßte Christoph den ewig unter Husten und Schnupfen leidenden Hauptkommissar Jürgensen.

»Ich fürchte, das ist Christoph, der Anführer der Schlickrutscher«, antwortete der kleine, fast glatzköpfige Leiter des K6, der Kriminaltechnik. »Nun erzähl mir bloß nicht, dass ihr wieder mal 'ne Leiche gefunden habt. Zersägt und in mehreren Kühltruhen eingefroren? Halb versunken im Husumer Hafenschlick? Oder ertrunken in der städtischen Kläranlage? Ich habe noch nie erlebt, dass ihr eine saubere Leiche in einem ordentlich beheizten Raum bei euch findet.«

»Dann kannst du uns jetzt zur Premiere gratulieren, Klaus. Wir haben ein wunderbares Opfer für dich. Frisch gewaschen. In einem gut geheizten Raum liegend, mit einem sauberen Bettlaken zugedeckt.«

»Und? Wo ist der Haken? Schwimmt der Raum voll Blut?«

»Nichts da. Alles pedantisch sauber. Kein Blut. Keine Stichwunden. Kein Einschuss. Du glaubst fast gar nicht, dass das Opfer tot ist.«

»Willst du mich jetzt verarschen und mich nur zu einem Kaffeeplausch an die Westküste locken?«

»Der einzige Haken ist, dass das Opfer tot ist und säuerlichfruchtig aus dem Mund riecht, wie Große Jäger meint.«

Einen Moment war es ruhig im Telefon. Dann folgte das obligatorische Niesen.

»Ist das dein Ernst?«, kam es über die Leitung.

Christoph musste lachen. Dialoge dieser Art hatten sich zu einem festen Ritual zwischen Jürgensen und ihm entwickelt.

»Ich scherze nicht. Und wenn du hier bist, erhältst du auch deine jährliche Medizin gegen Erkältungskrankheiten.«

»O neee«, stöhnte Jürgensen. »Lass mich an Land mit eurem Eiergrog oder dem Pharisäer. Ich habe noch heute 'nen dicken Kopf von dem Zeug.«

»Vielleicht bekommst du davon einen Brummschädel. Das mag sein. Aber deinen Schnöf vergisst du darüber bestimmt.«

»Darum wirkt ihr Wattläufer auch nimmer so gesund. Gut, wir machen uns auf den Weg«, wechselte der Kriminaltechniker abrupt das Thema und ließ sich die Adresse geben.

Inzwischen war Hilke Hauck ins Zimmer gekommen.

»Harm, drück mal auf den Knopf«, scherzte Große Jäger und meinte damit, dass Mommsen »Zickenalarm« auslösen sollte. Er wunderte sich, dass die Kollegin, die sonst zuverlässig wie ein alter VW-Käfer auf seine Frotzeleien ansprang, nicht reagierte, sondern sich kommentarlos an Christophs Schreibtisch setzte. Trotz seines manchmal ruppig wirkenden Auftretens hatte der Oberkommissar ein feines Gespür für besondere Situationen und verzichtete auf weitere Bemerkungen. Er zündete sich eine neue Zigarette an und rollte mit seinem Bürostuhl ebenfalls an Christophs Arbeitsplatz, als Hilke Hauck zu berichten begann.

»Wir haben da ein ernstes Problem. Ich habe die letzte Adresse, unter der Thorben Althoff gemeldet ist, ermittelt und einen Streifenwagen hingeschickt, nachdem ich ihn telefonisch nicht erreichen konnte. Es gibt kein Namensschild an der Haustür. Die Kollegen haben geklingelt und erfahren, dass der Mann über Nacht sang- und klanglos verschwunden ist. Keiner weiß, wohin. Er steht auch im Telefonbuch. Aber unter der Rufnummer erfährt man nur, dass der Anschluss vorübergehend nicht erreichbar ist.«

»Was ist denn mit diesem Typen?«, wollte Große Jäger wissen, nachdem auch Mommsen seine Arbeit unterbrochen und Hilkes Ausführungen gelauscht hatte.

Christoph berichtete die Hintergründe.

»O Scheiße«, knurrte der Oberkommissar und erachtete es als nicht notwendig, diesen Kommentar zu ergänzen.

Mommsen hatte sich an seinen Computer begeben. Das leise Klappern der Tastatur war für einen Augenblick das einzige Geräusch im Raum.

»Thorben Althoff?«, fragte er nach einer Weile.

Die anderen sahen ihn an.

»Ja«, bestätigte Christoph.

»Gegen den liegt eine Anzeige wegen Betrugs vor. Er ist über Nacht aus seiner Wohnung in der Hermann-Tast-Straße ausgezogen, nachdem er mehrere Monate die Miete schuldig geblieben war. Das war im April des letzten Jahres. Eine zweite Anzeige wegen des gleichen Delikts ist vom Ende des Jahres datiert.«

»Also ein Mietnomade«, stellte Große Jäger fest. »Der Bursche zieht in renovierte Wohnungen ein, bleibt die Miete schuldig, und wenn es dann brenzlig wird, zieht er weiter.«

»So sieht es aus«, stimmte Mommsen zu.

»Das ist die eine Seite der Medaille. Wir suchen ihn aber als Knochenmarkspender für einen kleinen Jungen, der um sein Leben kämpft. Bei allem Respekt vor den Interessen der Geschädigten sollten wir dieses Ziel nicht aus den Augen verlieren«, gab Christoph zu bedenken.

»Und wie willst du das voneinander trennen? Wenn du ihn gefunden hast, kannst du ihm schwerlich freies Geleit für die humanitäre Sache zusichern, ihn dann wieder laufen lassen und eine erneute Suche wegen der Betrugsfälle starten.« Große Jäger hatte sich eine weitere Zigarette angezündet und schlürfte laut und vernehmlich an seinem Kaffeebecher.

»Das ist ein Problem, das wir lösen, wenn wir Althoff gefunden haben. Es wäre nicht das erste Mal, dass uns Gesuchte wieder entwischen. Ich denke da an den Fall, in dem ein Mittelloser unmittelbar vor seiner Verhaftung verschwunden ist, weil er kurz davor durch einen anonymen Anruf gewarnt wurde.«

Große Jäger grinste über das ganze Gesicht. »Manchmal geschehen wirklich merkwürdige Dinge. Ich stimme dir aber zu, Christoph, dass es unsere oberste Aufgabe sein muss, dem kranken Kind zu helfen.« Der Oberkommissar stand auf. »Los, Tante Hilke, ich bin zwar nur ungern mit so einer heißen Mutti wie dir allein unterwegs, aber wir beide machen uns jetzt auf die Socken und gucken einmal, ob wir etwas über den Burschen herausbekommen.«

Hilke Hauck stemmte die Arme in die Hüften, was bei ihrer leicht stämmigen Figur lustig aussah. »Gut, Onkel Remmidemmi, auf denn. Aber ich fahre!«

»Ich werde doch keine Frau ans Steuer lassen. Dafür ist mir mein Leben zu wertvoll.«

»Wenn man dich fahren lässt, dann …«

Der Rest des Dialogs ging hinter der verschlossenen Tür weiter, als die beiden das Büro verlassen hatten.

Christoph griff zum Telefonhörer und schmunzelte immer noch, als sich am anderen Ende der Leitung eine resolute Frauenstimme meldete.

»Praxis Dr. Hinrichsen. Mein Name ist Bergmann.«

»Hallo, Anna«, begrüßte er die Sprechstundenhilfe, mit der ihn seit seiner Zeit in Husum mehr als eine lockere Freundschaft verband. »Was machen wir heute Abend?«

»Ich werde mir ein paar ruhige Stunden gönnen«, erwiderte Anna mit spitzer Zunge. »Ich nehme an, du hast sie auch nötig.«

Christoph war am Wochenende in Kiel gewesen, seinem immer noch offiziellen Familienwohnsitz, wo seine Ehefrau Dagmar Partnerin in einer Anwaltskanzlei war und sein Sohn lebte, der in diesem Jahr im zweiten Anlauf sein Abitur schaffen wollte. Durch die beruflich erzwungene ständige Abwesenheit hatte sich ihr Verhältnis zueinander gewandelt. Aus der im Laufe vieler Ehejahre zur Gewohnheit gewordenen Beziehung war zuerst eine Wochenendehe geworden, wie sie vielen Menschen durch die geforderte »neue Mobilität« aufgezwungen worden ist. Dann hatte sich die Ehe zu einer mehr kameradschaftlichen Partnerschaft entwickelt, und beide, Christoph und Dagmar, ahnten voneinander, dass beim anderen keine strengen Maßstäbe mehr an die eheliche Treue angelegt wurden.

»Also gut, dann werde ich mir auch einen ruhigen Abend machen«, seufzte Christoph. »Du hast dann genug Zeit, deine Anflüge von Eifersucht abdampfen zu lassen.«

»Paah! Eifersucht«, empörte sich Anna, obwohl ihre Stimme nicht mehr so abweisend klang. »Lass uns später noch einmal miteinander telefonieren. Ich habe jetzt zu tun. Wir haben das Wartezimmer voll. Tschüss.« Christoph hörte noch ein versöhnlich klingendes Schmatzen in der Leitung, das wohl die Andeutung eines Kusses gewesen sein sollte, bevor die Verbindung unterbrochen wurde.

Dann sah er Mommsen an. »Wir sollten in Sachen Thorben Althoff auch eine Nachricht an die örtliche Presse geben und den jungen Mann bitten, sich umgehend bei uns zu melden.«

»Ich kümmere mich darum«, versicherte der junge Kommissar.

ZWEI

Ein leichter Dunstschleier hing noch zwischen den Bäumen im Schlosspark, als Christoph in Höhe des alten Wasserturms von der »Neustadt« in die Parkanlage abbog. Er genoss den morgendlichen Fußweg vom Stadtrand zur Dienststelle. In der Berliner Straße bewohnte er unter dem Dach eines der Siedlungshäuschen ein kleines Apartment. Er hatte sich im Laufe der Zeit auch mit den Eigenheiten seiner Vermieterin, einer liebenswerten älteren Dame, arrangiert, die ihm gelegentlich mit ihrer mütterlichen Fürsorge auf die Nerven ging.

Jetzt würde es nicht mehr lange dauern, bis die vielen Millionen Krokusse im Schlosspark zu blühen begannen und das ganze Areal in einen violetten Farbzauber verwandeln würden, an dem sich das Auge nicht sattsehen konnte. Nicht umsonst war die Husumer Krokusblüte weithin bekannt und lockte jedes Jahr die Besucher in Heerscharen an. Leider, so fanden manche Einheimische, wuchs auch das Spektakel rund um dieses Ereignis und verlieh diesem einmaligen Naturschauspiel einen jahrmarktsähnlichen Charakter.

Im Schlossgang, dem Fußweg vom Schlosspark zum Marktplatz, sah er, dass in dem markanten Gebäude auf der rechten Seite, wo Dr. Hinrichsen seine Praxis betrieb, bereits Licht brannte. Anna, die er seit seiner Rückkehr aus Kiel noch nicht wiedergesehen hatte, würde bereits die ersten Patienten empfangen haben.

Christoph überquerte den Marktplatz, ging durch die Rote Pforte, den ehemaligen Busbahnhof der Stadt, und folgte dem Austieg, einem Fußweg, der an der Rückseite der Herzog-Adolf-Straße vorbeiführte, in der Große Jäger wohnte. Mit einem Schmunzeln bemerkte er, dass in der Wohnung des Oberkommissars noch Licht brannte. Große Jäger würde, wie fast immer, der Letzte sein, der zum Dienst kam.

»Moin«, grüßte Christoph, als er das Büro betrat. Mommsen hatte bereits Tee gekocht. Es war ein eingespieltes Ritual, das

Christoph nicht mehr missen mochte. Wie an allen Arbeitsplätzen üblich tauschten sie ein paar Belanglosigkeiten über bedeutsame und weniger wichtige Ereignisse aus der weiten und der regionalen Welt aus.

Es dauerte noch eine weitere halbe Stunde, bis Große Jäger erschien. Der Oberkommissar quetschte ein eher müdes »Moin« zwischen den Zähnen hervor und zog die Schreibtischschublade heraus, um dort seine Füße zu parken. Mit einem befriedigten Grunzlaut stellte er fest, dass Mommsen auch Kaffee gekocht hatte, obwohl er der Einzige im Büro war, der ihn trank. Er zündete sich eine Zigarette an, blies genussvoll den Rauch in den Raum und drehte sich dann zu Christoph um.

»Bei unserer Suche nach Thorben Althoff sind Hilke und ich gestern nicht weitergekommen. Wir haben mit ehemaligen Nachbarn gesprochen, die ihn als unauffällig schilderten. Sein Vermieter hat ihn übel beschimpft. Althoff hat ihn nicht nur um die Miete betrogen, sondern bei seinem überhasteten Auszug auch noch einen Dreckstall hinterlassen. Überall in der Wohnung lag der Müll herum. Leere Flaschen, Verpackungsmüll, geöffnete Lebensmittelkonserven – es muss ein unbeschreiblicher Dreck gewesen sein, in dem Althoff dort gehaust hat. Der Vermieter meinte, bei diesem Chaos hätte es ihn auch nicht verwundert, wenn Althoff über Nacht geflüchtet wäre, selbst wenn er keine Mietrückstände gehabt hätte.«

»Ähnlich hat sich der zweite Vermieter geäußert, der sich aufgrund des Presseaufrufs gestern bei uns gemeldet hat«, mischte sich Mommsen ein. »Der Stimme nach muss es ein schon älterer Herr gewesen sein, der Althoff alle möglichen Flüche an den Hals gewünscht hat. In seinem Zorn hat er auch damit gedroht, seinem Ex-Mieter das Fell zu versohlen, wenn er ihm unter die Augen käme.«

Christoph konnte den Ärger der Vermieter verstehen. Das Mietnomadentum war eine leidige Unsitte geworden. Die Leute zogen ein, zahlten keine Miete, ließen die Eigentümer auf den hohen Nebenkosten sitzen und verschwanden im schlimmsten Fall bei Nacht und Nebel aus einer verwüsteten Wohnung. Leidtragende solcher Taten waren nicht nur die gutgläubigen Vermieter.

Es handelte sich gerade hier in Nordfriesland häufig um Menschen, die sich durch die Miete eine Aufbesserung ihrer Altersversorgung versprachen. Auch nachfolgende Wohnungssuchende, die gutwillig waren, litten darunter und stießen auf skeptisch gewordene Hausbesitzer. Mietnomaden trugen zu einer Vergiftung des Klimas zwischen den Parteien bei.

»Darüber hinaus haben sich weitere Leute gemeldet, die meinten, etwas über Althoffs Aufenthalt sagen zu können«, ergänzte Mommsen. »Aber Konkretes war nicht darunter. Wir haben es gestern noch überprüft. Und wie ist es bei dir gelaufen?«

Christoph berichtete, wie er den Dienstag als Zeuge beim Landgericht in Flensburg zugebracht hatte. Es ging um die Verhandlung gegen die beiden Drahtzieher und den Auftragsmörder, die im vergangenen Jahr bei sozial benachteiligten Menschen, die einem Kredithai zum Opfer gefallen waren, für Angst und Schrecken gesorgt und auch vor brutalen Morden nicht zurückgeschreckt waren.

»Der Prozess wird noch fortgesetzt«, schloss Christoph seinen Bericht. »Ich hatte Gelegenheit, in einer Pause mit dem Staatsanwalt zu sprechen. Der Weißrusse dürfte für lange Zeit hinter Gittern verschwinden, aber die anderen beiden kommen wohl besser weg.«

Große Jäger schüttelte den Kopf. »Das ist stets die gleiche Geschichte. Die Gangster mit dem weißen Kragen schaffen es immer wieder, sich herauszuwinden. Da kann einen manchmal schon der heilige Zorn packen.« Dann nahm er einen tiefen Zug und fluchte leise, als ihm die Asche auf die Jeans fiel. Er stand kurz auf und klopfte sie sich von der Hose. »Wie kommen wir an diesen Althoff heran? Was ist, wenn der Bursche gar nicht mehr in unserer Gegend ist?«

»Das wäre durchaus denkbar«, stimmte Christoph zu.

»Ich glaube nicht, dass er fortgezogen ist«, sagte Mommsen.

Die beiden anderen sahen ihn fragend an.

»Ich habe die Zeit genutzt und mich umgehört. Althoff stammt aus der Gegend. Er ist in Tönning geboren und aufgewachsen. Dann hat er eine der typischen Loser-Karrieren absolviert. Hauptschule, aber nur gerade eben. Bundeswehr. Hier in Husum, in der

Flensburger. Eine abgebrochene Lehre als Maler. Danach, soweit die Spur verfolgbar ist, hatte er nur sporadisch Gelegenheitsjobs. Jetzt lebt er von Hartz IV.«

Christoph fuhr sich mit der Hand über die Mundwinkel. »Das ist schon eine ganze Menge, Harm, was du da ermittelt hast. Ich stimme dir zu, dass es unwahrscheinlich klingt, wenn Althoff bei diesem Lebensweg plötzlich das Fernweh packen würde. Aber wenn er Hartz-IV-Empfänger ist, müsste doch die Bundesagentur für Arbeit etwas über seinen Aufenthaltsort wissen?«

»Richtig«, pflichtete Große Jäger ihm bei. »Und wieso zahlt er seine Miete nicht? Die wird ihm doch vom Staat finanziert.«

»Das ist das Problem«, sagte Christoph. »Die Kosten für die Miete werden nicht an den Vermieter überwiesen, sondern an den Bedürftigen ausgezahlt. Und wenn der das Geld nicht weiterleitet, sondern für sich behält, tritt eine Situation wie diese ein.«

»Toll. Da haben sich unsere Schlaufüchse in Bonn ja wieder einmal etwas Tolles ausgedacht«, brummte Große Jäger.

»In Berlin, mein lieber Wilderich«, korrigierte Christoph.

Der Oberkommissar winkte ab. »Von mir aus. Was von den Südeuropäern jenseits der Elbe verzapft wird, ist selten durchdacht.«

Christoph lachte. »Da können wir ja froh sein, dass du die von dir definierte Vernunftgrenze nicht schon am Nord-Ostsee-Kanal gezogen hast. Was wären wir sonst ohne unsere Holsteiner.«

»Schleswig-Holstein – up ewig ungedeelt.« Wie zur Mahnung drohte Große Jäger mit dem ausgestreckten Zeigefinger. Dann wechselte er ansatzlos das Thema. »So! Wie finden wir nun diesen Althoff?«

»Der ist Anfang zwanzig«, sagte Mommsen. »In dem Alter versteckt man sich nicht hinter dem Ofen. Der muss doch Bekannte haben. In Discos gehen, Kneipen besuchen. Das wäre doch eine mögliche Spur.«

»Die Idee ist gut, Harm.« Große Jäger tippte sich mit dem Finger an die Stirn, dann sah er Christoph an. »Das muss aber nicht heißen, dass ich mit Tante Hilke von Disco zu Disco ziehe. Ich übernehme freiwillig den Kneipentörn. Und wer begleitet mich?« Er sah seine beiden Kollegen an, schüttelte dann aber den Kopf.

»Nee, lass man. Für einen solchen Einsatz seid ihr beide nicht stressfest genug.«

Christoph sah auf die Uhr. »Die Kieler lassen sich aber viel Zeit. Wir haben immer noch nichts von der Obduktion des toten Rentners gehört. Ich werde Jürgensen anrufen. Vielleicht liegt ihm schon eine Information vor.«

Doch Christophs Bemühungen waren erfolglos. Der Leiter der Kriminaltechnik war nicht an seinem Flensburger Schreibtisch, sondern zu einem Einsatz unterwegs. Eine halbe Stunde später meldete sich das Landeskriminalamt Kiel bei ihm.

»Hallo, Frau Dr. Braun«, sagte Christoph, was Große Jäger veranlasste, die Hände zu falten und entsetzt die Augen zu verdrehen.

»Es geht um den Todesfall zum Nachteil des Paul Schüttemann«, begann die Kollegin aus der Landeshauptstadt. »Ich weiß nicht, wer hinter Ihnen steht und bei Ihren Vorgängen stets so einen ungemeinen Druck auf uns ausübt.«

»Liebe Frau Dr. Braun«, warf Christoph ein. »Der Tod ist am Montag eingetreten. Heute ist Mittwoch. Wir warten bereits seit gestern auf Ihre Ergebnisse.«

»Sie haben falsche Vorstellungen von unserer Arbeit«, antwortete Dr. Braun pikiert. »Sie haben gut reden. Ihr Verantwortungsbereich umfasst nur einen engen regionalen Bezirk. Wir hingegen müssen die Fälle des ganzen Landes abdecken. Sie glauben nicht, welche Arbeit damit verbunden ist und welcher Einsatz uns abverlangt wird.«

»Ich weiß. Auch wenn wir nur einen kleinen Ausschnitt aus der Polizeiarbeit miterleben, verraten Sie mir doch bitte, was die Obduktion ergeben hat.«

Dr. Braun legte eine kleine Kunstpause ein, bevor sie mit der Erklärung begann.

»Zunächst einmal ist es bemerkenswert, dass ein Laie auf die vorliegenden Unregelmäßigkeiten gestoßen ist.«

Christoph unterbrach sie.

»Laie? Das hat eine erfahrene Ärztin festgestellt. Und der Anfangsverdacht wurde durch einen ebenso erfahrenen Kollegen bestätigt. Insoweit kann man kaum von Laien sprechen.«

Christoph hörte das Schnaufen in der Leitung.

»Praktizierende Ärzte verfügen grundsätzlich nicht über fundiertes Wissen bei der Beurteilung unnatürlicher Todesursachen«, beharrte Dr. Braun auf ihrem Standpunkt. »Darf ich Ihnen jetzt den Sachverhalt erläutern?«

Sie wartete Christophs Antwort nicht ab. »Wenn vor Eintritt des Todes schwere Anstrengungen oder Krämpfe vorausgehen, kommt es häufig vor, dass die Leichenstarre ...«

Christoph kannte die umständliche Art der leitenden Mitarbeiterin der naturwissenschaftlichen Kriminaltechnik des LKA, deshalb unterbrach er sie.

»Das alles hat uns Frau Dr. Michalke bereits erklärt. Uns interessiert, ob Paul Schüttemann eines natürlichen Todes gestorben ist.«

Jetzt war Dr. Braun sichtlich verstimmt.

»So? Dann wissen Sie also um die Nysten'sche Regel?«

»Nein«, gestand Christoph ein. »Was besagt die?«

Es entstand eine Pause, bevor Dr. Braun weitersprach.

»Dann geben Sie mir doch Gelegenheit, es Ihnen zu erläutern. Diese Regel besagt, dass die Leichenstarre an den Augenlidern beginnt und sich körperabwärts fortsetzt.«

Erneut unterbrach Christoph. »Verzeihung. Aber das ist uns bekannt. Können Sie mir mit wenigen Worten sagen, woran der alte Mann gestorben ist?«

»Todesursache war eine Aspiration von Fremdkörpern in der Trachea. Das hat zu einer Apnoe geführt, deren Folge der Exitus war. Die toxikologische Untersuchung war bedingt positiv.«

Erneut herrschte Schweigen in der Leitung, bis Christoph fragte: »Können Sie das auch einem medizinischen Laien erläutern?«

»Paul Schüttemann ist an Sauerstoffmangel gestorben«, antwortete Dr. Braun spitz. »Der wurde durch die Behinderung der Luftzufuhr in der Luftröhre durch einen Fremdkörper verursacht. Und Exitus heißt Tod.«

»Was war das für ein Fremdkörper?«

»Ein Stück Apfel.«

»Apfel? Sind Sie sich sicher?«

»Was glauben Sie? Wir machen unsere Arbeit gründlich.«

»Können Sie uns dazu noch weitere Einzelheiten nennen?«

»Wie meinen Sie das? Wollen Sie noch wissen, welche Sorte?«

»Nein! War das Stück abgebissen? Abgebrochen? Oder gar abgeschnitten?«

Christoph hörte Papier rascheln.

»Darüber können wir keine Aussage machen. Dazu war der Apfelrest schon zu zersetzt durch den Speichel, der sich noch im Mund und Rachenraum des Toten befand.«

»Also könnte durchaus auch ein natürlicher Tod vorliegen. Der alte Mann hat sich einfach verschluckt und ist daran erstickt?«

»Denkbar. Merkwürdig ist aber, dass wir auf der gut erhaltenen Oberseite des Apfels, also auf der Schale, einen Eindruck gefunden haben, eine frische Druckstelle. Die könnte von einem Finger stammen.«

»Es ist also nicht ausgeschlossen, dass jemand nachgeholfen hat? Dass Paul Schüttemann das Apfelstück gar nicht freiwillig geschluckt hat?«

»Schwer zu sagen. Angenommen, Sie hätten ein Gebiss. Würden Sie dann einen Apfel ohne Ihre Zähne essen?«

Christoph erinnerte sich an Große Jägers Tatortschilderung. Das Gebiss des alten Mannes hatten sie in einem Glas auf seinem Nachttisch gefunden.

»Zu guter Letzt. Was meinten Sie damit, dass der toxikologische Befund bedingt positiv war? Haben Sie Gift gefunden?«

»Der Mann ist vor seinem Tod reichlich mit Morphium behandelt worden. Das ist aber nicht verwunderlich. Außerdem lag dafür eine Verordnung der behandelnden Ärztin vor. Er hätte ohnehin nicht mehr lange zu leben gehabt und muss unter großen Schmerzen gelitten haben. Prostatakrebs. Die Metastasen hatten inzwischen seinen ganzen Körper befallen. In seinem Alter ist das inoperabel.«

»War er bei Bewusstsein, wenn wir der Theorie folgen, dass er den Apfel nicht selbst gegessen hat?«

»Vermutlich ja, sonst wäre der Gesamtbefund anders ausgefallen, weil …«

Christoph befürchtete eine weitere langatmige Erklärung. »Vielen Dank, Frau Dr. Braun. Ihre – wie immer – fundierte Analyse hat uns sehr geholfen.«

Als Christoph aufgelegt hatte, grinste ihn Große Jäger an.

»Na? Hast du in einem Telefonat wieder Erklärungen erhalten, wofür Medizinstudenten ein ganzes Semester benötigen?«

Christoph ließ den Kommentar seines Kollegen unbeantwortet. Stattdessen versuchte er, Jürgensen in Flensburg zu erreichen.

Der Leiter der Spurensicherung meldete sich sofort. Auch ohne dass er seinen Namen nannte, war er an seinem nasalen Tonfall zu erkennen.

»Die Spurensuche im Seniorenheim hat keine brauchbaren Ergebnisse erbracht. Insbesondere haben wir keine Anzeichen für Gift oder andere Mittel gefunden, die man dem alten Mann möglicherweise eingeflößt hat. Fingerabdrücke gibt es massenweise. Um die abzugleichen, wären wir eine Weile beschäftigt. Ebenso finden sich diverse Mikrospuren im Bett, an der Wäsche und auch am Körper des Toten. Faserreste, Spuren von Medikamenten, Krümel und so weiter. Die Liste ließe sich beliebig fortsetzen.«

»Habt ihr im Zimmer, zum Beispiel auf dem Nachttisch oder im Abfallbehälter, einen angebissenen Apfel oder Reste davon gefunden?«

»Einen Apfel?«, fragte Jürgensen ungläubig. »Wart mal.«

Christoph hörte, wie der kleine Hauptkommissar mit jemandem im Hintergrund sprach. Das Ganze wurde durch ein Husten Jürgensens unterbrochen. Nach einer Weile meldete er sich wieder.

»Christoph?«

»Ja, ich höre.«

»Tut mir leid. Einen Apfel oder etwas Ähnliches haben wir nicht gefunden. Warum fragst du danach?«

Christoph erklärte es ihm.

»Das ist in der Tat merkwürdig«, stimmte Jürgensen zu. »Ich kenne das Ergebnis aus Kiel nicht. Aber wenn Schüttemann einen Apfel gegessen haben sollte und daran erstickt ist, dann hätten wir Reste davon finden müssen.«

»Das ist unser Problem«, sagte Christoph. »Das Obduktionsergebnis lässt offen, ob es nicht vielleicht doch ein Unglück war. Das Opfer wäre nicht das erste, das an verschluckter Nahrung stirbt.«

»Da wünsche ich euch viel Erfolg. Und ... übrigens. Danke.«

»Danke? Wofür?«

»Dafür, dass ihr uns das erste Mal eine Leiche präsentiert habt, die nicht in einem winterlichen Wassergraben lag oder deren Kopf an einer Betonmauer zerschlagen wurde. Ich hätte es ja nicht für möglich gehalten, dass ihr Nachkommen einer Kreuzung aus Wikingern und Deichschafen noch lernt, wie wir die Kunden gern hätten.«

Christoph lachte.

»Kein Problem, Klaus. Und ab kommendem Jahr sind wir so weit mit unserer Organisation, dass wir euch die Leichen per Express direkt nach Flensburg schicken.«

Jürgensen knurrte etwas Unverständliches. »Lass man«, antwortete er dann. »Eigentlich komme ich ja ganz gern zu euch Schlickrutschern. Ist denn die Krokusblüte schon im Gange?«

Christoph versprach, den Kollegen zu informieren, wenn die lila Pracht den Schlossgarten überschwemmen würde. Dann wandte er sich den anderen Beamten im Büro zu.

»Das ist merkwürdig. Die Spurensicherung hat keine Apfelreste in Schüttemanns Zimmer gefunden.«

»Das habe ich gleich gesagt«, triumphierte Große Jäger. »An der Sache ist etwas faul.«

Der Oberkommissar stand auf, stieß dabei gegen die Schreibtischkante und fluchte, weil der Kaffeebecher überschwappte. Mit dem Hemdsärmel wischte er den feuchten Fleck von der Tischplatte. »Komm«, presste er zwischen den Zähnen hervor, mit denen er seine Zigarette hielt.

»Wohin?«

»Na! Zum Altersheim.«

Christoph seufzte. Wenn sich Große Jäger etwas in den Kopf gesetzt hatte, war er von seinem Vorhaben nicht abzubringen. Auch mussten die Dinge bei ihm stets sofort in die Tat umgesetzt werden.

Ebenso selbstverständlich war es für den Oberkommissar, dass er sich hinter das Lenkrad des Dienstkombis setzte. Auf der kurzen Wegstrecke von der Polizeidirektion durch die Eisenbahnunterführung und gleich danach rechts ab in die Simonsberger Straße schimpfte Große Jäger über das Fahrverhalten der anderen

Verkehrsteilnehmer, als hätte er es in seiner Umgebung nur mit Kleinkriminellen zu tun.

Rechts ragten die hässlichen grauen Silotürme des Hafens in die Höhe, während auf der linken Seite die roten Backsteinhäuser der Siedlung Norderheverstraße ihnen die Rückseiten zeigten. Ein Stück weiter lag, bereits mitten in der Marsch, das Klärwerk. Dahinter erstreckte sich die weite Fläche der Köge. Dort, wo sich das Auge früher ausruhen und die Unendlichkeit der Weite genießen konnte, kreisten jetzt eine Vielzahl überdimensionaler Windkraftanlagen und störten die Beschaulichkeit der sonst unberührt erscheinenden Landschaft.

An der Ecke der »Rieke Reech«, einer Sackgasse, bog Große Jäger ab. Die schmale Straße säumten ältere und jüngere Einfamilienhäuser in bunter Folge. Wer sich hier niedergelassen hatte, liebte die Ruhe und Abgeschiedenheit dieses Ortes.

Am Ende des Weges, direkt am Deich, lag der moderne Bau der Hauke-Haien-Residenz.

Auf der Bank vor dem Eingang saßen zwei ältere Männer, obwohl es die Märzsonne noch an Wärme missen ließ. Sie sahen die beiden Beamten neugierig an. Als die Polizisten die Bank passierten und Christoph freundlich grüßte, hob der Ältere die Hand an die Stirn. Es war mehr eine symbolische Handlung, da der Mann eine Schippermütze trug, die ihn vor der Blendwirkung der Sonne schützte. Unter dem blauen Mützenstoff quoll dichtes weißes Haar hervor. Beeindruckend war auch der Backenbart, der an den Seiten fast bis zum Kinn hinunterreichte. Aus dem sonnengegerbten Gesicht blinzelten zwei wache Augen hervor.

»Wohin wollen Sie denn?«, fragte der Mann.

Die beiden Beamten blieben stehen. Ehe Christoph antworten konnte, sagte Große Jäger: »In die Küche. Wir sollen beim Erbsenzählen helfen.«

Der Mützenträger stieß seinen Nachbarn mit dem Ellenbogen an und ließ ein wieherndes Lachen hören. Dabei zeigte er sein Gebiss, das aus lauter Zahnstummeln bestand.

»Der ist gut, was, Harry?«

Jetzt lachte auch der andere, dessen dünnes graues Haar in Strähnen vom Kopf über die Ohren hing.

»Da freut sich die Irina aber«, kam es aus dem mit ebenmäßigen weißen Zähnen verzierten Mund des Mannes, der sich im Unterschied zu seinem Nachbarn ein Gebiss hatte verpassen lassen.

»Wer ist Irina?«, wollte Große Jäger wissen.

»Unsere Köksch«, lachte der Senior und sah dann den Mützenträger an. »Der wird seine Freude haben, was, Kapitän?« Dann wandte er sich wieder Große Jäger zu. »Kneif ihr aber nich in Mors. Das is unser Revier. Mehr Spoos hebt wi ollen Knackers jo nich mehr.«

Die beiden schlugen sich vor Vergnügen die Hände auf die Schenkel, als Christoph und Große Jäger weitergingen. Hinter ihrem Rücken hörten die Beamten, wie der Jüngere sagte: »Wetten, dass der Dicke nich bei ihr landen tut?«

Mit einem Seitenblick nahm Christoph wahr, dass Große Jäger diesen Kommentar nicht spaßig fand. Er liebte es überhaupt nicht, wenn ihn jemand »den Dicken« nannte.

Die Glastüren öffneten sich automatisch und gaben den Eingang in das großzügige Foyer frei. Eine kleine Sitzgruppe lud zum Verweilen ein. In der Mitte plätscherte ein Springbrunnen. Pflanzenkübel gaben dem nüchternen Bau eine fast behagliche Atmosphäre.

Aus einem verglasten Quergang tauchte eine junge Frau in Schwesterntracht auf, die ein Tablett mit Kaffeegeschirr trug. Sie blieb abwartend stehen.

»Guten Tag, ich bin Schwester Anke. Kann ich Ihnen helfen?«, fragte sie höflich.

»Kripo Husum«, stellte sich Christoph vor. »Wir möchten mit Herrn Brodersen sprechen.«

»Würden Sie mir bitte folgen«, bat sie und ging zum Büro des Heimleiters voran.

Brodersen saß hinter seinem Schreibtisch und machte keinen erfreuten Eindruck.

»Darf ich Ihre Ausweise sehen?«, fragte er und studierte die Dokumente ausführlich. »Ich vermute, Sie möchten Informationen zu Herrn Schüttemann. Da es sich um vertrauliche Angaben handelt, wollte ich sichergehen, dass Sie auch wirklich von der Polizei sind. Sie glauben ja nicht, wer sich hier aus welchen abenteuerlichen Gründen einschleicht.«

»Zu welchem Zweck?«, fragte Große Jäger.

»Um den Bewohnern etwas zu verkaufen. Oder schlicht, um zu klauen. Außerdem hätte auch ein Anruf genügt.«

»Anruf?«

»Um mir mitzuteilen, dass das Ganze ein Windei ist. Eine fixe Idee von der Ärztin, die sich aufblasen wollte.«

»Da unterliegen Sie einem Irrtum. Dürfen wir uns setzen?«, fragte Christoph.

»Dauert es länger?«, antwortete Brodersen mit einer Gegenfrage.

»Ziemlich, wenn wir es wollen. Und manchmal habe ich richtig Bock«, mischte sich Große Jäger ein und angelte mit der Fußspitze nach einem Stuhl, den er unter dem missbilligenden Blick des Heimleiters über den Teppich zu sich heranzog.

»Dr. Michalke hatte mit ihrer Vermutung recht, dass die Todesursache bei Herrn Schüttemann unklar ist«, erklärte Christoph und nahm auf einem zweiten Stuhl Platz. »Vermutlich ist der alte Herr erstickt.«

»Das glaube ich nicht«, erwiderte Brodersen und ließ sich in seinen Sessel fallen. »Woran soll er erstickt sein?«

»An einem Apfelstück.«

Entspannung zeigte sich im Gesicht des Heimleiters. »Dann ist ja alles klar.«

»Nicht unbedingt. Da gibt es einige offene Punkte. Wie konnte Paul Schüttemann vom Apfel abbeißen, obwohl sein Gebiss auf dem Nachttisch lag?«

»Sie glauben nicht, welch sonderbare Dinge alte Leute tun«, wiegelte Brodersen ab.

»Und wo sind die Reste des Apfels geblieben? Die Spurensicherung hat keine entdeckt.«

Statt einer Antwort griff Brodersen zum Telefon und bat um den Besuch der Oberschwester.

Kurz darauf erschien Schwester Dagmar.

»Haben Sie dort Reste eines Apfels bemerkt, als Sie in das Zimmer kamen?«, fragte Christoph.

Die Pflegedienstleiterin überlegte einen Moment.

»Daran kann ich mich nicht erinnern«, sagte sie. »Ich habe allerdings auch nicht darauf geachtet. Als ich von meiner Kollegin gerufen wurde, habe ich mich ganz auf den Patienten konzentriert. Zu diesem Punkt sollten Sie Schwester Regina befragen.«

Brodersen griff erneut zum Telefon. Diesmal dauerte es etwas länger, bis die Frau im weißen Kittel erschien und sich entschuldigte, dass sie zuvor noch einen Heimbewohner zu versorgen hatte.

Christoph stellte ihr die gleiche Frage.

»Ja, da stand eine Untertasse mit einem Apfel und einem kleinen Messer. Die hatte ich selbst dorthin gestellt. Ich habe mich noch gewundert, da ich den Apfel natürlich ganz gelassen hatte, sonst wäre er angelaufen. Später lagen dort drei Apfelviertel. Und die Reste vom Kerngehäuse des letzten Viertels. Offenbar hat Herr Schüttemann sich die Frucht geteilt und ein Stück gegessen.«

»Hat er das öfter gemacht?«

Regina überlegte. »Eigentlich nicht. Dazu war er in der letzten Zeit zu geschwächt. Ich habe sonst das Obst in kleine Teile geschnitten und ihn gefüttert.« Die Krankenschwester legte die Fingerspitze an den Nasenflügel. »Überhaupt, jetzt wo Sie es sagen. Natürlich bekam der alte Herr nur geschältes Obst, weil die Schale für ihn zu hart gewesen wäre. Aber auf der Untertasse mit den Apfelresten lag keine Schale. Er muss sie mitgegessen haben.«

Christoph und Große Jäger wechselten einen raschen Blick.

»Und wo ist die Untertasse mit den Resten geblieben?«

»Die habe ich weggeräumt, noch bevor die Ärztin kam. War das nicht richtig?«, räumte Schwester Regina ein und machte dabei ein schuldbewusstes Gesicht. »Ich habe mir nichts dabei gedacht und wollte nur Ordnung schaffen.«

Christoph wandte sich an Schwester Dagmar. »Wer hatte Zugang zum Zimmer des Herrn Schüttemann?«

»Praktisch jeder. Wir wollen ein offenes Haus. Das fördert die Kommunikation unter den alten Menschen. Außerdem ist es für das Personal praktischer, wenn wir nicht ständig vor verschlossenen Türen stehen.«

»Trifft das auf alle Bewohner zu?«

»Nein. Manche legen Wert auf ihre Ungestörtheit. Das respektiert aber jeder.«

»Wer war als Letzter bei Herrn Schüttemann?«

Schwester Regina senkte den Kopf und sah betreten zu Boden.

»Ich glaube, ich war es. Ich war noch kurz bei ihm, gleich nachdem Dr. Michalke gegangen ist.«

»Wann war das?«

»Kurz nach dem Essen. Die Ärztin hat Herrn Schüttemann in der Zeit zwischen der Vor- und der Nachmittagssprechstunde besucht.«

»Und Sie sind noch im Raum geblieben, als Dr. Michalke gegangen ist?«

»Ich war nicht die ganze Zeit anwesend, sondern bin der Ärztin auf dem Flur begegnet, als sie sich verabschiedet hat. Dr. Michalke hatte es plötzlich eilig.«

»Was haben Sie dann gemacht?«

»Ich bin noch einmal zu Herrn Schüttemann und habe nach ihm gesehen. Dabei schlief er tief und fest.«

»Haben Sie deutlich bemerkt, dass er noch am Leben war?«

»Ich nehme es doch an. Schließlich war die Ärztin gerade bei ihm gewesen.« Schwester Regina senkte den Kopf und betrachtete ihre Fußspitzen. »Ich habe allerdings nur von der Tür aus einen Blick auf ihn geworfen.«

»Benötigen Sie uns noch?«, fragte die Oberschwester und war schon aufgestanden.

»Im Augenblick nicht. Danke.«

Nachdem die beiden den Raum verlassen hatten, lehnte sich Brodersen entspannt zurück.

»Ich glaube, nun ist der Fall endgültig aufgeklärt. Ein bedauerlicher Unfall.«

»Die Entwarnung geben wir«, sagte Große Jäger und kramte seine zerknitterte Zigarettenpackung hervor. Nachdem er den gefüllten Aschenbecher auf dem Schreibtisch des Heimleiters entdeckt hatte, genierte er sich nicht, zu rauchen. Er zündete sich, ohne um Erlaubnis zu fragen, eine Zigarette an.

»Was wollen Sie noch weiter untersuchen? Es stellt sich doch die Frage, ob es sich bei so alten Leuten noch lohnt, Zeit und Mühe für die Ermittlung der genauen Todesursache aufzuwenden.«

Große Jäger war halbwegs von seinem Stuhl in die Höhe gesprungen und konnte nur durch ein beherztes Zupfen an seinem Ärmel von Christoph zurückgehalten werden.

»Es ist eine Unverfrorenheit, welche Bewertungsmaßstäbe Sie an menschliches Leben legen«, sagte Christoph. Ihm war der Zorn deutlich anzumerken.

Brodersen zeigte sich nicht sonderlich erschüttert.

»Was ich gesagt habe, ist nur Ausdruck dessen, was sogar schon einige Politiker öffentlich diskutiert haben. Gibt es irgendwo eine Grenze, ab der nicht mehr jede Investition in die Gesundheit oder das Leben eines Menschen sinnvoll ist? Eine Frage, die erlaubt sein muss, in Anbetracht der Überalterung unserer Gesellschaft. Wer soll das bezahlen?«

»Ihre ethische Gesinnung ist vor dem Hintergrund, dass Ihnen das Wohl alter und pflegebedürftiger Menschen anvertraut ist, äußerst fragwürdig.«

»Ich denke, es gibt noch andere Behörden, die sich für Ihre Gedanken interessieren könnten und Ihnen das Leben als Betreiber einer Seniorenresidenz erschweren werden«, drohte Große Jäger ergänzend.

*

Das Schicksal des an Leukämie erkrankten Jungen hatte Mommsen keine Ruhe gelassen. Er stellte fest, dass er unkonzentriert die Akten in einem Fall durchblätterte, in dem es um einen Betrugsvorwurf gegen einen Internethändler ging. Immer wieder schweiften seine Gedanken zu der Suchanfrage aus Münster ab. Es musste doch möglich sein, Thorben Althoff zu finden. Schließlich hing davon das Leben des Kindes ab.

Mommsen klappte den Aktendeckel zu. Es war nur ein kurzer Fußweg von der Polizeidirektion zum Einwohnermeldeamt am Zingel. Dort beschaffte er sich ein Foto von Thorben Althoff. Jetzt wussten sie endlich, nach wem sie suchten.

Auf dem Bild war ein junger Mann zu sehen, der einen fröhlichen Eindruck machte. Ein schmaler Oberlippenbart und die in Spitzen nach oben gekämmten Haare zierten ein Allerweltsgesicht.

Als Nächstes fertigte Mommsen Vervielfältigungen an, bevor er sich noch einmal auf den Weg zu den beiden letzten bekannten Wohnsitzen Althoffs machte.

»Ich hab ihn kaum gesehn. War ja jümmers so büschen zurückhaltend. 'nen ganz ruhigen Jung. Wie ich ja gehört hab, soll er bei Nacht ausgebüxt sein. Und seine Wohnung war so 'n richtigen Schweinestall. Wie man sich doch täuschen kann. Hast ihn man gar nich angesehn«, erklärte ihm eine rundliche ältere Frau aus der Nachbarschaft.

»Haben Sie Herrn Althoff nach seinem Auszug noch einmal in der Stadt gesehen?«, fragte Mommsen.

Die Frau bewegte so heftig ihren Kopf, dass dabei das Doppelkinn hin und her pendelte. »Nee. Nie nich. War einfach weg. Wie vom Erdboden. Ab durch die Mitte. Ich sagte ja zu Frau Meyer, die wohnt da drüben, gleich links, also ich sagte zu ...«

Nur mit Mühe konnte Mommsen den Redefluss der leutseligen Frau stoppen, die ihm mit Sicherheit viel Interessantes und Pikantes aus ihrem Stadtviertel hätte berichten können. Doch außer dem, was »man so von Hörn un Sagen mitgekriegt hat«, wusste sie nichts zum Verbleib Althoffs beizusteuern.

Mommsen fuhr als Nächstes zu der Wohnung, in der der junge Mann zuletzt gewohnt hatte.

»Hören Sie mir bloß mit dem auf«, schimpfte der Hausbesitzer, ein Pensionär. »So kann man sich täuschen. Der machte 'nen guten Eindruck auf mich, als er hier einzog. Und dann hat er nicht einmal die Miete bezahlt. Ganz zu schweigen davon, dass er die Wohnung wie 'nen Müllplatz hinterlassen hat. Als er verschwunden war und ich mit meiner Frau rein bin in die Räume, hab ich fast 'nen Herzinfarkt gekriegt. Überall nur Dreck. Der hat nie was in Ascheimer geworfen. Den ganzen Schiet hat er inne Wohnung gestapelt. Ich kann Ihnen sagen, das hat vielleicht gestunken. Ham Sie 'ne Ahnung, was mich das gekostet hat? Den ganzen Mist wieder auf Vordermann zu bringen? Wer bezahlt mir das?«

»Ich verstehe Ihren Ärger. Deshalb interessieren wir uns auch für Herrn Althoff«, versuchte Mommsen die Erregung des Mannes zu dämpfen.

»Wird auch Zeit, dass sich die Polizei dahinterklemmt. Was für

Verbrecher hier in unser'n Land frei rumlaufen. Das glaubst du nich.«

»Können Sie mir etwas über Althoffs Umgang sagen? Familie? Freunde? Hobbys?«

»Nee. Sie müssen nun nich glaub'n, dass ich neugierig bin. Ich spionier doch nich hinter meine Mieter hinterher«, empörte sich der Mann. »Da hab ich keine Ahnung von. Aber dafür sind Sie ja da, junger Mann.«

Mommsen kehrte zur Dienststelle zurück, stellte sein Fahrzeug dort ab und machte sich zu Fuß auf den Weg in die Stadt. Als Erstes steuerte er den Tinebrunnen mitten auf dem Marktplatz an. Dort waren gelegentlich junge Leute zu treffen. Doch heute hatte er Pech. Heute hatte sich niemand auf dem Platz bei der Bronzestatue eingefunden.

Langsam bummelte Mommsen die Großstraße bis zum Palmengarten hinunter. Er machte auch Abstecher zu Karstadt und in das von den Einheimischen ebenso wie von den Besuchern geschätzte Traditionskaufhaus C.J. Schmidt, dessen Restaurant in der obersten Etage ein beliebter Treffpunkt war.

Weder in der »Neustadt« noch auf dem Weg durch die Hohle Gasse begegnete er einem jungen Mann, der Ähnlichkeit mit Althoff aufwies. Die Hafenstraße war um diese Jahreszeit noch ruhig. Viele der Tagesbesucher anlockenden Lokale waren geschlossen. Auch von dem Gesuchten war nichts zu sehen, obwohl Mommsen die am Binnenhafen entlangführende Straße bis zum kleinen Platz ging, der das Ende der Touristenmeile markierte. Sein Rückweg führte ihn über die Schiffbrücke und durch die lebhafte Krämerstraße zum Marktplatz. Entmutigt kehrte er von dort zur Dienststelle zurück. Er war sich bewusst, dass nur ein großer Zufall zu einem erfolgreichen Abschluss seiner Aktion geführt hätte, aber er wollte nichts unversucht lassen, um dem kleinen Lukas in Münster zu helfen.

*

Durch die Glaswand am Ende des Ganges fiel helles Licht herein. An den Wänden aus rotem Backstein hingen bunte Grafiken.

»Das freundliche Ambiente passt eigentlich nicht zur düsteren Stimmung, die der Heimleiter verbreitet«, sagte Christoph. Sie wichen auf dem Weg zurück in die Eingangshalle einer älteren Frau aus, die ihnen auf dem Flur entgegenkam. Langsam schlurfte die Weißhaarige ihrer Gehhilfe hinterher.

Die beiden Beamten grüßten freundlich.

»Haben Sie Gerd gesehen?«, fragte die Frau.

»Gerd? Wer ist Gerd?«, antwortete Große Jäger mit einer Gegenfrage.

»Na, Gerd. Der Hausmeister. Der wollte doch meinen Fernseher wieder richtig machen. Ich kann doch so nichts sehen.«

»Nein, Gerd ist uns nicht begegnet. Aber wenn wir ihn treffen, richten wir es ihm aus. Wie heißen Sie denn?«

»Ich bin die Frau Beckerling«, antwortete die alte Dame. »Aber vergessen Sie es bitte nicht.« Dann drehte sie sich um und schlurfte weiter.

Die beiden Beamten waren nur ein paar Schritte gegangen, als sie hinter sich den wütenden Aufschrei einer Männerstimme hörten.

»Alte Ziege, kannst du nicht aufpassen? Dauernd fährt einem dieses Weib mit ihrer Kiste in die Hacken.«

Christoph drehte sich abrupt um und sah einen Mann mit wuscheligen Haaren, der einen Stock schwang und damit Frau Beckerling drohte.

»Entschuldigen Sie, Herr Kubelka. Ich habe Sie nicht gesehen«, erwiderte die alte Dame mit dünner Stimme und machte einen zaghaften Schritt vorwärts. Dabei stieß sie den Mann erneut mit ihrem Rollator an.

»Jetzt reicht's mir aber«, brüllte der Mann, und es hatte den Anschein, als wollte er mit seinem Stock auf Frau Beckerling einschlagen. Im gleichen Moment tauchte Große Jäger neben ihm auf und hielt den Stock fest.

»Nun aber sachte, Opa. Wer wird denn so gewaltig sein?«

Frau Beckerling strahlte den Oberkommissar an.

»Vergessen Sie auch bestimmt nicht, Gerd Bescheid zu sagen?«, fragte sie und schlurfte weiter.

Der Mann mit dem Stock fasste sich ans Schienbein.

»Die Alte hat doch nicht mehr alle Tassen im Schrank. Ständig kurvt sie einem mit ihrer Kiste in die Knochen.«

Mit zornig funkelnden Augen sah er Große Jäger an. »Die spinnt doch. Die bekommt doch nichts mehr auf die Reihe. Kein Wunder. Was soll man schon von einer ehemaligen Lehrerin erwarten? Was mischen Sie sich überhaupt ein?«

»Mich geht alles etwas an. Ich stecke meine Nase überall hinein. Wer sind Sie überhaupt?«, entgegnete der Oberkommissar ungerührt.

»Friedrich Kubelka.« Der Mann reichte Große Jäger die Hand. Es wirkte wie eine Versöhnungsgeste. »Wen haben Sie besucht? Ich habe Sie hier noch nie gesehen.«

»Paul Schüttemann.«

»Den Alten? Komisch. Der hatte doch nie Besuch.« Kubelka stutzte einen Moment. »Wieso? Den können Sie doch gar nicht besuchen. Der ist doch tot.«

»Und deshalb bin ich hier. Wir sind von der Kripo Husum.« Dabei zeigte Große Jäger auf Christoph.

»Spannend. Wurde auch mal Zeit, dass sich die Polizei diesen Laden ansieht. Ich sag ja schon lange, dass es hier nicht mit rechten Dingen zugeht.«

»Wie sollen wir das verstehen?«

»Das müssen Sie schon selbst herausfinden. Ich will mir doch nicht den Mund verbrennen«, erwiderte Kubelka. »Fragen Sie doch mal den alten Rammler. Vielleicht kann der Ihnen was erzählen.«

Der Mann stützte sich auf seinen Stock und verschwand in einem Seitengang.

»Das ist ja richtig interessant in einem Altersheim«, sagte Große Jäger zu Christoph und knuffte ihn freundschaftlich in die Seite. »Hast du dich auch schon angemeldet? Hier geht es ja fast lebhafter zu als bei uns auf der Dienststelle.«

»Hier mögen sonderbare Menschen herumlaufen, aber gegen eine bärenstarke Type wie dich sind die alle Waisenknaben«, sagte Christoph.

Sie hatten jetzt das Foyer erreicht. Neugierig warteten dort die beiden Männer, die sie bei ihrem Eintreffen an der Tür begrüßt hatten.

»Wo finden wir Herrn Rammler?«, fragte Christoph den Kapitän, der offensichtlich nie ohne seine Schippermütze unterwegs war. Ein breites Lachen zog sich um den faltigen Mund.

»Der bewohnt das Apartment einhundertfünf.«

»Im ersten Stock«, ergänzte sein Kumpan und fing ebenfalls an zu lachen. »Wetten, dass ihr euren Spaß habt?«, rief er den beiden Polizisten hinterher, als diese schon auf der Treppe nach oben waren.

Auf das erste Klopfen an der Tür mit den großen silbernen Ziffern rührte sich nichts. Christoph versuchte es ein zweites Mal. Erst nachdem er es erneut probiert hatte, entstand Bewegung hinter der Tür. Sie wurde von einem hochgewachsenen schlanken Mann geöffnet.

Das akkurat gekämmte weiße Haar harmonierte mit dem braun gebrannten Gesicht und den markanten Gesichtszügen. Die sehnige Gestalt machte einen außerordentlich gepflegten Eindruck. Dazu passte auch die Kleidung. Eine dunkelblaue Stoffhose mit tadelloser Bügelfalte, ein am Kragen offenes kariertes Hemd, über dem der Mann einen Burberry-Pullover trug.

Aus hellen blauen Augen musterte er die beiden Besucher.

»Herr Rammler?«, fragte Christoph.

Es war, als hätte jemand einen Vorhang vor dem Gesicht weggezogen. Zuerst bebte es kurz um die Mundwinkel, dann zog der Mann die Nase kraus und kniff die Augen zusammen.

»Wie können Sie es wagen?«, donnerte er los. Er hatte eine tiefe, wohlklingende Stimme, die es gewohnt war, klar und akzentuiert zu sprechen. »Wer sind Sie überhaupt?«

Christoph stellte sich und Große Jäger vor.

»Trotzdem haben Sie nicht das recht, mich Rammler zu nennen. Mir ist bekannt, dass mich andere aus diesem Haus so verspotten. Mein Name ist Freiherr von Hasenteuffel-Stichnoth. Wenn Ihnen das zu lang ist, dürfen Sie mich auch mit ›Herr Baron‹ ansprechen.«

»Ich bitte Sie um Entschuldigung, aber man hat Sie uns als Herrn Rammler vorgestellt. Dürfen wir einen Moment hereinkommen?«

»Ist es erforderlich?«, antwortete der Mann.

»Ich denke schon.«

Der Baron gab die Tür frei. Das Apartment war geräumiger als der schlichte Raum, in dem Paul Schüttemann lebte und starb. Eine mit buntem Stoff bezogene Polstergruppe, der passende schwere Couchtisch und ein Wandschrank aus schwerer Eiche schufen eine nahezu behagliche Atmosphäre. Beeindruckend waren die prall gefüllten Bücherregale. Auch sonst war der Raum wohnlich eingerichtet. Lediglich Fernseher, DVD-Player und die Computeranlage auf dem altmodisch wirkenden Schreibtisch passten nicht zum Ambiente einer Seniorenwohnung.

Sie nahmen auf dem Sofa Platz, während sich der Baron ihnen gegenübersetzte.

»Ich bin viermal geschieden. Irgendwie hat das asoziale Volk, das teilweise in diesem Haus logiert, davon gehört. Nun glauben diese Leute, mich damit aufziehen zu können, dass sie mich ›Rammler‹ nennen.«

Christoph konzentrierte sich bei dieser Erklärung auf eine Reihe kleiner Kakteen, die die Fensterbank zierten. Aus den Augenwinkeln bekam er mit, dass Große Jäger nur mühsam ein Schmunzeln unterdrücken konnte.

»Haben Sie Kinder?«

»Biologisch ja – praktisch nicht.«

»Darf ich fragen, was Sie früher von Beruf waren?«

Obwohl von Hasenteuffel-Stichnoth kerzengrade in seinem Sessel hockte, gelang es ihm, seinen Körper noch einmal zu straffen.

»Offizier bei der Bundeswehr.«

»Herr Kubelka sagte, dass ...«

»Ausgerechnet der«, unterbrach sie der Baron. »Dieser jähzornige Nichtsnutz. Hat seinen Lebensunterhalt dadurch bestritten, dass er mit Militaria gehandelt hat und dabei die Ehre der Kriegsopfer verletzte. Ein ruchloser Geselle.«

»Das verstehe ich nicht«, gab Große Jäger zu bedenken.

Von Hasenteuffel-Stichnoth musterte den Oberkommissar.

»Wenn jemand für den Einsatz seines Lebens ausgezeichnet wurde, hat er eine Medaille erhalten. Das gilt auch für besondere Taten. Die Uniform ist ein besonderes Kleid. Dazu gehören auch die Besatzteile und die Dienstgradabzeichen, die Sie sich mit Fleiß und Tapferkeit erarbeiten müssen. Und dieser Mensch, der nie eine Kaserne von innen gesehen hat, handelte damit, als wäre es Ramsch. Für solche Leute kann ich nur tiefste Verachtung empfinden.«

»Herr Kubelka hat gesagt, dass Sie uns einen Überblick über sonderbare Vorkommnisse in diesem Haus vermitteln können. Was meint er damit?«, fragte Christoph.

»Der Mann ist ein Schwätzer. Gleichwohl hat er recht. Es wird gemunkelt, dass Brodersen pleite ist. Er scheut sich nicht davor, begüterte Bewohner um Bares anzugehen und sich von ihnen Geld zu leihen. Auch verstummen die Gerüchte nicht, dass er froh über den Abgang jedes pflegebedürftigen Bewohners ist. Das erlaubt ihm, Kosten zu sparen und die Personaldecke weiter auszudünnen.«

»Wieso kommt er mit den Beiträgen nicht zurecht?«

Von Hasenteuffel-Stichnoth sah versonnen aus dem Fenster, bevor er antwortete.

»Ich habe es auch nur aus dritter Hand gehört. Aber die ganze Anlage hier wurde von Investoren mitfinanziert, die nun auf ihre Rendite warten. Die machen Brodersen wohl höllisch Feuer. Und nun steht ihm das Wasser bis zu Hals.«

»Werden Sie schlecht versorgt?«

»Dass das nicht geschieht, haben wir wohl dem Personal zu verdanken. Ich bewundere die Leute, die sich täglich mit den Alten auseinandersetzen müssen. Nehmen Sie die alte Beckerling. Seit Jahren Dialysepatientin. Außerdem ist sie ein wenig verschroben. Thordsen, den alle den Kapitän nennen, obwohl er nur zwischen den Inseln und Halligen über den Grund des Wattenmeeres gerutscht ist, geht mit seiner ewig aufgesetzten Fröhlichkeit auf die Nerven. Sein Kumpel, Harry Seelig, läuft völlig verwahrlost durch die Gegend und will mit jedem um alles zocken. Kubelka, nicht nur ein Widerling, sondern auch jähzornig. Er ist bestimmt kein einfacher Fall für das Personal mit seiner chronischen Inkontinenz. Ganz zu schweigen von denen, die nicht mehr ansprechbar sind. Bruno Steinträger zum Beispiel. Hat nicht nur Diabetes, sondern auch Alzheimer. Der läuft den ganzen Tag über die Flure und bemerkt seine Umwelt nicht mehr.«

Christoph sah sich im gepflegten Zimmer des Mannes um. Der Baron bemerkte seinen Rundblick.

»Sie sollten nicht glauben, dass alle älteren Menschen senil und krank sind. Es gibt auch die anderen, die noch voll am Leben teilnehmen. Mit denen können Sie alle aktuellen Probleme diskutieren. Es ist schade, dass man das geballte Wissen und die Erfahrung eines erfolgreichen Lebens ungenutzt in die Ecke stellt. Niemand möchte etwas von den ›Alten‹ hören, geschweige denn lernen. So werden wir als nutzlos abgestellt und in irgendeinem Seniorenheim bis zum Tod aufbewahrt.«

Aus der Stimme des Mannes war deutlich die Verbitterung zu hören. »Uns braucht keiner mehr. Wir sind zu nichts mehr nütze. Unfähig, noch große Dinge zu bewältigen.«

»Sie selbst scheinen ein Vertreter des vitalen Teils der älteren Generation zu sein«, sagte Christoph und sah dabei auf die Computeranlage.

»Ich versuche, mich den Herausforderungen der Zeit zu stellen. Ich arbeite mit Begeisterung am Computer und surfe im Internet. Ich filme mit dem Camcorder und bearbeite die Filme. Weiterhin bin ich Mitglied in einem Forum, das im Internet selbst geschriebene Kurzgeschichten veröffentlicht und diskutiert. Und auch mein Handy benutze ich nicht nur zum Telefonieren.«

»Glauben Sie nicht, dass es viele ältere Menschen gibt, die sich ähnlich wie Sie betätigen?«

»Das nimmt uns doch niemand ab – da draußen.«

»Und weshalb haben Sie sich in eine Seniorenresidenz zurückgezogen? Sie machen den Eindruck, als könnten Sie Ihr Leben durchaus eigenständig meistern – da draußen, wie Sie sagen.«

Von Hasenteuffel-Stichnoth seufzte. »Ich war viermal verheiratet. Lassen wir die Gründe dafür undiskutiert. Das hat mich einen erklecklichen Teil meiner Pension gekostet. Und meine Beziehung zur Familie derer von Hasenteuffel. Man hat mich unter Druck gesetzt. Entweder ich gehe ins Altersheim – hier, am Ende der Welt – und die Familie bezahlt meinen Aufenthalt, oder ich muss selbst zusehen, wie ich zurechtkomme.«

»Woher stammen Sie?«

»Aus Waldhessen.«

»Und was hat Sie nach Husum geführt?«

Der Baron schwieg lange, bevor er antwortete. »Die Rache meiner Sippe. Die wollten mich in die Einöde schicken.« Er lachte bitter auf. »Aber die haben sich getäuscht. Wenn die wüssten, dass dieser Flecken Erde das Paradies ist, dann würden die sich vor Wut selbst in den Hintern beißen. Denen werde ich es noch zeigen. Die werden noch staunen, was der alte Wilhelm zustande bringt.«

*

Der hinter dem Deich wehende Westwind trug fische Seeluft über das Watt. Christoph stand an der offenen Autotür und sah den Wolken nach, die ständig ihre Formen und auch Farben veränderten. Dazwischen war ein klares, tiefes Blau zu erkennen. Wenn die Märzsonne eine Lücke zwischen den Wolken fand, hatte sie schon genügend Kraft, um mit der ersten schmeichelnden Wärme des Jahres Geschmack auf den Frühling zu machen.

Christoph liebte diese Jahreszeit, selbst wenn es zwischendurch grau zuzog und man immer noch im Pullover herumlief, während das Fernsehen vom Einzug des Frühlings an der Bergstraße berichtete. Es war der Wind, der es in dieser Region immer ein wenig kühler erscheinen ließ, als es tatsächlich war. Doch wer einmal in den Großstädten die stickige Luft eingeatmet hat, die Mischung aus Industrie- und Autoabgasen, die mangels Luftbewegung wie eine Dunstglocke über den Städten hing, der würde sich zurücksehnen an die Küste mit ebendiesem stetig spürbaren Wind.

Christoph hatte sich nicht nur an Nordfriesland gewöhnt, nein, er konnte sich mittlerweile nicht mehr vorstellen, woanders zu leben. Wie schwer war es ihm gefallen, als er gegen seinen Willen hierher versetzt wurde, in die Provinz. Heute wollte er um keinen Preis das weite Land und seine Bewohner mehr missen.

Er sah zu Große Jäger hinüber, der auf der anderen Seite des Kombis stand, sich lässig auf dem Wagendach abstützte und den Rauch einer Zigarette inhalierte. Der Oberkommissar hatte darauf bestanden, seinen Nikotinbedarf an Ort und Stelle zu befriedigen, obwohl es bis zur Dienststelle nur wenige Fahrminuten waren.

Große Jägers Blick verlor sich in der Ferne und wanderte über die grüne Marsch.

Die beiden Beamten wurden in ihren Betrachtungen durch einen weißen Peugeot älterer Bauart unterbrochen, der aus Richtung Husum kam und vor dem Haupteingang hielt. Ein mittelgroßer Mann, leger gekleidet, entstieg dem Fahrzeug und schlenderte auf die Eingangstür zu, ohne sich der Mühe zu unterziehen, sein Auto abzuschließen. Er hatte die sich selbsttätig öffnenden Glaselemente noch nicht erreicht, als drei Männer ins Freie traten.

»Das glaube ich nicht«, murmelte Große Jäger und sah interessiert zu, wie Kapitän Thordsen, sein offenbar ewiger Begleiter Harry Seelig und von Hasenteuffel-Stichnoth auf den Neuankömmling zugingen.

Thordsen umarmte den jüngeren Mann. Anschließend gab Seelig ihm die Hand. Der Baron beließ es bei einem Kopfnicken. Die drei gingen auf den Peugeot zu und stiegen ein, wobei der Fahrer dem Kapitän behilflich war, auf dem Beifahrersitz Platz zu nehmen, während die beiden anderen im Fond saßen. Nachdem auch der Fahrer wieder eingestiegen war, rollte der Wagen Richtung Husum zurück.

»Was ist das für eine Expedition?«, fragte Große Jäger neugierig. »Äußerst merkwürdig, nachdem uns der Hasenteuffel lang und breit erklärt hat, dass die anderen Alten für ihn nichts als Flachpfeifen sind.«

»Das Ziel dieser Fahrt interessiert mich jetzt auch«, sagte Christoph. Gegen den Protest des Oberkommissars zwängte er sich hinters Lenkrad und folgte dem Peugeot, der in Richtung Stadt fuhr.

Wenn Husum die Stadt der kurzen Wege ist, so trifft das auch auf das Autofahren zu. Wer sich mit dem Wagen durch die innere Stadt wagt, muss im Allgemeinen alle paar Meter die Fahrtrichtung wechseln.

Große Jäger musste Christophs Gedanken erraten haben.

»Das ist einer der Gründe, weshalb wir hier in Husum relativ wenig auswärtige Kriminelle haben.«

»Welchen meinst du?«, fragte Christoph.

»Bei dem Links-rechts-links im Zentrum und den zahlreichen engen Einbahnstraßen verfahren die sich.«

Auf der rechten Seite tauchte der alte Friedhof auf.

»Es steht wohl nicht zu befürchten, dass die Alten sich selbst dorthin bringen lassen«, unkte der Oberkommissar, bemerkte nach einem raschen Seitenblick auf Christoph aber selbst seinen Fauxpas.

Der Peugeot verlangsamte seine Fahrt, setzte den Blinker nach links und bog auf ein Grundstück ein.

»Das glaube ich nicht.« Große Jäger war überrascht. Um seine Verblüffung zu unterstreichen, wiederholte er den Satz noch einmal.

»Das haben die nur dir zuliebe getan«, lachte Christoph und bog ebenfalls auf das Gelände von McDonald's ab. Jeder auf der Dienststelle wusste um Große Jägers Vorliebe für Fastfood. Immer wenn der Oberkommissar vorschlug, eine Kleinigkeit zu essen, führte ihn der Weg in ein Schnellrestaurant.

Sie warteten, bis die drei älteren Herren dem Peugeot entstiegen waren und laut miteinander schwatzend im Gebäude verschwanden.

»Wir geben ihnen noch fünf Minuten«, sagte Christoph. Er merkte Große Jäger an, dass dem das Warten schwerfiel.

Als sie das Fastfood-Restaurant betraten, sahen sie die vier Männer um einen Tisch herum gruppiert. Jeder hatte eines der Einheitstabletts vor sich stehen, darauf die aufgerissenen Pappverpackungen. Der Fahrer des Wagens und Harry Seelig hatten sich zudem noch eine Cola bestellt, während der Baron einen Pappbecher mit Kaffee bevorzugte. Kapitän Thordsen biss gerade herzhaft in seinen Hamburger. Die rote Sauce, die zwischen den beiden Brötchenhälften hervorquoll und ihm von den Mundwinkeln in Richtung Kinn herunterlief, schien ihn nicht im Geringsten zu stören. Christoph hörte die vier lachen, als auch von Hasenteuffel-Stichnoth zubiss und dabei den Salat und die Tomatenscheibe aus dem Brötchen hervorquetschte. Beides landete zur Erheiterung seiner Tischnachbarn mit einem Platsch auf dem Tablett vor ihm.

Während Christoph dieser fröhlich gestimmten Seniorenrunde noch seine Aufmerksamkeit schenkte, stand Große Jäger bereits am Tresen und gab seine eigene Bestellung auf. Christoph folgte ihm.

Sie wählten einen freien Tisch in der Nähe der vier Männer. Als sie sich niederließen, wurden sie von Harry Seelig entdeckt. Der stieß mit dem Ellenbogen Thordsen an und versuchte mit vollem Mund etwas zu sagen, was ihm aber misslang. Durch diese Aktion wurden auch die beiden anderen auf die Beamten aufmerksam und drehten sich zu ihnen um. Seelig sagte etwas, das Christoph nicht verstand. Dann lachten alle vier schallend.

Der Oberkommissar hatte beschlossen, den Dienst für eine Pause zu unterbrechen, und widmete sich ohne Beachtung der Geschehnisse in seinem Rücken dem Hamburger Royal vor seiner Nase.

Als sie mit dem Essen fertig waren und Christoph noch mit dem Rest Cola in seinem Pappbecher kämpfte und Große Jäger schon beim Rauchen war, stand von Hasenteuffel-Stichnoth auf und kam an ihren Tisch.

»Es scheint, als wären Sie überrascht, uns hier zu finden.«

»In der Tat«, entgegnete Christoph. »Besonders vor dem Hintergrund, dass Sie uns vor einer halben Stunde erläutert haben, wie geringschätzig Sie Ihre Mitbewohner beurteilen.«

Der Baron zeigte zwei Reihen ebenmäßiger weißer Zähne, als er lächelte.

»Mein Urteil bleibt unberührt von der Tatsache, dass das Leben auch heitere Seiten haben muss. Und dieses Vergnügen bereite ich mir, indem ich diese alten Narren hierher begleite. Nun schauen Sie nicht so überrascht«, sagte er zu Große Jäger gewandt. »Wie ich Ihnen schon erklärte, werden die Senioren oft unterschätzt. Warum in aller Welt staunen die Leute, wenn ältere Menschen in ein Fastfood-Restaurant gehen? Dürfen wir das nur in Begleitung unserer Enkel?«

»Darf ich fragen, wer Ihr Fahrer ist?«, wich Christoph aus.

Von Hasenteuffel-Stichnoth sah über die Schulter. »Das ist Hinnerk, der Sohn vom alten Thordsen.« Der Baron senkte die Stimme. »Hat irgendwo im Koog eine Pension, die nicht so gut läuft. Deshalb taucht er oft bei seinem Vater auf, gibt vor, sich um ihn kümmern zu wollen, und ist insgeheim doch nur auf den Zuschuss aus, den ihm der Alte dann zusteckt.«

Von Hasenteuffel-Stichnoth wurde durch seine Begleiter unterbrochen, die geräuschvoll aufgestanden waren und nun am Tisch der Beamten vorbei eine »Tablett-Polonäse« zum Rollgestell, auf dem die Reste der Mahlzeiten platziert wurden, vollführten. Als Harry Seelig ihren Tisch passierte, griente er Christoph an.

»Wetten, dass Sie das nicht von uns erwartet haben?«

Christoph sah der fröhlichen Truppe nach und fing einen Kommentar von drei jungen Frauen ein, die mit ihrem Nachwuchs am Nebentisch saßen.

»Sieh dir die Rentnerband an.«

Die beiden Beamten folgten dem weißen Peugeot, der in die Stadt zurückfuhr. Den Insassen des Wagens war nicht verborgen geblieben, dass sie verfolgt wurden. Immer wieder drehte sich Harry Seelig, der auf dem Rücksitz saß, zu Christoph und Große Jäger um und schnitt Grimassen.

»Das scheint wirklich ein verrückter Kerl zu sein«, sagte Christoph.

»Wetten, dass …?«, antwortete Große Jäger. Die Heiterkeit des alten Mannes war ansteckend.

Thordsens Sohn hielt direkt vor dem historischen Rathaus am Husumer Markt. Er stieg als Erster aus und war dann seinen drei Mitfahrern beim Verlassen des Wagens behilflich.

Von Hasenteuffel-Stichnoth wechselte noch ein paar Worte mit seinen Mitstreitern, schüttelte dem jungen Thordsen die Hand, überquerte die Norderstraße und marschierte mit federnden Schritten Richtung Krämerstraße, nicht ohne zuvor den beiden Beamten, die ein Stück hinter dem Peugeot gehalten hatten, freundlich zuzunicken.

Der Kapitän und Seelig warteten einen Moment unschlüssig am Bordstein, als sich der Peugeot wieder in Bewegung setzte, um kurz darauf zu blinken und auf den Parkplatz des Kaufhauses abzubiegen.

Die beiden Alten gingen langsam die Großstraße Richtung Palmengarten bis zur Filiale der Sparkasse hinab. Dorthin verschwand der alte Thordsen, während Seelig, auf seinen Stock gestützt, neugierig die vorbeieilenden Passanten musterte.

Christoph war ausgestiegen und den beiden Senioren gefolgt,

während Große Jäger den Dienstwagen bei Karstadt abstellen wollte.

Christoph hatte sich in den etwas zurückliegenden Eingangsbereich des Kaufhauses zurückgezogen und beobachtete Seelig. Er musste eine gute Viertelstunde warten, bis der junge Thordsen auftauchte und sich mit Seelig unterhielt. Es vergingen weitere zehn Minuten. Dann stieß auch der Kapitän wieder zu den beiden. Er wechselte ein paar Worte mit seinem Sohn. Es sah aus, als würde er ihm eine Belehrung erteilen. Danach griff der Alte in seine Tasche, zog ein Bündel Geldscheine hervor und drückte es dem Junior in die Hand. Während der ganzen Zeit musste der junge Thordsen die wortreichen Erklärungen seines Vaters über sich ergehen lassen.

Hastig umarmte er noch einmal seinen Vater und verschwand dann Richtung Parkplatz.

Der alte Thordsen sah ihm nach, schüttelte seinen Kopf und griff in die andere Seitentasche. Erneut zog er ein Geldbündel hervor und wedelte damit vor Seeligs Augen herum. Er machte keinen Versuch, das Geld zu verbergen, was die Aufmerksamkeit einiger Passanten erweckte, die dem alten Mann mit dem Geldbündel interessiert zusahen.

Seeligs Augen hatten einen fast verklärten Ausdruck angenommen. Christoph sah, wie sich der Mann mit der Zunge über die Mundwinkel fuhr. Dann griff er nach dem Geld, das der Kapitän rasch zur Seite zog. Seelig schien mehr als irritiert zu sein. Und während der alte Thordsen ihm die Scheine erneut hinhielt, sah der sonst immer zu Späßen aufgelegte Harry Seelig gar nicht fröhlich aus. Im zweiten Versuch gelang es ihm, das Geld zu greifen. Mit einer fahrigen Bewegung steckte er das Bündel in seine Jackeninnentasche. Dann entspannte sich sein Gesichtsausdruck. Traut vereint überquerten die beiden die Straße, ohne sich um den laufenden Verkehr zu kümmern, und verschwanden im Eingang des Kaufhauses. Christoph folgte ihnen. Ihr Weg führte sie auf direktem Weg in die Cafeteria im Obergeschoss, wo man mit etwas Glück einen Fensterplatz mit Blick auf den Binnenhafen erobern konnte.

Während Seelig den direkten Weg zur Herrentoilette suchte, nahm Thordsen an einem der Tische Platz. Geraume Zeit später gesellte sich Seelig zu ihm. Sie bestellten Kaffee und unterhielten sich angeregt. An dieser Stelle beschloss Christoph, die Beobachtungen zu beenden, und verließ das Kaufhaus durch den Eingang Krämerstraße. Dort stieß er mit von Hasenteuffel-Stichnoth zusammen, der mit einer voll beladenen Plastiktüte aus der gegenüberliegenden Buchhandlung kam.

»Husum ist doch eine überschaubare kleine Stadt«, sagte er mit einem leichten Lächeln. »Man kann sich einfach nicht aus dem Weg gehen. Und wenn meine Sippe, die mich abstrafen wollte, wissen würde, wie gut es sich hier leben lässt, würden sie mir aus Neid sofort die Unterstützung versagen. Ich wünsche Ihnen noch einen schönen Tag.« Der Baron nickte Christoph zu und ging mit forschen Schritten Richtung Zingel von dannen. Christoph hatte den gleichen Weg, der ihn zurück zur Dienststelle führte. In gebührendem Abstand folgte er dem ehemaligen Offizier, der offensichtlich zu Fuß zurück zur Seniorenresidenz ging.

*

Noch galt die Winterzeit, und jetzt, im März kurz vor Frühlingsbeginn, brach die Dämmerung im äußersten Norden Deutschlands etwa zur gleichen Zeit herein wie am Alpenrand. Es war erstaunlich, dass fußballbegeisterte Bewohner Nordfrieslands während der Sommermonate noch das letzte Tageslicht vor ihrem Fenster sahen, während die Liveübertragung aus dem Münchener Stadion bereits eine tiefschwarze Nacht zeigte.

»Bei uns gibt es einfach mehr Leuchten als in Bayern«, hatte Große Jäger diese Tatsache erklärt.

Die Bewohner der Hauke-Haien-Residenz schenkten der Dämmerung aber keine Beachtung, sondern widmeten sich dem Ritual des Abendessens. Im großen freundlichen Speisesaal standen die Vierertische in lockerer Anordnung. Tischdecken und eine Vase mit Schnittblumen verliehen dem Raum einen Hauch anheimelnder Atmosphäre.

An vielen Tischen hatten sich schon Senioren niedergelassen und erfüllten den Raum mit einem lautstarken Palaver. Vielen fiel das Hören schwer, und so sprachen sie unwillkürlich lauter.

Die gemeinsamen Mahlzeiten wurden von den alten Leuten geliebt, waren sie doch eine willkommene Gelegenheit zur Kommunikation und zum Austausch von großen und kleinen Neuigkeiten. Besonders heiter ging es an einem zentral stehenden Tisch zu, an dem Kapitän Thordsen und Harry Seelig saßen und sich offenbar köstlich amüsierten. Nach jedem zweiten Satz, den sie wechselten, brachen sie lautstark in Gelächter aus.

»Wetten um 'nen Euro, dass Schwester Anke ›Na, Harry‹ sagt, wenn ich ihr hinterherpfeife?«, bot Seelig dem Kapitän an. Als dieser ablehnte, drehte sich Seelig zu Friedrich Kubelka um, der als Dritter mit am Tisch hockte und stumm den beiden anderen lauschte.

»Na, Fiete, wie is? 'nen Euro?«

Kubelka zog geräuschvoll die Nase hoch, bevor er antwortete: »Für Sie bin ich immer noch *Herr Kubelka*. Außerdem mag ich es nicht, wenn man mich Fiete ruft.«

Der Kapitän und Seelig wechselten einen raschen Blick, bevor sie in ein dröhnendes Gelächter ausbrachen. In diesem Moment näherte sich Schwester Anke dem Tisch und balancierte ein Tablett mit drei Suppentassen. Seelig musterte sie von oben bis unten und stieß einen »Bauarbeiterpfiff« aus, wie er es nannte, weil er glaubte, in dieser Weise würden die Handwerker von ihren Gerüsten jungen Frauen hinterherpfeifen.

Anke lächelte.

»Na, Harry?«, sagte sie erwartungsgemäß und rief damit ein zufriedenes Lächeln auf Seeligs Gesicht hervor.

»Haben Sie heute Abend schon etwas vor?«, fragte Seelig.

»Ja. Ich bin mit dem Bürgermeister, dem Pastor und dem Landrat gleichzeitig verabredet. Dabei muss ich aufpassen, dass Peter Harry nicht eifersüchtig wird. Der hat mir auch schon vier Heiratsanträge gemacht.«

»Donnerwetter«, mischte sich der Kapitän ein. »Da hat unsereiner keine Chance mehr.«

»Schon gar nicht mit unserer Prostatahypertrophie«, pflichtete ihm Seelig bei. »Wenn ich gewusst hätte, dass ein Mann im Alter so oft pinkeln gehen muss, wäre ich nicht älter als dreißig geworden.«

Thordsen hatte inzwischen zum Löffel gegriffen, ihn vorsichtig in die Suppe eingetaucht und pustete nun in die helle Flüssigkeit.

»Was isses denn heut?«, fragte Seelig.

»Spargelcremesuppe«, antwortete Anke und stellte die dritte Tasse vor Kubelka hin.

»Schade, dass der alte Steinträger mit seinem Alzheimer inzwischen so plemplem ist, dass er kaum noch zum Essen kommt«, kommentierte Seelig und machte immer noch keine Anstalten, von der Suppe zu probieren. Auch Kubelka hatte sein Abendessen noch nicht angerührt.

Vorsichtig führte der Kapitän den Löffel zum Mund und sog geräuschvoll die Suppe ein. Kaum hatte die Speise seine Zunge berührt, als er sich schon über die Tasse beugte und den Inhalt in das Gefäß spuckte. Hastig griff er zur Serviette, wischte sich den Mund, nahm das bereitstehende Wasserglas zur Hand und trank hastig einen großen Schluck. Jetzt waren auch neugierige Blicke von den Nachbartischen auf ihn gerichtet.

»Pfui Teufel«, schimpfte Thordsen. »Was ist das für eine Schweinerei? Das ist eine pure Salzlösung, die uns da serviert wurde.«

Ähnliche Geräusche drangen jetzt auch von einer anderen Ecke des Speisesaals herüber. Dort hatte man von den Geschehnissen an diesem Tisch nichts mitbekommen und die gleiche Erfahrung wie Thordsen gemacht.

»Das ist ein übler Scherz«, empörte sich der Kapitän.

»Sie können immer nur über Streiche lachen, die auf Kosten anderer stattfinden«, sagte Kubelka und erntete dafür einen bösen Blick seiner beiden Tischnachbarn.

Schwester Anke zeigte sich erschrocken.

»Das kann nicht sein«, war ihre erste Reaktion. Dann nahm sie den noch unbenutzten Löffel Seeligs und probierte vorsichtig einen Tropfen Suppe. Sie verzog angewidert das Gesicht.

»Stimmt! Ich kümmere mich darum«, sagte sie, sammelte die Suppentassen wieder ein und verschwand damit Richtung Küche.

Thordsen sah sich um.

»Wo steckt eigentlich der Rammler?«, fragte er, weil er von Hasenteuffel-Stichnoth nicht entdecken konnte.

Seelig guckte über die Schulter.

»Scheint nicht beim Essen zu sein«, stimmte er zu. »Wahrscheinlich ist dem feinen Herrn unsere Gesellschaft nicht genehm.«

»Ich kann auf dessen Gegenwart durchaus verzichten«, sagte Kubelka und stand auf, um sich am Buffet zu bedienen.

*

Anke stellte das Tablett mit den Suppentassen hart auf dem Tresen in der Küche ab.

»Was ist dir da für ein Missgeschick unterlaufen, Babuschka?«, sagte sie zu der rundlichen Frau mit der befleckten Schürze und der weißen Küchenhaube, unter der widerborstige graue Strähnen hervorlugten.

Irina Schmidt, eine Migrantin aus dem asiatischen Teil Russlands, sah Anke aus ihrem runden Gesicht an und rümpfte dabei ihre Knollennase.

»Mir nicht Missgeschick unterlaufen«, sagte sie energisch in der harten Tonart der Osteuropäer. »Was soll sein?«

»Die Suppe ist total versalzen.«

»Kann nicht sein«, stellte die Babuschka fest. Diese typisch deutsche Reaktion beim Vortragen einer Beschwerde, ohne den Grund zu prüfen, hatte auch sie sich zu eigen gemacht. Dann nahm sie einen Löffel, probierte und verzog das Gesicht.

»Das ist nicht von mir«, sagte sie treuherzig. »So was mach ich nicht. Bestimmt.«

»Wer hat die Suppe gekocht?« Schwester Anke blieb hartnäckig.

»Na, ich! Aber nicht mit Salz.«

»Hast du eine Alternative?«, fragte Anke die Köchin.

»Woher ich soll nehmen so schnell andere Suppe, hä? Ich kann nicht zaubern«, stellte Babuschka lakonisch fest. »Müssen die Leute bleiben ohne Suppe. Manche sind sowieso viel zu dick.« Wie um das zu unterstreichen, fuhr sich Irina Schmidt mit beiden Händen über ihren rundlichen Leib.

»Manchmal es macht wirklich keinen Spaß, für die Alten zu kochen. Ständig hat einer was zu meckern. Ist zu heiß, Babuschka, ist zu kalt, Babuschka. Ist zu fettig, ist zu trocken.« Aufgebracht griff sie zu einem Küchentuch, knüllte es zusammen und warf es auf den Tresen zurück. »Und manche nicht kommen zu Tisch. Von mir aus die sollen sich kochen ihr Essen selber.«

Jeder im Hause kannte Irina Schmidts impulsive Art, wusste aber auch, dass der Zorn der rundlichen Köchin sehr schnell wieder verflog.

»Nehme zum Beispiel den Herrn Baron. Mal kommt er zum Essen, mal nicht. Nie er sagt vorher Bescheid. Die Leute in Russland haben gewusst, warum sie die Adligen alle hingemacht haben.« Dabei deutete Irina Schmidt die international bekannte Geste des Halsabschneidens an und lachte dabei. »Wo ist dieser Teufel von Hase? Nicht da. Und andere manchmal auch nicht kommen. Wie Frau Beckerling. Hat Zettel hierhin gelegt.« Die Babuschka klopfte mit der flachen Hand auf den Küchentresen. »Heute keinen Appetit zum Abendbrot, weil sie morgen zur Dialyse muss. Will nicht mehr gestört werden.«

Anke tätschelte der aufgebrachten Köchin den Oberarm.

»Ist ja gut, Irina. Ich werde nachher noch einmal nach Frau Beckerling sehen.«

»Ich glaube, dass ist nicht mehr erforderlich, weil Regina schon hat gemacht.«

»Bist du dir sicher?«, fragte Anke nach.

»Ja, schon. Aber Regina ist jetzt weg. Hat schon Feierabend, weil morgen hat Frühschicht.«

»Nun, gut«, sagte Anke im sanften Ton und drehte sich um. »Dann werde ich mal versuchen, die Rasselbande da draußen wieder zu beruhigen.«

*

Zwei Stunden später saß Christoph auch bei Tisch. Er wurde allerdings nicht von Schwester Anke, sondern von Judith bedient, der Wirtin von Dragseth's Gasthof, Husums ältestem Restaurant. Ihm gegenüber saß Anna Bergmann und beobachtete ihn, wie er gedankenverloren den Salzstreuer in seinen Händen drehte.

»Mittlerweile kenne ich dich gut genug, um zu wissen, dass

dich etwas beschäftigt. Ist es immer noch unsere kleine Meinungsverschiedenheit vom Montag?«

Sie nahm ihm entschlossen das Gefäß fort und hielt dafür seine Hand in der ihren.

»Ach was«, wehrte Christoph ab. »Wir nagen dort an zwei Fällen, in denen wir nicht so recht weiterkommen. Das eine ist ein ungeklärter Todesfall, bei dem sich nicht genau feststellen lässt, ob es ein natürlicher Tod war oder nicht.«

»Kannst du Einzelheiten erzählen?«

Er schüttelte den Kopf und sah Judith an, die ihnen die Getränke brachte. Als sich die Wirtin wieder zurückgezogen hatte, fuhr Christoph fort: »Genauso wenig wie du über die Krankheitsgeschichten eurer Patienten plauderst, werde ich dich in die Details unserer Ermittlungen einweihen.«

Sie tätschelte vorsichtig seine Hand, was er geschehen ließ.

»Steht es im Zusammenhang mit dem Tod des alten Mannes in der Hauke-Haien-Residenz?«

Christoph sah ihr prüfend in die grünen Augen.

»Woher weißt du davon?«

Sie blies eine vorwitzige Haarsträhne aus ihrem Gesicht.

»Mein Chef erwähnte es beiläufig. Die Ärztin …«

»Dr. Michalke.«

»Ja, die. Sie hat Doc Hinrichsen angerufen, weil sie wusste, dass er gelegentlich für euch arbeitet und über Erfahrung bei unnatürlichen Todesursachen verfügt.«

»Und?«

»Mein Chef kennt den Fall nur aus der Schilderung Dr. Michalkes. Er hat ihr aber zugestimmt. Diese Seniorenresidenz ist sowieso etwas merkwürdig.«

Christoph war hellhörig geworden. Eigentlich hatte er sich auf einen privaten Abend gefreut, ohne über dienstliche Belange sprechen zu müssen, doch nun hatte ihn Annas vage Andeutung neugierig gemacht.

»Einige der Senioren sind unsere Patienten.«

»Wer?«

Sie hob beide Hände zu einer Abwehrgeste.

»Siehste! Jetzt muss ich schweigen.« Sie hielt einen Moment inne und zeigte zwei Reihen strahlend weißer Zähne, als sie versonnen lächelte. »Einer von denen ist ein besonderer Kauz. Jeweils zum Quartalsanfang kommt er in die Praxis und weigert sich, die zehn Euro zu bezahlen. Er besteht darauf, dass wir um die Praxisgebühr zocken.«

»Da bist du doch nicht drauf eingegangen?«

»Doch. Natürlich.«

»Und wer zahlt die Gebühr, wenn er gewinnt?«

Anna gab ihm einen leichten Klaps auf den Handrücken und zog dann ihre Hand von der Tischplatte zurück.

»Er hat noch nie gewonnen, weil er keine Chance dazu hatte.«

»Heißt das, du behumst ihn?«

Anna nahm einen Schluck aus ihrem Weinglas.

»Selbstverständlich. Jedes Mal. Männer wollen manipuliert werden. Oder glaubst du, mein lieber Christoph, dass du immer Herr deines Willens bist?«

Jetzt lachte er auch. »Soll das heißen ...?«

»Von Anfang an. Du wärst doch gar nicht auf die Idee gekommen, eine kleine Arzthelferin zum Italiener einzuladen, geschweige denn ein Verhältnis mit ihr zu beginnen.«

»Also ...«, empörte er sich künstlich und griff zu seinem Bierglas.

Nachdem er getrunken hatte, fuhr er sich mit der Zungenspitze über die Lippen, um den Rest der Schaumkrone wegzuwischen.

»Hast du sonst noch etwas über das Altersheim gehört?«

»Man spricht nicht mehr vom Altersheim. Das ist diskriminierend«, klärte ihn Anna auf. »In der Tat pfeifen es die Spatzen von den Dächern, dass es wirtschaftliche Schwierigkeiten gibt. Man sagt, dass sich Brodersen übernommen hat und händeringend nach neuen Geldquellen sucht. Seine bisherigen Finanziers sind wohl ausgestiegen – oder haben es vor. Jetzt steht er mit dem Rücken zur Wand.«

Christoph nahm diese Information schweigend zur Kenntnis. Eine ähnliche Andeutung hatte bereits von Hasenteuffel-Stichnoth gemacht.

»Ist es für Brodersen vorteilhaft, wenn er alte und pflegebedürftige Patienten durch jüngere ersetzt?«.

»Auf jeden Fall«, sagte Anna und sah ihn durchdringend an. »Neue Bewohner kannst du zu besseren Konditionen aufnehmen als die alten, mit denen du möglicherweise Verträge geschlossen hast, die für den Betreiber heute ungünstig sind. Und dann hast du bei mehr Geld mit gesünderen Patienten weniger Aufwand. Das heißt, du kannst am Personal sparen.«

Warum hatte sich Brodersen so vehement gegen den Verdacht, es könnte ein unnatürlicher Todesfall vorliegen, gewehrt?, fragte sich Christoph, ohne seinen Gedanken vor Anna auszusprechen. Stattdessen fragte er sie: »Ist das Personal zuverlässig?«

Sie nickte. »Soweit ich das einschätzen kann – ja. Es gibt zu wenig Mitarbeiter. Und die, die da sind, erfüllen ihre Aufgaben mit viel Engagement und hoher Verantwortung. Aber irgendwann ist auch der Akku des gutwilligsten Altenpflegers leer.«

In diesem Moment betrat ein Mann die Gaststube, der allein durch seine Erscheinung Aufmerksamkeit erregte. Er trug eine lila Hose, dazu ein quittegelbes Hemd unter einer Peter-Frankenfeld-Jacke. Unter dem Hals saß eine giftgrüne überdimensionierte Fliege. Er sah sich kurz um, stutzte, als er Christoph und Anna sah, und kam mit ausgestreckten Armen auf die beiden zu. Ihm folgte Mommsen, der nach ihm eingetreten war.

Karlchen beugte sich zu Christoph herab, gab ihm beidseitig ein Wangenküsschen und tätschelte freundschaftlich dessen Arm.

»Hallo, lieber Christoph«, flötete er in übertrieben hoher Stimmlage, weil er sich bewusst war, dass er die ungeteilte Aufmerksamkeit aller anderen Gäste hatte.

Annas Begrüßung bestand aus einer lässigen Handbewegung.

»Hi – du bekommst keinen Kuss von mir«, grinste er die rothaarige Arzthelferin an. Dafür begrüßte Mommsen sie mit einem festen Händedruck.

Die beiden nahmen unaufgefordert an Christophs Tisch Platz.

»Sei mir nicht böse, Karlchen, aber dein Outfit ist wieder einmal umwerfend.«

Der kleine Mann lächelte nur. Oft genug hatte er erklärt, dass Christoph und Mommsen abends die gleiche Kleidung wie im Dienst trügen, mithin in Arbeitskleidung unterwegs waren, wie er es nannte.

»Ich arbeite als Animateur oder Eventschaffender, wie es heute heißt«, hatte Karlchen erklärt, »und nehme mir die Freiheit, auch in Arbeitskleidung herumzulaufen.«

Christoph hatte sich schon lange an die Lebensgemeinschaft dieses ungleichen Paares gewöhnt, das schrille Karlchen und der korrekte Mommsen, dessen sportliche Erscheinung die Herzen vieler Frauen bei der ersten Begegnung höherschlagen ließ.

»Ich weiß gar nicht, weshalb ich immer die Aufmerksamkeit von Frauen auf mich ziehe«, sagte Karlchen in gespielter Empörung.

»Wenn du nicht immer bunt wie ein Malkasten herumlaufen würdest, würden dir auch weniger Frauenblicke folgen«, klärte ihn Anna auf.

»Hach! Das musst du gerade sagen. Zeig mir mal die Frau, die durch die Stadt läuft, ohne vorher ihr Gesicht anzumalen.« Dann drehte er sich zu Christoph um. »Weißt du eigentlich, mein lieber Christoph, was du mit Helgoland gemeinsam hast?«

Christoph sah ihn ratlos an.

»Ihr habt beide eine lange Anna.«

»Ich will nicht dienstlich werden«, sagte Mommsen ernst und erzählte dann aber doch von seinem nachmittäglichen Rundgang durch die Stadt und seiner Suche nach Thorben Althoff. »Mir lässt die Sorge um den kleinen Jungen, der so dringend auf die Knochenmarkspende wartet, keine Ruhe.«

Betroffen lauschten Anna und Karlchen, dem die Beschäftigung mit Kindern bei seiner Arbeit besonders viel Freude bereitete, Mommsens Bericht.

»Seid ihr euch sicher, dass der Mann noch in der Gegend ist?«, fragte Anna.

»Es ist sehr wahrscheinlich. Aber im Augenblick ist er abgetaucht. Und das ist in Husum ein wenig schwieriger als im Dschungel der Großstadt. Hier ist alles überschaubar. Es gibt keine verdeckten Ecken, in denen man sich verkriechen kann. Wer sich trotzdem unter Menschen bewegen möchte, dabei aber unerkannt bleiben will, der ist hier falsch«, sagte Christoph.

»Ich verstehe nicht, weshalb er sich nicht meldet«, warf Anna ein, die nicht um den Hintergrund wusste. Die beiden Polizisten wechselten einen raschen Blick, ohne ein Wort zu sagen.

»Kann es sein, dass da noch mehr hintersteckt?«, fragte sie.

»Möglich«, antwortete Christoph ausweichend und sah zur Tür, als diese sich öffnete und ein Ehepaar mittleren Alters hereinkam.

»Ich dachte schon, Große Jäger erscheint. Dann wären wir ja fast vollständig.«

Mommsen schüttelte den Kopf, dass die blonden Haarspitzen sich heftig bewegten. »Der hockt daheim und versucht, seinen Hund zu erziehen.«

»Das ist das Gescheiteste, was er tun kann«, bestätigte Karlchen. »Nicht umsonst hat ein gescheiter Mensch dem Hund den Namen Blödmann gegeben. Nicht wahr?«

Dabei sah er Christoph an, der zur Bestätigung nickte.

*

Weder die Straßenbeleuchtung noch das Licht in den Fenstern der angrenzenden Geschäfte schafften es, die Nacht in ein ansprechendes Licht zu tauchen. Zumindest nicht in diesem Teil Husums. Obwohl erst die Zeit der Tagesschau schlug, waren kaum Passanten unterwegs.

Große Jäger hatte nach Beginn der Abenddämmerung einen Streifzug durch Lokale der Stadt begonnen, von denen er glaubte, dass dort jenes Publikum verkehrte, das am ehesten Thorben Althoff kennen könnte. Seine Hoffnung, den Gesuchten selbst zu finden, war relativ gering.

Der Oberkommissar wohnte schon lange in der nordfriesischen Metropole, und es waren nicht nur dienstliche Belange, die ihn zu einem Kenner der einheimischen Gastronomie gemacht hatten. Mit einem Augenzwinkern erklärte er jedem, dass er sich davor fürchtete, eines Tages würden seine Nieren den Dienst versagen. So galt seine Sorge dem Durchspülen dieses Organs. Obwohl er, der gebürtige Westfale, sich schon lange als Einheimischer fühlte, mangelte es ihm an Lokalpatriotismus, um seine »Gesundheitspflege« mit dem Husumer Mineralwasser zu betreiben. »Und die Säure im Wein schädigt auf Dauer meinen Magen«, lautete eine weitere Erkenntnis von ihm, sodass er sich – rein aus gesundheitlichen Gründen – auf den Bierkonsum konzentrierte.

Er hatte bereits drei Gaststätten an diesem Abend besucht und konsequent in jedem Lokal zwei Bier getrunken. Nicht gezählt hatte er dabei die Zigaretten, die für ihn ein begleitendes Muss bedeuteten.

Als er die vierte Kneipe des Abends ansteuerte, hörte er schon von Weitem die Geräusche einer lebhaften Auseinandersetzung. Zu seiner Überraschung waren es nur sechs junge Männer, die lässig am Tresen lehnten und ihre unterschiedliche Auffassung zu irgendeinem Thema vortrugen. Als er den stickigen Raum betrat, schenkten ihm die anderen Gäste kurz ihre Aufmerksamkeit.

»Hi, Michi«, grüßte er den Wirt, der vom Bierzapfen aufsah, ihm wortlos zunickte und sich weiter seiner Beschäftigung widmete.

Hinter Große Jäger war Hilke Hauck in die verräucherte Bude gehuscht. Sie gesellte sich zum Oberkommissar an den fleckigen Tresen, nahm eine Hand vor den Mund und hüstelte demonstrativ.

»Ich hab's dir gleich gesagt. Husums Kneipen sind nichts für Landeier. Ich kann mein Bier auch ohne deine Begleitung trinken.«

»Ich fürchte, dass du dabei aber den Überblick verlierst. Deshalb bin ich zum Zählen mitgekommen«, erwiderte sie.

Große Jäger ließ die Bemerkung unkommentiert und bestellte ein Bier und ein Mineralwasser für seine Begleitung. Dann zog er das Foto von Thorben Althoff aus der Tasche und zeigte es dem Wirt.

»Kennst du den?«

Der Mann hinterm Tresen sah nicht auf das Foto, sondern erledigte weiter seine Arbeit. Erst nach einer ganzen Weile warf der Wirt einen flüchtigen Blick darauf.

»Was is 'n mit dem?«

»Wir suchen jeden, der blöde Fragen stellt«, antwortete Große Jäger. »Also, wann war er das letzte Mal in deinem Bumsschuppen?«

Der Unterton in der Antwort des Oberkommissars ließ den Wirt aufhorchen.

»Zeig noch mal«, sagte er, wischte sich die Hände an den Nähten seiner Hose ab und griff zu einer Brille, die zwischen anderen Utensilien neben der Zapfanlage lag. Dann betrachtete er das Foto eingehend.

»Ist das Thorben?«, fragte er.

»Nee, 'nen Jugendfoto vom Bundespräsidenten. Ich hab Zeit. Putz deine Glasaugen und kuck dir den Typ noch mal an.«

»Ich sagte doch schon, das is Thorben.«

»Und? Wo isser jetzt?«

Der Wirt nahm einen Schluck aus einem Bierglas.

»Keine Ahnung. Wieso?« Dann sprach er die anderen Gäste an. »Habt ihr 'ne Idee, wo Thorben is?«

Ein breitschultriger Mann, er mochte Mitte zwanzig sein, drehte sich zu Große Jäger und Hilke Hauck um.

»Wer will 'n das wissen?«

Der Wirt zeigte auf die beiden Polizisten. »Die da.«

Der Mann mit dem silbernen Ring im Ohr musterte die Beamten. Er nannte eine Zahlenfolge und ergänzte: »Da werden Sie geholfen.«

Sein Scherz wurde vom wiehernden Gelächter seiner Kumpane begleitet.

»Hör mal, du Bezirkscomedian, wenn ich mich schon freiwillig in eine Gesellschaft wie deine begebe und Fragen stelle, dann habe ich meine Gründe.«

»Nu man sachte, Opa«, plusterte sich der Mann auf. »Sei ruhig, trink dir einen und sauf deine Tussi schön.« Er sah über Große Jägers Schulter Hilke Hauck an.

Der Oberkommissar trat jetzt ganz dicht an den Mann heran, sodass seine Füße auf dessen Fußspitzen standen. Dann verlagerte er sein Gewicht. Der andere guckte ihn irritiert an, zog seine Schuhe unter denen des Oberkommissars hervor und stieß ihn vor die Brust.

»He, sag mal Alter. Tickst du nich richtig?«

Jetzt mischte sich der Wirt ein. »Is genug, Wolle. Halt dich zurück.«

Der Mann wollte aber nicht klein beigeben. »Meinst du, Michi, ich lass mich von jedem Scheintoten anmachen?«

Große Jäger stand immer noch vor ihm. Er bohrte mit seinem Zeigefinger schmerzhaft zwischen die Rippen seines Gegenübers, der zurückzuckte.

»Pass mal auf, Kumpel. Ich geb dir jetzt 'nen Bier aus. Dafür bist du friedlich und erzählst mir, wo dein Freund Thorben steckt.«

Große Jäger streckte dem Mann die Hand entgegen, die dieser mit einem verdutzen Gesichtsausdruck einschlug.

»So«, mahnte der Oberkommissar, »und nun entschuldigst du dich für deine Entgleisung bei meiner Tante Hilke.«

»'tschuldige«, murmelte der Mann und bekam das Grinsen von Hilke Hauck nicht mit.

Der Wirt schob die Getränke über den Tresen. Die beiden Männer prosteten sich zu.

Große Jäger wischte sich mit dem Handrücken den Schaum vom Mund.

»Wo steckt Thorben?«

Der Mann schüttelte den Kopf.

»Auch für 'n Bier verpfeif ich kein' Kumpel.«

»Nun hör mal zu«, sagte Große Jäger. »Meine Kollegin wird dir nun von einem kleinen Jungen erzählen, der in Münster im Krankenhaus liegt und um sein Leben kämpft.«

Mit wenigen Worten berichtete Hilke, warum sie Thorben Althoff suchten.

»O Scheiße«, kommentierte der Wortführer der anderen Gäste und legte seine Hand vertraulich auf Große Jägers Schulter. »Mensch, Macker, warum hast das nich gleich gesagt? Klaro. Wir kenn' Thorben. Hab ihn aber schon 'nen paar Tage nich mehr gesehn. Wenn wir ihn treffen, sag'n wir ihm Bescheid. Okay?«

Ihr Einvernehmen wurde noch mit ein paar weiteren Bieren besiegelt. Und erst als Hilke nachdrücklich darauf hinwies, dass sie auch gern Feierabend machen und zu ihrer Familie heimkehren würde, obsiegte Große Jägers Ritterlichkeit über seinen Durst, und er begleitete seine Kollegin wie ein Gentleman quer durch die dunkle Stadt zurück zur Poggenburgstraße, wo ihr Auto stand.

»Und dann erzählt Christoph immer, Husum wäre die Stadt der kurzen Wege«, knurrte er unterwegs.

DREI

Von der Straße her drangen gedämpft die Geräusche der durchfahrenden Autos hinein. Sacht ließ Christoph die Tür ins Schloss fallen und bemühte sich, die hölzerne Treppe ins Obergeschoss des älteren Rotklinkerhauses zu erklimmen. Obwohl er wusste, welche Stufen besondern knarrten, schrak er zusammen, als das Holz durchdringende Geräusche von sich gab. Prompt öffnete sich hinter seinem Rücken die Tür zum Erdgeschoss, und seine Vermieterin erschien im Türrahmen. Sie trug ihren geblümten Morgenmantel. Das schlohweiße Haar war mit einem Netz geschützt.

»Herr Johannes?«, hörte er die Stimme der alten Dame. »Sagen Sie bloß, Sie waren bis jetzt im Dienst.«

Er drehte sich auf der Treppe zu seinem kleinen Apartment unterm Dach um und erwiderte den Gruß.

»Nehmen die Leute überhaupt keine Rücksicht mehr?« Sie ließ offen, ob sie mit den »Leuten« die bösen Buben meinte, denen ihrer Meinung nach Christoph den ganzen Tag hinterhereilte, oder die rücksichtslosen Vorgesetzten, die ihm einen Dienst rund um die Uhr zumuteten.

Christoph zuckte nur mit den Schultern und überließ seiner Vermieterin, sich die passende Antwort selbst auszuwählen.

»Schließlich sind Sie ja auch nicht mehr der Jüngste«, versuchte ihn die über Achtzigjährige zu ermuntern. Und als er nicht auf ihre besorgt klingende Anmerkung einging, zeigte sie ihre mütterliche Seite.

»Ich werde mich bei der Hausarbeit auch ganz ruhig verhalten, wenn Sie sich nach der anstrengenden Nachtarbeit jetzt ausruhen möchten.«

»Ja – ja«, antwortete Christoph und warf die Tür seiner Wohnung hinter sich ins Schloss. Nach dem lockeren Beisammensein im Dragseth's Gasthof war er mit zu Anna gefahren und hatte dort die Nacht verbracht. Jetzt war er in seine Wohnung zurückgekehrt, um die Morgentoilette zu erledigen und sich umzuziehen.

Er hatte Glück, dass ihm seine Vermieterin nicht ein zweites Mal begegnete, als er das Haus wieder verließ, um zur Polizeidirektion zu fahren.

Das Büro war verwaist. Dafür fand er eine Nachricht von Mommsen auf seinem Schreibtisch. Der junge Kommissar war bereits auf dem Weg zum Elisabeth-Sophien-Koog unterwegs, jener Streusiedlung mit weniger als fünfzig Einwohnern auf der Husum vorgelagerten Insel Nordstrand, die als Wohnsitz des Ministerpräsidenten bekannt geworden ist.

Erwartungsgemäß war Große Jäger noch nicht eingetroffen. Dafür erschien wenige Minuten später Hilke Hauck und berichtete von dem Streifzug durch die Husumer Kneipen.

Es verging eine weitere halbe Stunde, bis der Oberkommissar erschien. Er war jedoch nicht allein. An der Leine zog er einen rehbraunen Hund hinter sich her, der deutlich machte, dass er andere Vorstellungen als sein Herrchen hatte. Das Tier sah aus wie ein hochgelegter Dackel.

Große Jäger sah sich kurz um, ohne zu grüßen, und knurrte Christoph an: »Hat Tante Hilke schon gepetzt?«

Dann ließ er die Hundeleine einfach auf den Boden und sich in den Schreibtischstuhl fallen. Mit der Schuhspitze angelte er nach der Schublade, zog diese hervor und parkte seine Füße darauf. Demonstrativ griff er zum Kaffeebecher, sah hinein und tat überrascht, dass ihm nur der eingetrocknete Bodensatz vom Vortag entgegensah. Es folgte das Anzünden der obligatorischen Zigarette.

»Zum einen sagt man ›Moin‹, wenn man einen Raum betritt«, belehrte ihn Christoph.

Der Oberkommissar winkte müde ab. »Hab ich gestern gesagt. Ist morgen wieder dran.«

»Zum Zweiten habe ich dir schon zigmal erklärt, dass du deine Haustiere nicht mit zum Dienst bringen sollst. Hunde haben hier nichts zu suchen.«

Große Jäger streckte den Zeigefinger aus und zeigte auf Christoph.

»Stimmt. Und ich habe dir oft erklärt, dass der Hund eines Schäfers ein Schäferhund ist, der Hund auf dem Bauernhof ein Hofhund, und der Hund eines Polizisten ist ein …«

»Auch ein Polizeihund nach deiner Definition gehört nicht hierher. Ohnehin ist deine Begriffsbestimmung sehr fragwürdig. Schließlich ist der Hund eines Seemannes ja auch kein Seehund.«

Statt zu antworten, zeigte Große Jäger auf Mommsens Schreibtisch.

»Wo ist denn das Kind?«

»Harm ist bereits zu einem Einsatz unterwegs.«

»Hat er wenigstens vorher Kaffee gekocht?«

»Kannst du das nicht selbst?«, mischte sich Hilke ein.

»Wieso? Dafür sind doch die Frauen zuständig.«

»Na schön, Onkel, dann werde ich dir einen von mir holen«, sagte Hilke, griff mit spitzen Fingern seinen Kaffeebecher und verließ das Büro.

»Wilderich«, wurde Christoph ernst. »Ich toleriere ja viele deiner Marotten. Aber es geht nicht, dass du deinen Hund mitbringst. Blödmann stört den Dienstbetrieb. Und das kann ich nicht dulden.«

Bei der Nennung seines Namens hatte der Hund den Kopf kurz gehoben, sich dann aber wieder vor Große Jägers Schreibtisch ausgestreckt.

»Ich kann das Tier doch nicht den ganzen Tag allein in der Wohnung lassen. Wenn du das forderst, bekommst du Ärger mit jedem Tierschutzverband.«

»Vielleicht hättest du es dir vor Anschaffung des Hundes überlegen können, wo er während deines Dienstes bleibt.«

Große Jäger musterte Christoph aus zusammengekniffenen Augen.

»Ein Mann braucht einen Hund«, erklärte er kategorisch. »Wer freut sich und wedelt mit dem Schwanz, wenn du heimkommst?«

»Dann bring Blödmann in deine Wohnung, damit er sich auch richtig freuen kann, wenn du kommst.«

»Heute Mittag«, entschied Große Jäger. Für ihn war die Diskussion damit abgeschlossen.

Christoph kannte seinen Kollegen mittlerweile gut genug, und er hatte oft versucht, dem knorrigen Mann diese oder jene Marotte abzugewöhnen, ihn vorsichtig darauf aufmerksam zu machen, dass er ein wenig mehr auf sein Äußeres achten sollte. Doch alle

Bemühungen waren vergeblich. Eine eigenwillige Persönlichkeit wie die des Oberkommissars ließ sich nicht ändern. Und missen möchte ich dieses Schnüffelschwein auch nicht, dachte Christoph. Der Mann war nicht nur ein ausgezeichneter Polizist, sondern unter seiner speckigen und rauen Schale steckte eine warmherzige Seele.

»Na endlich«, knurrte Große Jäger, als Hilke den vollen Kaffeebecher an seinen Schreibtisch balancierte.

»Was war das noch für eine Rasse, der Blödmann angehört?«, fragte Hilke.

»Eine Dachsbracke.«

»Ich dachte, es wäre ein hochgelegter Dackel.«

»Da merkt man wieder einmal, dass die Landbevölkerung keine Ahnung hat«, entrüstete sich Große Jäger. »Der Hund ist ein anerkannter Rassehund. Er gehört zur Gruppe der kleinsten Schweißhunde.«

»Die Tatsache, dass er in seiner Rassebezeichnung ein ›w‹ hat, musst du ihm aber noch beibringen«, lästerte Hilke.

Sie wurde durch das Klingeln des Telefons unterbrochen.

Der Oberkommissar lauschte einen Moment, bevor er den Teilnehmer am anderen Ende der Leitung unterbrach.

»Ich schalte den Raumlautsprecher ein und bitte Sie, noch einmal zu wiederholen«, sagte er. Es folgte ein Knacken. Dann war eine Frauenstimme zu hören.

»Ja, hallo. Hier ist Schwester Dagmar von der Hauke-Haien-Residenz. Ich bin mir nicht sicher, ob es für Sie von Bedeutung ist, aber wir vermissen eine Bewohnerin.«

»Wen?«

»Trude Beckerling heißt die Frau. Sie ist …«

»Wir sind ihr begegnet«, unterbrach Große Jäger. Auch Christoph erinnerte sich an die alte Dame mit dem Rollator, die ständig nach Gerd, dem Hausmeister, gefragt hatte und dem jähzornigen Kubelka mit ihrer Gehhilfe in die Hacken gefahren war.

»Ja, und als die zuständige Pflegerin sie heute Morgen versorgen wollte, war Frau Beckerling weg.«

»Können Sie das ein wenig ausführlicher erläutern?«, bat Große Jäger, besann sich dann aber eines Besseren und sagte: »Wir kommen bei Ihnen vorbei.« Er stand auf, griff die Hundeleine und nickte Christoph zu: »Komm!«

Wenn der Oberkommissar etwas beschlossen hatte, duldete er keinen Widerspruch.

Sie fuhren das kurze Stück bis zur Seniorenresidenz.

Vor dem Haus stand der Hausmeister und fegte den Eingangsbereich. Er grüßte die beiden Beamten freundlich.

Im Foyer kam ihnen Schwester Anke entgegen. Sie trug heute eine cremefarbene Jeans und ein weißes T-Shirt. Gleichzeitig mit ihrem »Guten Morgen« zeigte sie auf den Hund und sagte: »Tiere dürfen hier nicht hinein.«

»Das ist kein Tier, sondern ein Polizeihund, der uns bei der Arbeit behilflich ist«, antwortete Große Jäger bestimmt und zerrte den widerspenstigen Blödmann hinter sich her.

»Der Hund ist Mitglied unseres Ermittlungsteams«, erklärte er mit einem breiten Grinsen auch dem Heimleiter, als sie dessen Büro betraten. Das Tier knurrte Brodersen leise an, legte sich dann aber zu Füßen des Oberkommissars unter den Schreibtisch des Heimleiters.

Schwester Dagmar war ebenfalls anwesend und begann zu berichten.

»Frau Beckerling ist gestern nicht zum Abendessen erschienen. Es kommt öfter vor, dass jemand nicht essen mag. Das ist Routine. Die alten Leute sagen dann Bescheid, meist bei Babuschka. Das ist unsere Köchin. So war es auch gestern. In der Küche lag eine handgeschriebene Nachricht für Irina ...«

»Wer ist das?«, fragte Christoph.

»Entschuldigung. Irina Schmidt. Das ist Babuschka. Bei ihr war eine Nachricht von Frau Beckerling hinterlegt, dass die alte Dame nicht zum Abendessen kommt und auch nicht mehr gestört werden wollte.«

»Können Sie uns den Zettel zeigen?«, mischte sich Große Jäger ein.

»Natürlich«, antwortete Schwester Dagmar, aber Brodersen winkte ab und griff zum Telefon. Sie hörten, wie er mit irgendjemandem sprach und sich nach dem Zettel erkundigte.

»Folglich haben wir Frau Beckerling gestern in Ruhe gelassen.

Es gab für uns auch keine weitere Veranlassung, sie noch einmal in ihrem Zimmer aufzusuchen.«

Brodersen hatte aufgelegt. »Babuschka hat den Zettel gestern in den Müll geworfen. So etwas bewahren wir nicht auf. Wozu auch?«

»Notfalls stellen wir die Mülltonne sicher«, sagte Christoph.

Schwester Dagmar und der Heimleiter wechselten einen raschen Blick.

»Ich fürchte, das wird schwierig. Wir haben hier ein anderes Entsorgungssystem als ein Privathaushalt. In der Restmülltonne landen auch Nassabfälle aus der Küche. Da dürfte es unmöglich sein, eine kleine Notiz wiederzufinden«, erklärte Brodersen.

»Und wie haben Sie das Verschwinden von Frau Beckerling festgestellt?«

»Vorhin. Kurz nach neun. Die Frau muss dreimal wöchentlich in die Klinik Husum zur Dialyse. Deshalb nimmt sie an diesen Tagen auch kein Frühstück ein. Ihre Abwesenheit fiel uns erst auf, als das Taxi auf sie wartete, das sie schon seit Jahren routinemäßig zur Blutwäsche bringt. Das ist ein eingespieltes Ritual.«

»Wann wurde die Frau das letzte Mal gesehen?«

Der Heimleiter kratzte sich das Kinn, bevor er sagte: »So genau haben wir das noch nicht feststellen können. Es war gestern Nachmittag.«

»Und seitdem ist eine Heimbewohnerin wie vom Erdboden verschwunden, ohne dass Sie etwas bemerkt haben?«, empörte sich Große Jäger.

Brodersen versuchte sich herauszureden

»Wir gehen auf die Bedürfnisse unserer Bewohner ein und lassen den Senioren alle erdenklichen Freiheiten. Wir achten ihre Privatsphäre.«

Er erntete für diese Anmerkung einen spöttischen Blick des Oberkommissars.

»Jedenfalls ist das Bett nicht benutzt. Es liegt noch genauso unberührt, wie es die Pflegekraft gestern nach dem Mittag hinterlassen hat«, ergänzte Schwester Dagmar.

»Können wir das Zimmer sehen?«, fragte Christoph und war aufgestanden. Der Hund erhob sich nur widerwillig, als auch

Große Jäger aufstand. Sie gingen zum Wohnbereich der verschwundenen Frau. Auf dem Flur begegneten sie mehreren Bewohnern des Hauses, die der kleinen Prozession mit neugierigem Blick folgten.

Frau Beckerlings Apartment lag im Erdgeschoss. Es war relativ klein, aber nach den Bedürfnissen älterer Menschen eingerichtet und strahlte trotz der unmodernen Einrichtung eine gewisse Behaglichkeit aus.

Das Bett war unberührt geblieben. In einer Ecke stand die Gehhilfe, mit der die alte Frau sich durch die Anlage bewegte. Auf dem kleinen runden Tisch mit der weißen Tischdecke lag eine offene Fernsehzeitung. Der Apparat mit dem großen Bildschirm lief noch. Mit einem Seitenblick gewahrte Christoph, dass die Frau zuletzt NDR gesehen hatte.

»Hat jemand den Fernseher bedient?«, fragte er trotzdem.

Schwester Dagmar schüttelte den Kopf.

»Aufgrund der Erfahrungen der letzten Tage haben wir nichts angerührt.«

Große Jäger hatte einen Einmalhandschuh übergestreift und den Kleiderschrank geöffnet. Es sah nicht aus, als wäre Frau Beckerling verreist. Ebenso fanden sich im kleinen Bad die Utensilien, die man allgemein erwartet.

Auf dem Nachttisch lag eine kleine Plastikschachtel. Christoph winkte den Oberkommissar heran, der den Schiebedeckel vorsichtig öffnete. Darunter befanden sich vier Fächer, die mit »Morgen«, »Mittag«, »Abend« und »Nacht« beschriftet waren. Im »Abend«-Fach lagen bunte Tabletten.

»Können Sie einen Blick darauf werfen?«, bat Große Jäger. Schwester Dagmar wollte zugreifen und die Pillendose in die Hand nehmen, aber der Oberkommissar zog sie rasch zur Seite.

»Nur ansehen, nicht anfassen.«

Die Pflegedienstleiterin musterte die Tabletten, kreiste dabei mit ihrem Finger über der Ansammlung bunter Pillen und sagte: »Das sind alle Tabletten, die ich für Frau Beckerling bereitgelegt habe. Bis auf die Schlaftablette.«

»Für abends?«, fragte Christoph.

»Ja.«

»Das heißt, die Frau hat seit gestern keine Medikamente mehr eingenommen. Welche Auswirkungen hat das?«

»Die fehlende Schlaftablette ist harmlos. Wichtiger sind die Mittel zum Senken des Blutdrucks und das ASS.«

»Ein blutverdünnendes Mittel?«, fragte Christoph.

»Richtig. Frau Beckerling ist seit etwa drei Jahren Dialysepatientin. Deshalb und weil sie außerdem an Osteoporose leidet, ist sie in ihrer Beweglichkeit stark eingeschränkt. Das ist der Grund für diese Medikation.«

»Wer ist der behandelnde Arzt?«

Jetzt stöhnte Brodersen auf.

»Dr. Michalke«, sagte er, hob theatralisch die Hände in die Höhe und ergänzte: »Jetzt fängt der Spuk mit dieser Frau wieder an.«

»Da ist noch etwas«, warf Schwester Dagmar ein. »Die Frau muss heute unbedingt zur Blutwäsche.«

»Was geschieht, wenn sie dort nicht hingeht?«

Die Pflegedienstleiterin hob beide Hände wie zum Gebet in die Höhe.

»Daran mag ich nicht denken«, erwiderte sie. In ihren Augen spiegelte sich deutlich wider, was sie dachte, aber nicht aussprach.

»Hat die Frau Verwandte oder Bekannte in der Nähe, zu denen sie gefahren sein könnte?«

Brodersen übernahm die Antwort.

»Es gibt eine Nichte, die hier in Husum wohnt und sie gelegentlich besucht hat. Ich müsste in den Unterlagen nachsehen, wie sie heißt. Ich glaube, es ist die Tochter der älteren Schwester von Frau Beckerling, die verwitwet ist und in einem Heim in der Lüneburger Heide wohnt.«

»Ist Frau Beckerling vermögend?«, fragte Christoph.

Der Heimleiter streckte ruckartig den Kopf vor, als hätte ihn jemand in den Nacken geschlagen.

»Wie soll ich die Frage verstehen?«

»Wörtlich«, mischte sich Große Jäger ein.

Brodersen wiegte den Kopf.

»So genau kann ich es nicht sagen. Sie leidet keine wirtschaftliche Not und kann ihren Aufenthalt bei uns problemlos bestreiten.«

»Wenn ich dazu etwas sagen darf?«, sagte Oberschwester Dagmar. »Ich glaube, unser Trudchen, wie manche sie hier nennen, hat nie ausschweifend gelebt und während ihres langen Arbeitslebens ordentlich gespart. Ich kenne keine Größenordnungen, aber ich glaube, sie nagt nicht am Hungertuch. Zufällig habe ich mitbekommen, dass sie ihrer Nichte manchmal Bares in die Hand gedrückt hat. Gelegenheiten, um Geld für andere Sachen auszugeben, hatte sie ja kaum noch.«

»Ist es früher schon vorgekommen, dass Frau Beckerling sich eigenmächtig entfernt hat?«

»Nein«, antwortete die Pflegedienstleiterin gedehnt. »Bei Frau Beckerling haben wir das noch nicht erlebt.«

»Zu Fuß wird sie sich kaum entfernt haben, da ihre Gehhilfe hier steht«, stellte Christoph fest. »Wollen Sie Vermisstenanzeige erstatten?«

»Wer? Wir?«, fragte Brodersen erstaunt.

»Wer sonst?«

»Wieso? Wir haben nur festgestellt, dass eine Bewohnerin unseres Hauses nicht in ihrem Apartment ist. Das ist für mich noch kein Anlass, eine Anzeige aufzugeben. Ich möchte jede Unruhe unter den alten Herrschaften vermeiden. Die Hektik, die von außen nach dem Tod von Paul Schüttemann in unser Haus hineingetragen wurde, ist schon schlimm genug.«

»Und wie ist es um die Gesundheit Frau Beckerlings bestellt, wenn sie nicht zur Blutwäsche geht?«

»Ich gehe davon aus, dass sie sich selbst darum kümmert. Schließlich weiß sie um die Notwenigkeit der Dialyse«, erklärte Brodersen.

Dann ließen sich die beiden Beamten Namen und Anschrift der Nichte geben. Anschließend befragten sie den Hausmeister und andere Mitarbeiter und Bewohner des Hauses, aber niemand hatte Trude Beckerling am Vortag die Seniorenresidenz verlassen sehen.

»Was machen wir nun?«, fragte Große Jäger unterwegs und gab gleich selbst die Antwort. »Auch wenn keiner eine formelle Vermisstenanzeige aufgeben will, können wir das Verschwinden der alten Frau nicht ignorieren. Wir müssen sie suchen, auch wenn es keinen offiziellen Anlass dazu gibt.« Er stemmte die Beine gegen das Bodenblech und lehnte sich im Autopolster zurück, dass der Sitz ächzte. Er streckte beide Arme vor und dehnte seinen Körper. »Ahhh«, gab er dabei laut von sich. Es folgte ein herzhaftes Gähnen. Dann war er bereit, weiterzusprechen. »Schließlich überrascht es niemanden mehr in der Landespolizei, wenn wir Husumer eigenmächtig etwas unternehmen. Das hat sich so eingebürgert, seitdem du in Nordfriesland bist.« Er gab Christoph einen freundschaftlichen Stoß in die Seite.

Sie hielten vor einem der Mehrfamilienhäuser in der Kreuzerstraße.

Saskia Willich, Frau Beckerlings Nichte, wohnte in der zweiten Etage. Auf ihr Klingeln meldete sich niemand. Auch der zweite Versuch blieb erfolglos. Etagennachbarn waren nicht zu erreichen. Sie erkundigten sich bei einem anderen Mitbewohner nach dem Hausmeister.

»Der ist im Urlaub«, wurde ihnen erklärt. »Und der Vertreter wohnt nicht hier. Der kommt theoretisch jeden Tag vorbei. Aber der Kerl ist so faul, dass ich ihn hier noch nicht gesehen habe. Und wie er heißt, weiß ich auch nicht.« Der stämmige Mann mit den muskulösen Unterarmen ließ die beiden Beamten stehen und verschwand hinter der Hausecke.

»Mag ja sein, dass die Nichte arbeitet. Wir sollten es später noch einmal versuchen«, sagte Christoph. Dann fuhren sie zur Dienststelle zurück.

Vom Büro aus fragte Christoph im Krankenhaus nach. Dort war die Patientin nicht angekommen. Man hatte sich über ihr Fernbleiben schon gewundert, da sie sonst gewissenhaft ihre Termine wahrnahm.

»Frau Beckerling weiß um die Notwendigkeit der Dialyse. Deshalb sind wir sehr erstaunt und machen uns Sorgen«, sagte die Mitarbeiterin der »Klinik Husum«, die heute zur »Klinik Nordfriesland« gehört, dem früheren Kreiskrankenhaus.

Christoph hatte auch relativ schnell den Taxifahrer ausfindig gemacht. Er telefonierte mit ihm vom Büro aus.

»Jo – ick fohr Fru Beckerling nu schon um un bi dree Johr«, erklärte der Fahrer. »Se wullt jümmers vun mi to'n Krankenhus kutschiert wörn. Ick wör bannig baff weest, as de lütt Frau hüt Moin nich kum is, un ick heff ehr noch sucht. Aver keen een hett 'nen Schimmer, wo se bleeven deit.«

Dann ging Christoph zu Polizeidirektor Grothe und schilderte ihm den Fall, verbunden mit der Bitte um Unterstützung durch die uniformierten Kollegen. Das Gleiche galt auch für die Suche nach Thorben Althoff.

»Da haben Sie sich ja wieder einmal ordentlich etwas aufgeladen«, gab der Leiter der Polizeidirektion zwischen zwei tiefen Zügen an seiner Zigarre von sich. »Es freut mich, mein Junge, dass Sie in Ihrer Zeit hier bei uns tüchtig was gelernt haben. Wir sind zwar eine Behörde, aber wenn es sein muss, erfüllen wir unsere Aufgabe auch an strengen bürokratischen Maßstäben vorbei. Es ist gut, dass Sie zu mir gekommen sind.«

Damit war das Gespräch beendet. Grothe sah Christoph noch einmal an, um dann erneut an seiner Zigarre zu paffen und den Raum noch intensiver zu vernebeln.

Ich möchte nicht Frau Grothe sein, dachte sich Christoph. Den Zigarrenqualm bekommt man mit Sicherheit nicht wieder aus der Kleidung heraus. Und wenn Grothe im kommenden Jahr pensioniert würde, dann müsste sein Büro kernsaniert werden, um die dicke Nikotinschicht von Wand und Decke zu entfernen. Christoph mochte noch gar nicht daran denken, was sein würde, wenn der »Chef« nicht mehr ihr Vorgesetzter wäre.

Als er ins Büro zurückkehrte, war auch Mommsen wieder an seinem Platz.

»Es ist unerquicklich, dass wir jetzt zwei Leuten hinterherlaufen müssen, ohne dass wir eine Idee haben, wo wir die beiden finden können«, stellte Christoph fest und bedankte sich mit einem Kopfnicken bei Mommsen für den Tee, den dieser aufgebrüht hatte.

»Jedenfalls kann die alte Frau nicht weit gekommen sein, da sie ohne Gehhilfe nur einen beschränkten Aktionsradius haben dürfte. Und wenn wir richtig informiert wurden, war sie nur mit einer dünnen Strickjacke bekleidet. Das dürfte um diese Jahreszeit kaum geeignet sein, um sich gegen die noch recht kühle Witterung zu schützen«, sagte Große Jäger und sah Christoph an. »Als du beim Chef warst, habe ich das Husumer Revier angerufen und gebeten, ob die Kollegen die Gegend um den Finkhaushalligkoog und den Südermarschkoog einmal absuchen können. Vielleicht ist die Frau auf dem Deich hinter dem Altersheim spazieren gegangen, hat einen Schwächeanfall erlitten und ist die Böschung hinabgekullert. Die Sackgasse Rieke Reech endet direkt am Deich in Höhe der Schleuse. Sie sollen auch mal beim Schöpfwerk suchen. Thomas ist mit einem Wagen draußen.«

Damit war Kommissar Friedrichsen von den uniformierten Kollegen gemeint.

»Es ist richtig, dass wir auch diese Möglichkeiten in Betracht ziehen«, sagte Christoph. Rund um die Hauke-Haien-Residenz gab es viele von Sielen durchzogene Wiesen. Die Bebauung in der Gegend war sehr weitläufig. An der Straße standen nur wenige Häuser.

»Der Fernseher lief noch, als wir heute in ihr Zimmer kamen. Das sieht nach einem überraschenden Aufbruch aus, so, als wäre sie mitten aus einer ruhigen Stunde vor der Mattscheibe aus ihrem Zimmer verschwunden. Sie hat ihre Medikamente nicht mitgenommen, aber an ihre Handtasche gedacht. Was sollen wir davon halten?«

Große Jäger kratzte sich am Bart. Das schabende Geräusch erfüllte den ganzen Raum.

»Wir sollten auch die Wasserschutzpolizei einschalten. Schließlich liegt die Seniorenresidenz direkt hinter dem Deich. Aber was ist, wenn Frau Beckerling nicht ganz freiwillig das Altersheim verlassen hat? Dann hätten wir eine Entführung.« Er klatschte in die Hände. »Na, so was! Eine Entführung. Und das bei uns, im beschaulichen Husum.«

»Vorsicht«, mahnte Christoph. »Noch suchen wir eine Frau, die entweder spazieren gegangen oder bei irgendjemandem zu Besuch ist.«

Große Jäger tippte sich gegen die Stirn. Das bedeutete bei ihm nicht unbedingt Widerspruch.

»In diesem Fall müsste es aber jemanden geben, der sie mit dem Auto abgeholt hat.«

»Ich frage in der Taxizentrale nach«, mischte sich Mommsen ein.

Kurze Zeit später konnte der junge Kommissar bestätigen, dass am gestrigen Nachmittag keine Taxe zur Hauke-Haien-Residenz gefahren war.

»Also ist sie mit einem privaten Fahrzeug entführt worden«, beschloss Große Jäger.

»Mir kommt dieses Altersheim merkwürdig vor. Wir haben erhebliche Zweifel, ob beim Tod Paul Schüttemanns alles mit rechten Dingen zugegangen ist. Und jetzt verschwindet eine alte Frau.«

Statt einer Antwort sahen sich Christoph und Mommsen an, während Große Jäger zum Wandkalender mit den Fotos von den schönsten Traumplätzen dieser Welt blickte, die Lippen spitzte und unschuldig eine leise Melodie pfiff.

Mommsen sprang von seinem Arbeitsplatz auf und stürzte an das Fenster, um es weit aufzureißen.

»Jetzt reicht es aber«, schimpfte Christoph. »Das war heute das letzte Mal, dass du Blödmann mit ins Büro gebracht hast. Und dann füttere deinen Hund mit vernünftiger Tiernahrung, dass wir nicht ständig unter den Verdauungsproblemen deines Köters zu leiden haben.«

Der Übeltäter lag neben Große Jägers Schreibtisch und zuckte nicht einmal mit den Liddeckeln seiner geschlossenen Augen.

*

Der Oberkommissar war mit seinem Hund davongezogen. Es war ohnehin Mittagszeit. Christoph beschränkte sich auf ein belegtes Brötchen, das er sich unterwegs besorgt hatte. Auch Mommsen zehrte von Mitgebrachtem. Beide genossen die Stille und die rauchfreie Luft während Große Jägers Abwesenheit, als der Beamte vom Empfang den Besuch eines Gastes ankündigte. Kurz darauf klopfte es zaghaft an der Tür, und erst nach der zweiten Aufforderung trat Schwester Regina ins Zimmer. Sie nahm auf der vorderen Kante des Besucherstuhls Platz.

»Ich habe von meiner Kollegin gehört, dass sich das Heim weigert, Vermisstenanzeige zu erstatten.«

»Das ist zutreffend. Gibt es einen triftigen Grund dafür?«, fragte Christoph.

Schwester Regina sah auf ihre Finger, die sie unruhig knetete.

»Das weiß ich nicht. Was geschieht nun? Wird nach Frau Beckerling gesucht?«

»Ohne Vermisstenanzeige sind uns die Hände gebunden. Die Frau kann sich mit Wissen Dritter an einem anderen Ort aufhalten. Da sind wir machtlos«, log Christoph.

Schwester Regina zuckte merklich zusammen. »Das geht aber nicht. Sie muss unbedingt zur Dialyse. Sonst erleidet sie schwere gesundheitliche Schäden.«

»Haben Sie eine Idee, wo sich Frau Beckerling aufhalten könnte?«

Die Frau dachte einen Augenblick nach. »Sie ist nie fort gewesen. Höchstens mal zu einem Tagesausflug mit ihrer Nichte. Manchmal ist sie auch mit Herrn von Hasenteuffel unterwegs gewesen.«

»Mit dem Baron? Wie ist das möglich?«

»Der ist einer der wenigen Bewohner der Residenz, der ein eigenes Auto hat. Es ist schon ein älteres Modell, ich glaube, ein Opel. Gelegentlich ist er mit Frau Beckerling zu einer kleinen Ausfahrt gestartet. Das waren aber nur Halbtagstouren.«

»Darüber hinaus hatte die alte Dame keine weiteren Kontakte?«

Schwester Regina schüttelte heftig den Kopf. »Nein. Sie hat, wie viele andere unserer Heimbewohner, wenig Kontakte. Manche bekommen überhaupt keinen Besuch mehr. Wie der alte Herr Schüttemann. Oder auch der Herr von Hasenteuffel.«

Christoph sah es der Frau an, dass sie Mitleid mit ihren Schützlingen hatte.

»Sie sind sehr engagiert.«

Ihr offener Blick fixierte Christoph. »Mich lässt das Schicksal der alten Menschen nicht kalt. Was wird aus uns, wenn wir einmal als nicht mehr brauchbar abgestellt werden? Schüttemann hatte keine Angehörigen mehr. Die Ehefrau und die beiden Kinder sind vor ihm verstorben. Niemand hat sich um den alten Mann gekümmert. Dazu die Schmerzen ... Er mochte zum Schluss nicht mehr. ›Warum holt mich der liebe Gott nicht endlich?‹, hat er oft gefragt.«

Regina beugte sich zu Christoph vor und senkte ihre Stimme. »Ich würde vieles darum geben, wenn es vorbei wäre, hat er mir einmal anvertraut. In der letzten Zeit hat er nur noch vom Tod gesprochen. Früher, als es ihm noch besser ging, hat er mir immer von seiner Arbeit als Schiffbauer auf der Husumer Werft erzählt. Darauf war er richtig stolz, auch wenn er manchmal schon ein bisschen tüdelig war und dieselbe Geschichte am nächsten Tag wieder von sich gegeben hat.«

»Wer könnte vom Tod des alten Mannes profitiert haben?«

Die Schwester sah Christoph mit großen Augen an. »Das klingt ja entsetzlich! So etwas mag ich nicht glauben.«

»Nach Ihrer Darstellung hat sich Paul Schüttemann den Tod gewünscht, weil er in ihm eine Erlösung sah. Im weitesten Sinne hat er also von seinem Ableben profitiert. Wer könnte noch ein Interesse daran gehabt haben?«

»Niemand«, antwortete Schwester Regina bestimmt. Nach einer ganzen Weile fügt sie leiser hinzu: »Herr Brodersen kann den frei gewordenen Platz jetzt wieder neu besetzen. Und das gilt auch für Frau Beckerling.«

Sie schluchzte leise.

»Moment«, gab Christoph zurück. »Wer spricht denn davon? Im Augenblick wissen wir nur, dass die alte Dame nicht in ihrem Zimmer ist. Bei Ihnen klingt das aber, als würden Sie auch bei Frau Beckerling mit dem Schlimmsten rechnen.«

Regina hatte einen tränenverschleierten Blick, als Christoph sie ansah. »So meine ich das nicht. Es ist doch nur, weil Trudchen Beckerling unbedingt zur Blutwäsche muss.«

Dann erklärte sie sich überraschend bereit, die formelle Vermisstenanzeige zu erstatten.

Als sie gegangen war, rief Christoph die Husumer Nachrichten an.

»Wir freuen uns natürlich über die gute Zusammenarbeit mit der Husumer Polizei«, unkte der Lokalredakteur. »Aber wenn ihr bei uns jetzt täglich eine Suchanzeige aufgebt, firmieren wir bald als Anzeigenblatt der örtlichen Kripo.«

Christoph nahm diese nicht ernst gemeinte Frotzelei kommentarlos hin. Er schätzte die gute Zusammenarbeit mit der regionalen Presse.

Anschließend nahm er Kontakt zu Sven Kayssen im Landeskriminalamt auf und bat den Pressesprecher, die Vermisstenanzeige an die Rundfunksender weiterzuleiten, die in Schleswig-Holstein ausgestrahlt werden. Über diesen Weg war sichergestellt, dass die Personensuchmeldung im Anschluss an die Verkehrsnachrichten gesendet würde.

Mommsen sah auf die Uhr.

»Schon halb drei, und Wilderich ist immer noch nicht zurück. Wenn du einverstanden bist, dann hole ich ihn zu Hause ab, und wir klappern einmal die Häuser in der Rieke Reech und an der Finkhauschaussee in der Nähe des Altersheimes ab und fragen, ob jemand Trude Beckerling gesehen hat.«

Christoph nickte nur.

*

Christoph saß an seinem Schreibtisch und genoss einen Moment die Ruhe. Von der Straße drangen die Geräusche nur gedämpft durch das Fenster. Mommsens gleichförmiges Bearbeiten der Computertastatur fehlte ebenso wie Große Jägers leises Fluchen. Irgendetwas gab es immer, was den Oberkommissar zu Unmutsäußerungen veranlasste. Sei es, dass er das Feuerzeug auf seinem ungeordneten Schreibtisch nicht sofort fand, der Kaffeebecher leer war oder er sich überraschend für seine Kollegen daran erinnerte, dass die Resultate seiner Lieblingsvereine nicht seinem Wunsch entsprachen.

Ein Lächeln huschte über Christophs Antlitz, als er daran dachte. Dann konzentrierte er sich wieder auf die handschriftlichen Notizen vor seinen Augen. Manchmal hat die Polizei Glück, überlegte er. Gerade bei Tötungsdelikten sind die Täter häufig im Umfeld des Opfers zu finden. Und wenn es gelingt, das Motiv für die Tat zu ergründen, kann man das Verbrechen sehr häufig aufklären. Deshalb erstreckt sich die Ermittlungsarbeit stets auf zwei parallele Fragen: Wer und warum? Schwierig wird es, wenn die Verbindung zwischen Täter und Opfer nicht erkennbar ist. In diesen Fällen gab es verschiedene Unwägbarkeiten. Auch die Kriminaltechnik hatte die Frage, ob Paul Schüttemann ermordet wurde oder ob nicht doch ein Unfall vorlag, nicht eindeutig klären können. Aber was hatte der Eindruck in der Schale des Apfelstückes zu bedeuten, den die Wissenschaftler in Kiel erkannt hatten? Wenn es die Stelle im Obstteil war, an der ein möglicher Täter das Stück in den Rachen des Opfers gepresst hatte, dann war es eindeutig Mord. Aber aus welchem Grund? Der alte Mann war nicht vermögend gewesen, und sein Tod brachte niemandem einen Vorteil. Und dass Brodersen seine betagten und pflegebedürftigen Bewohner umbrachte, schien im Moment ein sehr abwegiger Gedanke.

In der letzten Zeit hatten Mordfälle die Öffentlichkeit bewegt, in denen kranke und leidende Menschen aus Mitleid getötet worden waren. Das Pflegepersonal glaubte, dem siechenden Patienten mit der Erlösung von seinen Leiden einen letzten Dienst zu erweisen. Auch eine solche Möglichkeit musste in Betracht gezogen werden. Und Regina schien diejenige unter den Betreuerinnen zu sein, der das Schicksal der Anvertrauten besonders naheging. War es eventuell doch kein Zufall, dass ausgerechnet sie die Reste des nicht gegessenen Apfels entsorgt hatte?

Und weshalb war Frau Beckerling verschwunden? Nach allem, was sie bisher in Erfahrung bringen konnten, war die alte Dame nicht in der Lage, das Heim allein zu verlassen. Und keiner wollte sie beim Fortgehen gesehen oder ihr gar geholfen haben.

Christoph war immer noch mit diesen Gedanken beschäftigt und hatte versucht, die Zusammenhänge zwischen den beiden Fällen und den involvierten Personen in einer Skizze grafisch aufzubereiten, als Große Jäger und Mommsen zurückkehrten.

»Nichts«, fasste der Oberkommissar das Ergebnis ihrer Bemühungen zusammen. »Wer zum fraglichen Zeitpunkt im Hause war, hat entweder nicht auf die Straße gesehen oder die Frau nicht bemerkt. Wir wissen damit zwar immer noch nicht, ob sie sich zu Fuß entfernt hat, aber es ist auch nicht ausgeschlossen, dass sie jemand mit einem Auto von der Residenz fortgebracht hat.«

Große Jäger beugte sich über Christophs Zeichnung.

»Hast du Erkenntnisse gewinnen können?«

»Leider nicht.«

»Es wäre zu schön gewesen, wenn du herausgefunden hättest, wer Frau Beckerling bei der Flucht behilflich war.«

»Und wenn es keine Flucht war, sondern die Frau gegen ihren Willen fortgebracht wurde?«

»Also doch Entführung?«

»Vielleicht eine *sanfte* Entführung. Wenn es jemand war, dem sie vertraut hat, dann ist sie ihm ohne Argwohn gefolgt.«

»Quatsch«, tat Große Jäger Christophs Gedanken ab. »Wer sollte eine kranke Oma entführen? Für einen orientalischen Harem ist sie nicht mehr reizvoll genug. Und als Tauschobjekt gegen Lösegeld auch kein ideales Faustpfand.«

Christoph erläuterte seine Vermutung, dass sich vielleicht jemand als Engel der alten Leute betätigt hatte und glaubte, sie von ihrem Leiden erlösen zu müssen. »Schließlich wissen wir, dass Frau Beckerling ebenso krank war wie der alte Schüttemann.«

»Blödsinn«, widersprach Große Jäger. »So etwas taucht nur als Titelstory in den Revolverblättern auf. Du glaubst doch nicht im Ernst, dass sich eine solche Geschichte hier bei uns in Husum zutragen könnte?«

Große Jäger formte Daumen und Zeigefinger zu einem runden Kreis. Das Zeichen konnte beim Austausch unter Autofahrern zu Missverständnissen führen. Hier bedeutete es einfach: okay. »Immerhin hast du alle Mordfälle geklärt, seit du hier bist«, lobte der Oberkommissar.

Christoph winkte ab.

»Wir – mein lieber Wilderich. Es war immer hervorragende Teamarbeit.«

Nur wer Große Jäger gut genug kannte, konnte merken, dass er sich über dieses Lob freute.

»Wir haben als weitere Spur noch die Nichte, die sich sporadisch von Tante Trude aushalten ließ. Ich denke, ich werde der Dame noch einen Besuch abstatten, bevor ich Feierabend mache«, sagte Große Jäger. »Vielleicht ist sie jetzt zu Hause.« Dann stutzte er. Der kurzen Pause folgte ein »O Scheiße«.

»Was ist denn nun los?«, ließ sich Mommsen aus dem Hintergrund vernehmen.

Große Jäger machte auf seinem Schreibtischstuhl ein Hohlkreuz und versuchte, mit seiner Hand in die enge Hose der Jeans zu gelangen.

»Ich habe doch glatt vergessen, eine zu rauchen«, stöhnte er.

VIER

»… dichter Verkehr herrscht am Bordesholmer Dreieck Fahrtrichtung Süden. Und noch einmal die A7. Zwischen Schuby und Tarp befindet sich eine ungesicherte Unfallstelle. Das waren die Verkehrsnachrichten. Es folgt noch eine Suchmeldung. Vermisst wird Trude Beckerling. Die siebenundsiebzigjährige Frau ist weißhaarig und einen Meter einundsechzig groß. Sie war im Raum Husum unterwegs und ist gehbehindert. Bekleidet ist sie mit einer grauen Strickjacke. Frau Beckerling bedarf dringend ärztlicher Hilfe. Wer die Frau sieht, melde sich bitte bei der Polizei Husum oder jeder anderen Polizeidienststelle. Es ist sechs Minuten nach sieben. Weiter geht es mit Christian Schröder und ›Guten Morgen, Schleswig-Holstein‹.«

Christoph schaltete das Radio aus. Die Suchmeldung nach Frau Beckerling war über den Äther gegangen. Doch er versprach sich nicht viel davon.

Auf Zehenspitzen ging er die knarrende Holztreppe hinab, um seine Zeitung aus dem Briefkasten zu holen. Doch seine Vermieterin musste hinter der Tür gelauert haben.

»Guten Morgen, Herr Johannes. Haben Sie das eben gehört? Da wird eine ältere Dame gesucht. Schrecklich so was, nicht? Haben Sie das auch gehört?«

»Nein, davon habe ich nichts mitbekommen«, log Christoph, klemmte sich die Zeitung unter den Arm und bemühte sich, schnell wieder in seine Wohnung zu kommen.

»Was heutzutage nicht alles passiert«, hörte er hinter seinem Rücken. »Aber wie gut, dass es die Polizei gibt. Hoffentlich finden die die Frau. Nein, so was.« Mit Erleichterung hörte er, wie die Tür zur unteren Wohnung ins Schloss fiel.

Christoph überflog in Kürze die Husumer Nachrichten. Auch dort war im Lokalteil die Suchmeldung in Form eines kleinen Artikels abgedruckt. Hastig trank er seinen Tee und aß sein Frühstücksbrot.

Es war noch vor acht, als er schließlich das Büro betrat. Er war nicht überrascht, dass er Mommsen schon antraf. Nach einer kurzen Begrüßung räusperte sich der junge Kommissar.

»Hast du heute Morgen Carsten Köthe gehört?«.

»Den Frühstücksclub auf R.SH?«

»Ja. Da kam die Suchmeldung nach Trude Beckerling durch.«

»Prima. Dann hat ja alles geklappt. Ich habe sie auf NDR gehört. Und in der Zeitung steht sie auch. Hoffen wir, dass wir Erfolg haben.« Er versuchte optimistisch zu klingen.

Mommsen druckste ein wenig herum.

»Was ist denn noch?«

»Mir liegt auf dem Magen, dass wir Thorben Althoff noch nicht gefunden haben. Es muss doch möglich sein, den Mann in Husum ausfindig zu machen. Ich mag gar nicht an das Kind denken.«

»Ich glaube, dass Wilderich gestern Abend wieder unterwegs war«, beruhigte ihn Christoph. »Außerdem halten unsere Kollegen von der Schutzpolizei die Augen und Ohren offen. Wo steckt eigentlich unser ›Schnüffelschwein‹?«

Mommsen warf einen Blick auf seine Armbanduhr.

»Es ist noch nicht einmal halb neun, also noch zu früh, um ihn zu wecken.«

Sie arbeiteten still an ihren Schreibtischen, bis ein Poltern auf dem Flur anzeigte, dass sich Große Jäger näherte. Natürlich trug er die Kleidung, die er auch schon in den letzten Tagen am Leib hatte. Sein Morgengruß beschränkte sich auf ein kurzes Heben des rechten Armes.

»Wetten, dass er als Erstes nach dem Kaffee fragt?«, sagte Christoph zu Mommsen, was ihm einen unwilligen Blick des Oberkommissars einbrachte.

»Hast du dir jetzt auch schon die Marotte mit dem Wetten angewöhnt, wie der alte Seelig aus der Hauke-Haien-Residenz?«, brummte Große Jäger und nahm mit Genugtuung zur Kenntnis, dass Mommsen die Kaffeemaschine bereits in Betrieb gesetzt hatte. Nachdem er mit einem »Ahh« den ersten brühheißen Schluck hinuntergewürgt und sich eine Zigarette angezündet hatte, drehte er sich zu Christoph um.

»Ich war gestern noch einmal bei der Nichte von Frau Beckerling. Niemand hat geöffnet. Ich habe ein paar Nachbarn erwischt. Die haben auch nichts gehört. Sie meinen, Saskia Willich wäre schon ein paar Tage fort. Eine Mitbewohnerin glaubte, gestern leise Geräusche in der Wohnung wahrgenommen zu haben. Sie war sich aber nicht sicher, ob es sich nicht doch um eine Täuschung handelte. Das Haus ist ziemlich hellhörig.«

»Und wenn die Nichte, diese Willich, mit ihrer Tante ein paar Tage verreist ist?«, überlegte Mommsen, verwarf diesen Gedanken aber gleich selbst, bevor die beiden anderen antworten konnten. »Das ist unwahrscheinlich. Dann hätte sie im Heim Bescheid gesagt und sicher auch Toilettenartikel und Kleidung mitgenommen.«

Große Jäger zog hörbar die Nase hoch.

»Es ist ein typisches Mehrfamilienhaus. Man weiß wenig voneinander. Die Nachbarin, die die Geräusche gehört haben will, war sich nicht sicher, aber sie meint, dass Saskia Willich beim Finanzamt beschäftigt ist. Ich werde mal versuchen, sie dort zu erreichen.«

Zweimal griff der Oberkommissar zum Telefon und zog die Hand unschlüssig wieder zurück, bis Mommsen ihm die Telefonnummer über die Schreibtische hinweg nannte.

»Ich weiß doch, was du suchst«, sagte er.

Große Jäger schaltete das Telefon auf Mithören, wählte und bat, nachdem er einen Gesprächspartner in der Leitung hatte, mit Frau Willich verbunden zu werden.

»Storm«, meldete sich eine jugendlich klingende Frauenstimme.

»Große Jäger«, schniefte der Oberkommissar. »Verwandt oder verschwägert?«

Es war ein helles Lachen am anderen Ende der Leitung zu hören.

»Nein. Die Frage wird mir oft gestellt. Was kann ich für Sie tun?«

»Ich hätte gern Frau Willich gesprochen.«

»Die ist nicht im Hause«, antwortete die freundliche Frau. »Kann ich Ihnen weiterhelfen?«

»Nein, danke. Es ist privat. Wann ist Ihre Kollegin wieder zurück?«

»Das kann ich Ihnen nicht genau sagen. Die Urlaubslisten verwaltet unser Sachgebietsleiter.«

»Können Sie mich mit dem verbinden?«

»Tut mir leid. Der ist auch im Urlaub. Er kommt am Montag wieder.«

»Ihre Stimme klingt so herzerfrischend. Das hat man selten beim Finanzamt. Das tut dieser Behörde richtig gut.«

»Danke«, freute sich Frau Storm.

»Habe ich denn eine Chance, das Gesicht hinter dieser fröhlichen Stimme einmal bei einem Kaffee persönlich kennenzulernen?«, fragte Große Jäger.

Erneute lachte Frau Storm.

»Sicher. Gern. Wenn ich meinen Mann und unsere beiden Kinder auch mitbringen darf.«

»Man darf ja mal fragen. Erst mal vielen Dank. Und – grüßen Sie Ihren Tetje von mir – Frau Storm.«

Mit einem herzlichen Lachen legte sie auf.

»Saskia Willich muss doch ein Handy haben. Aber wo bekommen wir die Nummer her?«, wandte sich Große Jäger an Mommsen.

»Ich kümmere mich darum«, versprach der junge Kommissar.

Christoph war dem Dialog stumm gefolgt. Diese reibungslose Zusammenarbeit war der Schlüssel zum Erfolg, den das Team aufweisen konnte, auch wenn Kriminaloberrat Dr. Starke aus Flensburg, der Leiter der dortigen Bezirkskriminalinspektion, stets die Leistungen der Dienststelle als unzureichend kritisiert hatte. Gottlob hatten sich die Zuständigkeiten im Zuge der Organisationsreform geändert, und Polizeidirektor Grothe war jetzt nicht nur dem Namen nach der »Chef«.

Mommsen führte im Hintergrund eine Reihe von Telefongesprächen. Nach einer guten halben Stunde erhielt er einen Rückruf.

»Wir haben jetzt die Handynummer von Saskia Willich«, sagte er und nannte Große Jäger die Zahlenfolge.

Der wählte die Nummer, lauschte einen Moment und sprach dann: »Hallo, Frau Willich. Hier ist die Polizei Husum. Es wäre nett, wenn Sie uns kurzfristig zurückrufen würden. Es geht um Ihre Tante, Frau Trude Beckerling. Mein Name ist Große Jäger. Ich habe die Durchwahl …«

Enttäuscht knallte er den Hörer auf die Gabel. »Das war nur die

Mailbox. Hoffentlich meldet sich die Willich.« Dann stieß er sich mit den Füßen an seinem Schreibtisch ab und rollte mit dem Stuhl bis an Christophs Arbeitsplatz.

»Was mich viel mehr bedrückt, ist, dass wir Thorben Althoff nicht finden. Hat irgendjemand etwas über den Zustand des kleinen Jungen gehört? Wie hieß er noch gleich?«

»Lukas«, sagte Christoph. »Neun Jahre. Zu deiner anderen Frage: Wir haben keine neuen Informationen vorliegen.«

»Ich war gestern Abend noch mal unterwegs und habe ein paar Figuren getroffen, die Althoff locker kennen. Aber niemand weiß etwas über seinen aktuellen Aufenthaltsort. Das ist frustrierend.«

Christoph wollte ihm antworten, wurde aber durch das Klingeln seines Telefons unterbrochen.

»Hier Brodersen«, hörte er die aufgebrachte Stimme des Heimleiters. »Sie müssen sofort kommen!«

»Was ist denn geschehen?«

Der Heimleiter klang atemlos. Die Sätze kamen stoßweise. »Es hat einen erneuten Anschlag auf unser Haus gegeben.«

»Wieso erneut? Und was heißt Anschlag?«

»Nun. Zuerst der falsche Verdacht, beim Tod von Herrn Schüttemann wäre es nicht mit rechten Dingen zugegangen.« Dann schilderte Brodersen ausführlich und langatmig die Geschichte von der versalzenen Suppe. »Und heute Morgen haben wir das nächste Attentat entdeckt. In der Küche waren überall Reinigungs- und Putzmittel verteilt. Auf dem Fußboden, den Arbeitsflächen, ja sogar in den Schränken. Überall. Unfassbar. Sie glauben nicht, welche Auswirkungen das auf unseren Alltag hat.«

»Nun einmal sachte«, fuhr Christoph dazwischen. »Wenn ich Sie richtig verstanden habe, handelt es sich um Putzmittel, die ein Scherzbold verteilt hat. Die lassen sich doch beseitigen.«

»Scherzbold?«, schimpfte Brodersen erregt. »Wissen Sie, was es kostet, alles sauber zu machen? Und wir konnten heute kein Frühstück richten. Sie haben keine Vorstellungen, was für einen Aufstand die Alten veranstaltet haben, als die gewohnte Mahlzeit nicht zur rechten Zeit auf dem Tisch stand. Es ist eine einzige Katastrophe. Kurzum: Sie müssen sofort den Täter finden, der unser Heim sabotiert.«

»Wollen Sie Anzeige wegen Sachbeschädigung erstatten?«

»Anzeige? Was? Wieso? Ich will, dass Sie den Übeltäter dingfest machen. Punktum.«

Christoph sah auf die Uhr. »Jetzt ist es zehn. Wann haben Sie den Spaß entdeckt?«

»Spaß? Ich sage Ihnen … Unsere Köchin hat es entdeckt, als sie heute Morgen um sechs ins Haus gekommen ist.«

»Und weshalb rufen Sie erst jetzt an?«

»Weil ich eben erst gekommen bin.«

»Und andere Mitarbeiter Ihres Hauses?«

»Wo denken Sie hin«, empörte sich Brodersen. »Die waren damit beschäftigt, die Schweinerei zu beseitigen.«

»Das heißt, es gibt keine Spuren mehr?«

»Gott sei Dank ist alles beseitigt«, schnaufte der Heimleiter.

»Na, prima«, war Christophs Kommentar. Er versprach, zur Seniorenresidenz zu kommen.

Große Jäger war tödlich beleidigt, als Christoph ihm klarmachte, dass er allein fahren würde und der Oberkommissar die Zeit besser nutzen sollte, indem er ausstehende Berichte schrieb, damit andere Vorgänge endlich abgeschlossen werden konnten.

Als Christoph seinen privaten Volvo-Kombi direkt vor dem Eingang parkte, blickte der Hausmeister in seinem blauen Kittel auf. Dann erkannte er Christoph und stützte sich auf seinem Besen ab.

»Na? Sie scheinen hier ja eine Filiale aufgemacht zu haben.«

Christoph steuerte auf den Mann mit dem freundlichen Zug um die Augen zu.

»Es gibt durchaus noch einige andere Kunden, aber bei denen ereignen sich derzeit nicht so weltbewegende Dinge wie hier.«

Der Hausmeister fuhr sich mit dem linken Ärmel unter der Nasenspitze entlang.

»Was an den Gerüchten um den alten Schüttemann dran is, versteh ich ja nich. Aber das andere is doch nur ‘n Joke. Das sind die Vergnügungen von den alten Leuten. Die haben doch sonst kein’ Spaß mehr. Da wird die Küche eben ‘nen büschen gewischt, und fertig is die Laube.«

»Sie sind Herr …?«, fragte Christoph.

Jetzt lachte der Mann herzhaft.

»Herr is gut. Alle nenn mich immer nur Gerd. Gerd, kannst du mal dies tun, Gerd, tu mal das. Gibt auch 'nen paar Zurückhaltendere. Die sagen nich Du, sondern Sie. Aber das stört mich nich.«

»Herr Gerd, darf ich trotzdem Ihren Zunamen erfahren?«

Erneut lachte der Hausmeister. Es war ein fröhliches Lachen.

»*Herr* Gerd! Köstlich! So hat mich noch keiner genannt.« Er streckte Christoph die Hand hin. Der Mann hatte einen kräftigen Händedruck.

»Gerd Langdorff«, stellte er sich vor. »Sagen Sie man ruhig auch Gerd zu mir.«

»Haben Sie etwas von Frau Beckerlings Verschwinden mitbekommen?«

Schlagartig veränderte sich der Gesichtsausdruck des Hausmeisters. Er zeigte jetzt eine ernste Miene.

»Da kann ich nich viel zu sagen. Ich krieg ja die Sachen nur so am Rande mit.« Er sah versonnen an Christoph vorbei über die weite Marsch Richtung Deich. »Is 'ne feine Frau. Ich mag sie gern. Die hatte ja nich mehr viel. Ihr Fernsehn und manchmal 'nen klein Schnack mit ein von den annern Alten. Ich weiß auch nich, warum sich keiner so richtig mit ihr unterhalten wollte.«

»Hatte Frau Beckerling außer ihrer Nichte auch anderen Besuch?«

Gerd überlegte einen Moment.

»Nee, hab nie 'nen annern gesehn. Sonst war keiner bei ihr. Darum hat sie ja auch mehrfach inne Woche nach mir gefragt. Ich musste ihr dann immer den Fernseher neu einstelln. ›Frau Beckerling‹, habe ich zu ihr gesagt, ›Sie dürfen nicht an den Knöpfen drehen. Sie können mit Ihrer Fernbedienung alle Programme empfangen.‹ Dabei hat sie doch immer nur zwei Sender gesehen. ZDF und NDR. Alles andere interessierte sie nich mehr. Und dennoch hat sie ständig die Einstellung verändert. Dagegen war kein Kraut gewachsen. Aber sonst war sie eine liebenswürdige alte Dame.«

»War? Noch wird sie nur vermisst.«

»Nun ja, das sagt man so. Aber warten Sie mal. Mit dem Kubelka hatte sie immer Stress. Der mochte sie nich. Warum, kann ich nich sagen. Dafür is sie manchmal mit dem Baron weg gewesen. So kleine Tour'n im Auto. Ach ja. Schwester Regina hat sie auch geleg'ntlich mal mitgenomm'n. Woll'n Sie sonst noch was wiss'n?«

»Welche Anstrengungen hat das Heim unternommen, um nach Frau Beckerling zu suchen?«

Der Hausmeister kratzte sich am Kopf.

»Von 'ner großen Suchaktion hab ich nix mitgekriegt. Ich selbst war aufm ganzen Gelände unterwegs und hab auch die technischen Nebenräume wie Heizung und Lager kontrolliert. Die sind sonst immer abgeschlossen. Leider hab ich nix entdeckt.«

Christoph bedankte sich und ließ den Hausmeister stehen. Hinter seinem Rücken hörte er das kratzende Geräusch der harten Borsten auf dem Pflaster, als der Mann seine Tätigkeit wiederaufgenommen hatte.

Christoph wollte zuerst die Küche aufsuchen und mit der Babuschka sprechen, bevor er sich die Litanei von allem Übel, das über der Seniorenresidenz in der jüngsten Zeit ausgeschüttet wurde, von Brodersen vorbeten ließ.

Unschlüssig stand er eine Weile im Foyer und versuchte sich zu orientieren, als aus dem rechten Seitengang ein hagerer Mann mit eingefallenen Gesichtszügen auftauchte, ihn offenbar nicht sah und leicht anrempelte.

»Wo finde ich die Küche?«, fragte ihn Christoph, aber der Mann eilte mit großen Schritten weiter.

»Ich muss hin«, murmelte er. Er wiederholte diesen Satz mehrfach, während er rasch weiterging.

»Moin«, grüßte Christoph eine bekannte Stimme. Schwester Anke war unbemerkt neben ihm aufgetaucht. »Das war Herr Steinträger. Der ist trotz seines Diabetes körperlich fit. Nur hat er leider nicht viel davon. Sie haben es wahrscheinlich selbst bemerkt. Alzheimer. Ein typisches Anzeichen ist die Motorik. Der Mann ist fast den ganzen Tag über auf den Beinen. Sie kommen sicher wegen der Küche?«

Christoph bejahte und fragte die junge Frau nach dem Weg. Anke lud den Stapel Bettwäsche, den sie mit beiden Armen getragen hatte, auf den linken Arm um, gab ein leises »Puhh« von sich, als sie das Gewicht verlagerte, und beschrieb Christoph den Weg, wobei sie die rechte Hand nutzte, um ihre Erklärung mit Gesten zu untermalen.

Schon von Weitem hörte er das Klappern von Geschirr. Er klopfte an der nur angelehnten Tür, wartete aber vergeblich auf eine Reaktion. Wahrscheinlich war seine Geste im unmelodischen Gesang und den begleitenden Küchengeräuschen untergegangen. Er öffnete die Tür und sah eine stämmige Frau, die sicher nicht größer als einen Meter sechzig war, in der steril wirkenden Küche hantieren.

»Hallo?«, sagte er vorsichtig.

Die Frau drehte sich auf dem Absatz um. Sie presste die Hand, die einen großen Topfdeckel hielt, gegen ihre üppige Brust und stammelte: »Was hab ich mir erschrocken.« Sie holte einmal tief Luft. »Was wollen Sie hier?«, schimpfte sie mit fester Stimme. »Dies ist Küche.«

»Ich suche die Babuschka. Sind Sie das?«

Jetzt lachte sie herzhaft. »Richtig. Das bin ich.«

Sie kam auf Christoph zu und streckte ihm freundlich die Hand entgegen, als sie bemerkte, dass sie immer noch den Topfdeckel festhielt. »Oh«, sagte sie, wischte sich die linke Hand an der Kittelschürze trocken und reichte sie kurz entschlossen Christoph.

»Fremde besuchen mich selten in meine Küche.«

»Ich komme von der Polizei Husum und wollte mir ein Bild vom Zustand der Küche machen, nachdem wir von der Verwüstung gehört hatten.«

»War schöne Schweinerei. Habe ich aber alles wieder sauber gemacht. Ich glaube, dass die Alten wieder haben gemacht Schabernack. Wie neulich mit dem Salz. Ich habe bestimmt nicht getan zu viel Salz in die Suppe. Die Babuschka nie versalzt das Essen, weil die alten Leut Salz nicht so gut vertragen.« Sie schob die Zunge zwischen die Lippen und machte: »Ttt. Schwester Anke hat gelacht und mich gefragt, ob die Babuschka ist verliebt, weil Köche dann machen zu viel Salz in die Suppe.«

Sie lächelte ein wenig verlegen und fuhr sich mit beiden Händen an der nicht vorhandenen Taille entlang. »In meine Alter man ist doch nicht mehr verliebt. Das war ein von den Scherzen von den lustigen Männern. Dürri-Herri ist so ein Schlawiner. Der oft wie ein Tiger schleicht sich hinter meinen Rücken und macht ›Puhh‹. Dann er lacht sich immer kaputt, wenn ich erschreckt bin. Der hat mich schon auch in den Po gekniffen.« Sie legte die flache Hand auf ihre wohlgestaltete Sitzfläche, um Christoph zu zeigen, welche Stelle sie meinte. »Dann hab ich beobachtet, wie er ist zum Kapitän gegangen und hat gekriegt von ihm zehn Euro. Als er hat gesehen, dass ich ihn dabei gesehen, er hat gesagt: ›Babuschka. War 'ne Wette.‹ Schlimm, diese alte Mann.« Dann lachte sie und zeigte ihr lückenhaftes Gebiss. Schließlich schüttelte sie, immer noch lachend, den Kopf. »Aber nicht zu schlimm.«

»Sie wissen also nicht, wer das getan hat?«

Sie hob ihre linke Hand und bewegte den kräftigen Unterarm hin und her.

»Keiner sich traut zu mir, weil er weiß, dass ich ihn dann den Kopf wasche. Auch wenn er schon hat keine Haare mehr.«

»Sie sind sich sicher, dass es jemand aus dem Heim war?«

Sie musterte Christoph einen Augenblick aus zusammengekniffenen Augen. Ihrem Mienenspiel war anzusehen, dass er mit dieser Frage seine ganze Kompetenz in ihren Augen verloren hatte.

»Natürlich war es einer von drinnen. Wer sonst sollte durch die geschlossene Tür in das Haus hineinkommen?«

»Und wer ist Dürri-Herri?«

Jetzt schüttelte sie den Kopf über so viel offenkundige Dummheit.

»Das müssen Sie doch wissen von der Polizei. Das ist der Schlimmste von den Alten. Immer er ist mit den Kapitän zusammen. Alle anderen sagen immer zu ihm Dürri-Herri. Ich nicht weiß, warum er heißt Dürri. Er ist gar nicht so dünn. Oder?«

Jetzt musste auch Christoph schmunzeln. Harry Seelig machte nicht den gepflegtesten Eindruck. Und die leicht schmuddelige Erscheinung wurde durch die kräftigen Haarbüschel, die sich aus Ohren und Nase den Weg ins Freie bahnten, noch unterstrichen. Daher hatte ihm irgendjemand den Spitznamen »Dirty Harry« verpasst, den Irina Schmidt, die Babuschka, anders interpretierte.

Christoph reichte ihr die Hand, dankte ihr für die Auskunft und wünschte ihr noch einen schönen Tag. Als er auf den lichten Flur hinaustrat, lehnte Friedrich Kubelka am Handlauf, der auf beiden Seiten des Ganges angebracht war, und sah Christoph herausfordernd an.

»Ich habe Sie kommen sehen. Schwester Anke hat mir gesagt, dass Sie mit der Schmidt sprechen.«

Christoph war mit einem Schlag hellhörig geworden. Niemand hatte die Frau in der Küche bisher bei ihrem Nachnamen genannt. Alle sprachen nur von der Babuschka.

»Ich habe mit der Babuschka gesprochen«, sagte Christoph betont.

»Babuschka! Pah! Die, die die Russlanddeutsche so nennen, denken nicht darüber nach, dass mit dieser Bezeichnung eine russische Großmutter benannt wird. Aber wir sind hier in Deutschland! Warum kommt das ganze Volk aus dem Osten hierher? Als wenn wir etwas zu verschenken hätten. Und wenn wir die alle mit durchschleppen müssen, bleibt weniger zu verteilen. Und wer muss das ausbaden?« Er tippte sich mit dem Zeigefinger gegen die Brust. »Das geht zu unseren Lasten! Wir! Die wir Jahrzehnte in die Rentenversicherung eingezahlt haben. Und was bleibt uns?«

Christoph musterte den Mann. Sein Alter war schwer einzuschätzen.

»Wir Alten waren es, die vieles durchgemacht und dieses Land wieder aufgebaut haben, es zu dem gemacht haben, was die heutige Generation verprasst und ohne Sinn und Verstand vernichtet. Niemand von denen begreift, dass sie *unser* Geld, das, was wir Älteren erarbeitet haben, denen aus dem Osten oder aus dem Busch in den Hals werfen.«

»Darf ich Ihren Worten entnehmen, dass Sie noch Kriegsteilnehmer waren? Dann wissen Sie sicher auch, welches Leid von uns in die Welt hinausgetragen wurde. Ist es da nicht eine Frage der Gerechtigkeit, wenn wir von unserem Wohlstand etwas abgeben? Schließlich haben es andere Völker auch gemacht. Denken Sie allein an die Carepakete, die nach dem Krieg auch Ihnen das Überleben gesichert haben.«

Kubelka schob sichtbar seine Zahnprothese im verschlossenen Mund hin und her, bevor er antwortete.

»Wieso soll ich mit meiner Arbeit für die anderen aufkommen? Warum können die nicht selbst arbeiten? So wie wir damals? Außerdem fühle ich mich für das Gewesene nicht verantwortlich. Ich bin Jahrgang dreiunddreißig.«

Christoph zeigte den Hauch eines Lächelns um seine Mundwinkel, als ihm durch den Kopf ging, was Große Jäger jetzt geantwortet hätte: Das ist ein Jahrgang, in dem noch ein paar andere unsympathische Dinge das Licht der Welt erblickt haben.

Der spöttische Zug in Christophs Mienenspiel verärgerte Kubelka noch mehr.

»Nehmen Sie doch diese aggressive Beckerling. Ständig hat dieses senile Weibsstück provoziert und ist einem mit ihrer Gehhilfe in die Hacken gefahren.« Demonstrativ hielt Kubelka seinen Stock hoch. »Glauben Sie, ich trage dieses Ding aus Eitelkeit? Aber was wollen Sie von einer alten Jungfer schon erwarten, die sich als Lehrerin vor den Herausforderungen des Lebens gedrückt hat?«

»Wann haben Sie Frau Beckerling zuletzt gesehen?«

»Wann – wann?«, schimpfte Kubelka erregt. »Gottlob ist mir die Alte schon länger nicht mehr begegnet. Ich bin auch nicht traurig drum, wenn sie nicht mehr auftaucht.« Er zog die Augenbrauen in die Höhe und sah Christoph an.

»Damit haben Sie meine Frage noch nicht beantwortet.«

Kubelka beschrieb mit seiner rechten Hand, in der er den Stock hielt, einen Halbkreis in der Luft. »Was weiß ich denn? Muss ich auf solche Dinge achten? Hier ist doch jeder Tag wie der andere. Da verlieren Sie langsam den Überblick. Fragen Sie doch den Hasenteuffel. Der tut immer so, als wenn er über alles erhaben wäre. Der bläst sich auf, als wäre er der Feldherr selbst. Dabei hat dieser Mensch während seiner aktiven Militärzeit keinen einzigen scharfen Schuss abgegeben, geschweige denn einem Feind gegenübergestanden. Ach, ihr könnt mich alle mal …«, schimpfte er, drehte sich um und ging, sich betont auf seinem Stock abstützend, davon, ohne Christoph noch eines Blickes zu würdigen.

Bedächtig folgte Christoph Kubelka, der das Foyer durchquerte und im gegenüberliegenden Gebäudeflügel verschwand.

Seeligs Kopf war hinter der Zeitung mit den großen Buchstaben im Titel verschwunden, während der Kapitän mit flinken Augen, die unter seinen buschigen Brauen halb verdeckt waren, das Geschehen in der Eingangshalle beobachtete. Mit einem angedeuteten Nicken grüßte er Christoph, als dieser auf die beiden Männer zutrat, die es sich in den breiten Sesseln bequem gemacht hatten.

»Moin«, erwiderte Christoph den Gruß, während Seelig weiter in der Zeitung blätterte. Erst als Thordsen das Papier zur Seite drückte, blickte Seelig auf, bemerkte Christoph, nickte kurz, und widmete sich dann wieder seiner Lektüre.

»Der ist schwerhörig«, erklärte der Kapitän und zeigte mit dem Daumen auf seinen Nachbarn.

»Herr Seelig«, sprach Christoph ihn an. Der Mann reagierte aber erst, als ihn Thordsen erneut anstieß.

»Hähh?«

Der Kapitän machte mit seiner Hand eine Drehbewegung am Ohr.

»Der schaltet manchmal sein Hörgerät ab, wenn er Ruhe haben möchte oder ungestört lesen will«, erklärte Thordsen.

Fast ein wenig unwirsch legte Seelig die Zeitung auf seinen Knien ab und griff sich ans Ohr.

»Was'n los?«

»Haben Sie von der Verwüstung in der Küche gehört?«, fragte Christoph.

Seelig nickte und griente dabei wie ein Lausbub.

»Klar. Da hat jemand ordentlich sauber gemacht.«

»Waren Sie das?«

Jetzt lachte der alte Mann schallend auf und sah seinen Kumpan von der Seite an.

»Ich? Wie kommen Sie darauf?«

Christoph ließ seinen Blick zwischen Seelig und dem Kapitän hin und her wandern.

»Es hätte ja sein können, dass Sie mit Herrn Thordsen gewettet haben, dass Sie Chaos in der Küche veranstalten.«

Seelig spielte den Entrüsteten. »Aber Herr Kommissar. Wo denken Sie hin? So etwas würden wir beiden nie machen.«

Die beiden Männer sahen sich an und begannen, wie zwei Teenager zu gackern.

»Wir bekommen das heraus, indem wir Ihre Fingerabdrücke nehmen und mit den Spuren in der Küche vergleichen«, drohte Christoph. In den Jahren der Zusammenarbeit mit Große Jäger hatte er vom Oberkommissar gelernt, dass man in manchen Situationen mit solchen Sprüchen durchaus weiterkam.

Der Kapitän streckte Christoph beide Hände entgegen. Einen Herzschlag später folgte Seelig dem Beispiel Thordsens.

»Tun Sie das. So was hab ich noch nie erlebt«, freute sich Seelig.

Christoph winkte ab. Im sonst wohl eher tristen Alltag der beiden würde eine solche Aktion eine willkommene Abwechslung sein. Da musste man sich anders herantasten. Er erinnerte sich, dass Kapitän Thordsen seinem Freund Seelig einen Stapel Geldscheine überreicht hatte, als Christoph den beiden in der Innenstadt gefolgt war. War das vielleicht ein »Honorar« dafür, dass Seelig zur Erheiterung der Senioren allerhand Unfug anstellte?

Christoph beugte sich zu den beiden Männern hinab, nicht ohne sich zuvor noch einmal durch einen Rundblick zu vergewissern, ob ihnen jemand lauschte.

»Ganz im Vertrauen«, flüsterte Christoph. »Haben Sie einen Verdacht, wer Sie und die anderen Bewohner durch das Verstreuen von ätzenden Reinigungsmitteln gesundheitlich schädigen wollte? Ich frage Sie beide – so unter uns. Das muss ja niemand mitbekommen.«

Seelig legte die Hand hinters Ohr. »Hähh?«

Anscheinend hatte er sein Hörgerät nicht so eingestellt, dass er Christophs Flüstern verstehen konnte.

Der Kapitän wiederholte daher Christophs Frage, bediente sich dabei aber einer Lautstärke, dass Christoph glaubte, die Menschen rund um die Tine auf dem Marktplatz hätten es auch hören können.

»Ja, natürlich. Das kann nur der Rammler gewesen sein«, antwortete Seelig mit einem treuherzigen Augenaufschlag.

»Wie kommen Sie darauf?«

»Ich habe so etwas gehört«, murmelte Seelig.

Christoph musste ein Schmunzeln unterdrücken. Leise gesprochene Fragen verstand der Mann nicht, aber wer den Unfug im Seniorenheim veranstaltet hat, wollte er gehört haben.

»Was haben Sie eigentlich vor Ihrer Pensionierung gemacht?«, fragte Christoph Seelig.

Der sah ihn mit großen Augen an.

»Er will wissen, was du früher gearbeitet hast«, half der Kapitän nach.

»Ach – gearbeitet. Ich war Tischler.« Dann grinste Seelig. »Sie hab'n ja keine Ahnung, was ich gehobelt hab. Mann, da sind 'nen Haufen Späne übrig geblieben in meinem Leben.«

Er schlug sich vor Vergnügen auf die Schenkel und schrak zusammen, als die Zeitung, die er dort abgelegt hatte, ein lautes Knittergeräusch abgab.

Nun stimmte auch der Kapitän in das Lachen ein.

»Noch 'nen schönen Tag«, wünschte Christoph und ließ zwei alte Männer zurück, die sich mangels anderer Gelegenheiten ihren Spaß am Lebensabend selbst schufen.

Die Tür zum Büro des Heimleiters war nur angelehnt. Nachdem Christoph auf sein Klopfen keine Antwort erhalten hatte, schob er die Tür ganz auf und trat ein. Der Raum war leer, obwohl der flimmernde Bildschirm auf dem Schreibtisch anzeigte, dass Brodersen seinen Arbeitsplatz nur kurz verlassen hatte.

Christoph sah sich um. Der Raum war nüchtern eingerichtet. Der Holzschreibtisch mit dem handelsüblichen Bürostuhl mit Stoffbespannung, der Besprechungstisch mit vier ebenfalls bespannten Stühlen, ein Sideboard und ein Regal, in dem Bücher und Ordner standen. Naive Malerei an den Wänden lockerte die triste Arbeitsatmosphäre ein wenig auf. Die Ordnerbeschriftung gab nichts her. Bestellungen, Schriftwechsel, Angebote, Pflegeversicherung lauteten die handschriftlich aufgebrachten Inhaltsangaben. Ebenso interessant war die Auswahl der Bücher: Das Sozialgesetzbuch, das Handbuch der Altenpflege, eine Anleitung für die optimale Benutzung der Textverarbeitung. Christophs Blick fiel auf die Arbeitsfläche des Schreibtisches. Ein offener Brief erregte seine Aufmerksamkeit. Im Briefkopf prangte in Fettdruck ein phantasievolles Wappen, darunter befand sich der Schriftzug einer Finanzberatung. Hastig überflog Christoph den Text. Darin kündigte das Unternehmen unter Bezug auf einen Vertrag die Beteiligung an der Hauke-Haien-Residenz und forderte Brodersen ultimativ auf, einen hohen sechsstelligen Eurobetrag bis Mitte Mai an die ehemaligen Kapitalgeber zurückzuzahlen. Anderenfalls würde seitens des Unternehmens der Rechtsweg beschritten.

Ein zweiter Brief erregte ebenfalls Christophs Aufmerksamkeit. In ihm teilte ein Ferdinand von Hasenteuffel-Stichnoth dem »sehr geehrten Herrn Brodersen« kurz entschlossen mit, dass man seitens der Familie unter keinen Umständen bereit wäre, künftig einen höheren monatlichen Betrag für die Unterbringung des Familienmitgliedes zu entrichten. Der Schreiber verwies darauf, dass die Residenz einen Fixpreis garantiert habe, bis der hohe Einmalbetrag, den man bei Einzug für den Verwandten entrichtet hatte, durch die monatlich abzurechnenden Raten verbraucht sei.

»Wer hat Ihnen erlaubt, in mein Zimmer einzudringen?«, hörte Christoph hinter seinem Rücken die schnarrende Stimme Brodersens. Zornig eilte der Heimleiter um seinen Schreibtisch herum und legte eine Unterschriftenmappe auf die offenen Briefe.

»Es gibt ein Postgeheimnis, das auch Sie zu beachten haben.«

»Ich bin nicht in Ihr Büro eingedrungen, sondern habe auf Sie gewartet, nachdem Sie um den Besuch der Polizei gebeten hatten«, sagte Christoph mit ruhiger Stimme.

»Ist es nicht üblich, dass Sie zuerst zu mir kommen, wenn Sie hier im Hause sind, anstatt sich mit allen möglichen anderen Leuten zu unterhalten? Schließlich trage ich hier die Verantwortung.« Brodersen zeigte sich erstaunlich gut informiert über Christophs heutigen Aufenthalt im Seniorenheim.

»Die Auswahl meiner Gesprächspartner müssen Sie schon mir überlassen«, belehrte ihn Christoph, konnte Brodersens Groll damit aber nicht besänftigen.

»Es ist wenig hilfreich, wenn Sie alle Hinweise, aus denen sich die Urheberschaft für den Streich hätte ableiten lassen können, beseitigen lassen und uns erst danach verständigen.«

Der Heimleiter ging auf den Vorwurf nicht ein. »Der Attentäter muss jemand aus dem Haus gewesen sein. Als die Untat entdeckt wurde, waren noch alle Außentüren verschlossen. Es kann also nur ein Insider gewesen sein, zumal es auch keine Anzeichen dafür gibt, dass sich ein Fremder eingeschlichen hat.«

Christoph dachte an die beiden seltsamen alten Käuze, deren Tagewerk darin zu bestehen schien, sich über Kleinigkeiten köstlich zu amüsieren.

»Ich würde das Ganze nicht zu hoch bewerten. Vielleicht ist es nur ein wenig aus den Fugen geratener Streich älterer Menschen.«

»Das kann ich nicht gelten lassen. Solche Taten stören unseren Tagesablauf nachhaltig. Und sie verursachen Kosten.«

Christoph erinnerte sich an den Brief und an die Gerüchte um wirtschaftliche Probleme des Heimleiters, die ihm von anderer Seite zugetragen worden waren.

»Ist die finanzielle Situation bei Ihnen so drückend, dass Ihnen solche unbedeutenden Geschehnisse schon Kopfzerbrechen bereiten?«

Brodersen hielt einen Augenblick die Luft an und suchte in Christophs Augen eine Antwort auf die Frage, wie viel der Polizeibeamte wusste.

»Wie kommen Sie darauf? Wir haben einen exzellenten Leumund. Deshalb trifft es uns umso härter, wenn wichtigtuerische Ärzte wie diese Dr. Michalke dafür sorgen, dass Zweifel an der natürlichen Todesursache eines hochbetagten und schwerkranken Mannes in Umlauf gesetzt werden. Was meinen Sie, wie uns der Presserummel um diese Sache schadet? Und Sie«, Brodersen zeigte mit ausgestrecktem Finger auf Christoph, »werde ich auch dafür verantwortlich machen.«

»Die Ärztin hat korrekt und richtig gehandelt. Und weil diese Zweifel nicht ausgeräumt sind, ermitteln wir in dieser Angelegenheit.«

»Sie sollten lieber nach Frau Beckerling suchen.«

»Suchen Sie auch?«, entgegnete Christoph ungerührt. »Schließlich haben Sie eine Fürsorgepflicht gegenüber Ihren hilfebedürftigen Bewohnern.«

»Wir haben alles Erdenkliche unternommen, was in unserer Macht steht. Letztendlich sind wir nicht für alles verantwortlich, was die alten Leute aushecken. Es handelt sich um mündige Menschen, die für ihr Tun verantwortlich sind.«

»In Ihrem Haus ereignen sich in der letzten Zeit merkwürdige Dinge. Kann es sein, dass diese von außerhalb initiiert werden, um Unruhe zu stiften und um Sie persönlich in eine schwierige Situation zu manövrieren?«

Instinktiv blickte Brodersen zum Brief der Finanzierungsgesellschaft.

»Wie kommen Sie darauf?«, empörte sich der Heimleiter.

»Nun ja, es lässt sich doch nicht leugnen, dass jemand im Heim Unruhe schafft. Die Frage ist nur, ob der Urheber innerhalb der Bewohner oder des Personals zu suchen ist oder ob Außenstehende diese kleinen Bösartigkeiten planen.«

»Sie sind auf einem völlig falschen Dampfer. Wer hat etwas vom Tod des alten Mannes? Kein Erbe, keine Angehörigen. Für Schüttemann war es eine Erlösung. Und bei uns bleibt das Problem hängen. Wer kümmert sich um die Beerdigung? Wissen Sie, welcher Aufwand damit verbunden ist? Und wer trägt die Kosten für die Beisetzung?«

Christoph musterte Brodersen eindringlich. Der Heimleiter wich seinem Blick aus.

»Sind die Menschen, die sich Ihrem Haus anvertrauen, für Sie nur betriebswirtschaftliche Größen?«, fragte Christoph. »Ich höre aus Ihrem Mund immer nur: Es kostet, wer soll das bezahlen und so weiter.«

Brodersen hob eine Handvoll Blätter von der Arbeitsfläche in die Höhe und ließ sie dekorativ wieder fallen.

»Sie haben gut reden. Jeder dröhnt herum, dass die alten Menschen den Lebensabend in Frieden und Würde verbringen sollen, dabei liebe- und aufopferungsvoll gepflegt werden. Das ist aber nicht zum Nulltarif zu haben. Das Personal arbeitet nicht umsonst, die Kosten steigen permanent. Allein der Energieaufwand verschlingt Unsummen. Und – Sie mögen es mir glauben oder nicht – alte Leute frieren verdammt schnell. Sie haben keine Vorstellungen, was wir allein für die Heizung bezahlen müssen. Die Alten werden bei uns abgestellt und vergessen. Aber kosten darf es nichts.«

Brodersen sank erschöpft in seinen Stuhl nach hinten. Nach einer Pause fuhr er fort: »Mein Arbeitsalltag besteht darin, immer wieder den Spagat zwischen steigenden Kosten und stagnierenden Einnahmen hinzubekommen. Jeder verachtet mich für mein kaufmännisches Vorgehen, aber dass der Laden brummt, erwarten dennoch alle. Woher das Geld kommt – darüber denkt keiner nach.«

Im Stillen musste Christoph dem Mann recht geben. »Und wie soll es weitergehen? Haben Sie Perspektiven?«

Der Heimleiter zuckte resignierend mit den Schultern.

»Ich weiß es nicht. Wir leben von der Hand in den Mund. Aber irgendwie muss es weiterlaufen. Und darum, so pietätlos es auch klingen mag, ist mir sehr daran gelegen, die frei gewordenen Plätze wieder zu belegen.«

»Wieso Plätze? Sie sprechen von der Mehrzahl?«

»Was? Wie?« Brodersen fuhr sich fahrig mit der Hand durch das Gesicht. »Ich meine, falls weitere Plätze frei werden sollten«, stammelte er ausweichend.

Als Christoph den Raum verließ, musste er dem Mann in manchen Punkten Abbitte leisten. Die Anlage war wirklich in einem gepflegten äußeren Zustand. Die Räumlichkeiten machten einen sauberen Eindruck, und die Bewohner, denen Christoph bisher begegnet war, schienen gut betreut und versorgt zu sein. Das galt auch für den an Alzheimer erkrankten schlanken Mann, dessen Namen Schwester Anke mit Steinträger angegeben hatte, der ihm auf dem Gang mit flottem Schritt entgegenkam und der vor sich hinmurmelte: »Ich muss dahin.« Er nahm Christoph im Vorbeigehen nicht wahr. Auch um solche Menschen mussten sich die Mitarbeiter der Hauke-Haien-Residenz kümmern.

Er wurde durch Oberschwester Dagmar aus seinen Gedanken herausgerissen.

»Gut, dass ich Sie treffe. Ich würde Ihnen gern ein paar Fragen stellen.«

Sie atmete tief durch, was einem Seufzer gleichkam.

»Ich kann jetzt eine Tasse Kaffee gebrauchen. Trinken Sie eine mit?«

Sie führte ihn in das karge Schwesternzimmer, bot ihm Platz auf einem klapprigen Drehstuhl an und schenkte aus einer Thermoskanne zwei Becher voll. Vorsichtig nippte sie an ihrem Becher, auf dem neben einer neckischen Zeichnung »Dagmar ist die Beste« gedruckt war. Christoph drehte den Becher in seinen Händen. Ein Bürotrottel war darauf abgebildet, der mit hochrotem Kopf wütend in der Luft schwebte. Die Sprechblase lautete: »Mein Becher!« Selbst auf die Gefahr hin, dass ihm der Besitzer des Trinkgefäßes in ebendiesem Zustand begegnen könnte, nahm Christoph einen Schluck.

Erneut atmete Dagmar tief durch.

»Zwei Minuten zu sitzen ist eine richtige Wohltat«, sagte sie. »Wer diesen Job noch nie gemacht hat, hat keine Vorstellungen davon, wie stressig er ist. Ständig sind Sie auf den Beinen. Schwester hier, Schwester da. Können Sie mal eben ... Warum dauert das so lange ...« Sie äffte den Ton nörgelnder Senioren nach.

Christoph ließ ihr Zeit.

»Manchmal verstehe ich den lieben Gott nicht, warum er sich so viel Zeit lässt, bis er die Schwerkranken und Gebrechlichen zu sich ruft. Wer – so wie ich – lange mit alten und kranken Menschen zu tun hatte, versteht, warum sie irgendwann nicht mehr möchten. Nehmen Sie den alten Schüttemann. Der ist nur noch dahinvegetiert und hatte große Schmerzen. Darum finde ich Lösungen wie in Holland gar nicht schlecht, wenn Menschen ihren Tod selbst bestimmen können. Für unseren Schüttemann war das eine Erlösung. Nicht wahr, Paule?«, fragte sie, indem sie mit dem Finger aufwärtszeigte und gegen den unsichtbaren Himmel guckte.

»Verstehe ich Sie richtig? Sie hätten gegen Sterbehilfe nichts einzuwenden?«

Dagmar sah Christoph lange an, bevor sie antwortete. »Ja, ich wäre für das selbstbestimmte Sterben. Mit aller Entschiedenheit. Obwohl ich ein religiöser Mensch bin und mich ganz klar zum fünften Gebot bekenne, muss es Möglichkeiten geben, unsinniges Leiden zu verkürzen.«

»Haben Sie Schüttemann die gewünschte Erlösung gebracht? Vielleicht sogar auf sein drängendes Bitten hin?«

Ein scharfer Blick durchbohrte Christoph. »Ich habe lange als Krankenschwester gearbeitet. Diesen Beruf habe ich gewählt, weil mir das Helfen Freude bereitet. Da ist es nicht nur eine Frage der Ethik, zwischen Denken und Tun zu unterscheiden.«

»Es wäre nicht das erste Mal, dass überfordertes Pflegepersonal nach eigenen Moralbegriffen handelt.«

»Ich lese Zeitungen. Über solche Fälle, die sich leider jedes Jahr wiederholen, fällt die Boulevardpresse mit Begeisterung her. Nein! Ganz entschieden. Weder ich noch eine meiner Kolleginnen haben sich versündigt.«

Sie war aufgestanden. »Tut mir leid, aber ich muss weiter. Ich fürchte, ich kann Ihnen nicht behilflich sein.« Sie wandte sich zur Tür, drehte sich aber noch einmal um. »Wenn es wirklich ein unnatürlicher Tod war, was ich nicht glaube, dann sollten Sie auch Täter außerhalb des Hauses in Betracht ziehen. Da war so ein junger Typ, der es vor circa einem halben Jahr bei Frau Beckerling mit dem sogenannten Enkeltrick versucht hat. Der Mann hat sich am Telefon als ihr Enkel ausgegeben und behauptet, er befinde sich in einer aktuellen Notlage, aus der er sich nur befreien kann, wenn sie ihm kurzfristig Geld zur Verfügung stellen würde, das ein guter Freund entgegennimmt.«

»Und?«

Sie lachte kurz auf. »Frau Beckerling hat weder Kinder noch Enkel. Sie hat es dem Baron erzählt, der die Betrugsmasche sofort durchschaute und sie auf dem Weg zur Bank beschattet hat. Als der vermeintliche Freund nach dem Bankbesuch Frau Beckerling angesprochen hat, hat sich von Hasenteuffel eingemischt und den Mann davongejagt.«

»Warum haben Sie nicht die Polizei eingeschaltet? Das wäre doch das Naheliegende gewesen.«

»Das kann *ich* Ihnen nicht beantworten. Aber der Betrüger hat damit gedroht, sich an den Alten vom Heim zu rächen.«

Damit verließ sie das Schwesternzimmer.

Christoph fuhr mit einer Menge neuer Fragen zurück zur Dienststelle.

*

Leise war das Klacken zu hören, wenn Mommsens Finger behände über die Tastatur huschten. Große Jäger, dessen Schreibtisch im Zweierblock dem jungen Kommissar gegenüberstand, beobachtete seinen Kollegen. Dann griff er sich ins Ohr, bohrte darin und begutachtete das Ergebnis.

»Das ist eine Hühnerkacke«, gab er von sich, ohne den Blick von seine Fingern zu lassen.

Mommsen sah auf. »Was meinst du?«

»Dass wir Althoff nicht finden. Ich begreife das nicht. So groß ist Husum nun auch nicht, dass sich so einer verstecken kann, ohne dass wir auch nur eine Idee haben, wo wir ihn aufstöbern können.«

Große Jäger warf Mommsen einen finsteren Blick zu. »Hat jemand etwas von dem kleinen Jungen gehört?«

»Ich glaube, Hilke hatte zuletzt Kontakt mit den Kollegen aus Münster«, antwortete Mommsen, der seine Arbeit unterbrochen hatte.

Der Oberkommissar griff zum Telefon.

»Tante Hilke, komm mal rüber«, war sein ganzer Redebeitrag, bevor er auflegte.

Kurz darauf trat Hilke Hauck ein, einen Kaffeebecher in der Hand.

»Was'n los?«, fragte sie Große Jäger.

»Erzähl uns etwas über den Jungen«, bat der Oberkommissar. Seine Stimme hatte nicht den gewohnten Klang. Es fehlte das Herausfordernde, die unnachahmliche Mischung aus aggressiver und ironischer Tonlage.

Hilke Hauck angelte sich einen Besucherstuhl und setzte sich an die Querseite der beiden Schreibtische. Sie nahm noch einen Schluck Kaffee, bevor sie begann.

»Also! Der kleine Lukas ist neun Jahre alt. Ich habe zuletzt gestern Nachmittag mit dem Krankenhaus telefoniert. Die wollten wissen, wie der Stand der Suche ist, weil es aus medizinsicher Sicht mehr als drängt. Dem Jungen geht es nicht gut. Er ist so weit geschwächt, dass die Ärzte ihm keine weitere Chemo mehr zumuten können. Um die Dringlichkeit zu unterstreichen, hat mir der behandelnde Arzt noch anvertraut, dass Lukas einen Bruder hat, der am Downsyndrom leidet. Da ist das Risiko, die Mutter als Spender zu nehmen, einfach zu groß. Die Mediziner sehen nur noch die Knochenmarktransplantation von Althoff auf das Kind als vage Hoffnung. Deshalb ist Suche nach dem genetischen Zwilling für Lukas lebenswichtig.«

Eine Weile herrschte bedrückende Stille im Büro.

»Wir müssen alles daransetzen, Althoff zu finden«, sagte Christoph.

»Das wissen wir auch«, schnauzte ihn Große Jäger an. »Das musst du uns nicht erzählen.« Der Oberkommissar setzte sich mit einem Ruck gerade hin. »Sorry«, sagte er versöhnlicher in Christophs Richtung. »Da jagen wir ausnahmsweise nicht hinter einem schweren Jungen hinterher und finden diesen Typen trotzdem nicht. Mensch, sind wir wirklich so doof?«

»Ich verstehe deine Erregung, Wilderich, aber niemand zweifelt an deinem persönlichen Einsatz.«

Große Jäger schüttelte den Kopf. Dann zeigte er mit dem Zeigefinger auf seine Brust. »Da drinnen fühle ich mich ganz mies.« Er stand auf, ohne das Chaos auf seinem Schreibtisch noch eines Blickes zu würdigen. »Ich mache jetzt Feierabend, auch wenn mir das Wochenende nicht schmecken wird.«

FÜNF

Die Zimmerdecke war weiß, die Rauputzwände hatten einen zartgelben Anstrich. Neben dem großen Schrank beherrschten Kunstdrucke die Wände. Durch die geschlossenen Gardinen schimmerte das Tageslicht in Annas Schlafzimmer.

Christoph stützte den Ellenbogen auf die Matratze und legte den Kopf in die offene Handfläche. Er lauschte dem sporadischen Klappern der Tiegel und Töpfe aus dem Bad. Das Rauschen von Wasserhahn und Dusche hatte schon vor einer Weile wieder aufgehört. Er würde nie verstehen, weshalb Frauen morgens so viel Zeit im Bad zubringen mussten. Anna war vor fast einer Dreiviertelstunde aufgestanden und widmete sich seitdem der Körper- und Schönheitspflege. Eine Frau muss sich auch am Sonnabend das Gesicht anziehen, pflegte sie zu sagen.

Nach einer endlos erscheinenden Zeit hörte er die Tür, kurz darauf erschien Anna im Schlafzimmer.

»Fuhljack«, lachte sie, als sie ihn träge im Bett liegen sah. »Rut ut de Puch.« Sie kniete sich auf das Bett und kitzelte ihn. Er rollte sich zusammen und versuchte, die Decke ans Kinn zu ziehen, um der Attacke zu entgehen.

»Lass das.« Er versuchte sich zu revanchieren, aber sie wich geschickt aus.

Er hatte die Nacht bei ihr zugebracht. Jetzt freuten sich beide auf ein gemeinsames, ausgiebiges Frühstück. Danach wollten sie den Sonnabendvormittag zu einem entspannten Stadtbummel nutzen.

»Hat der Herr Wünsche zum Frühstück?«, fragte sie gut gelaunt.

Er bleckte die Zähne.

»Ja! Aber die werde ich dir nicht verraten, sonst bekommen wir nie etwas zu essen.«

Sein Handy gab einen hässlichen schnarrenden Ton von sich.

»Muss das sein?«, fragte Anna enttäuscht, während er versuchte, das Mobiltelefon aus seiner Hosentasche zu angeln.

»Wilderich«, sagte er erklärend zu Anna nach einem kurzen Blick auf das Display.

»Was will der um diese Zeit? Ich wäre jede Wette eingegangen, dass der am Wochenende bis zum Nachmittag schläft.«

Christoph nahm das Gespräch an.

»Liegst du etwa noch im Bett und lässt dir medizinische Nachhilfe erteilen?«, lästerte Große Jäger.

»Wo denkst du hin? Das Frühstück ist schon lange verarbeitet«, log Christoph ohne schlechtes Gewissen.

»Prima. Dann kann ich dir auch erzählen, dass ich gestern Abend noch einmal in der Kreuzerstraße bei der Nichte von Trude Beckerling vorbeigeschaut habe. Allerdings wieder erfolglos. Die Frau ist seit Tagen nicht gesehen worden. Offen gestanden habe ich mit dem Gedanken gespielt, einen Blick in die Wohnung zu werfen. Aber dafür gab es – objektiv gesehen – keinen triftigen Grund.«

Das war eine interessante, aber keineswegs umwerfende Neuigkeit. Trotzdem sagte Christoph: »Danke«, weil er wusste, dass Große Jäger Streicheleinheiten genauso dringend benötigte wie sein Hund die Lobesworte des Herrchens.

»Dabei habe ich von einer Nachbarin erfahren, dass sich bereits vor mir ein fremder Mann für Saskia Willich interessiert hat. Ist das nicht merkwürdig?«

Christoph war hellwach.

»Allerdings. Sollte sonst noch jemand nach der Frau suchen?«

»Sieht so aus.«

»Konnte jemand den Besucher beschreiben?«

»Sehr zutreffend. Es ist ein guter alter Bekannter von uns.«

»Nun mach es nicht so spannend«, sagte Christoph etwas ungehalten.

Über die Leitung kam ein dröhnendes Lachen.

»Sieht so aus, als hätte Harm Mommsen die gleiche Idee wie ich gehabt.«

»Du oller Mettenmors«, stimmte jetzt auch Christoph in die Fröhlichkeit ein.

»Was liegt bei euch an?«, fragte Große Jäger.

»Wir wollen in die Stadt. Ein wenig bummeln. Mal sehen.«

»Vielleicht sieht man sich«, drohte Große Jäger und wünschte einen schönen Tag.

Das Frühstück stand fertig auf dem Tisch, als Christoph aus dem Bad kam. Er genoss die frischen Brötchen und den duftenden Kaffee. Danach warf er einen Blick in die Husumer Nachrichten. Im Lokalteil fand er einen kleinen Artikel, dass die am Donnerstag aus einer Seniorenresidenz – der Name des Heimes blieb unerwähnt – verschwundene Frau noch nicht wieder aufgetaucht war. Die Leser wurden erneut gebeten, die örtliche Polizei zu verständigen, falls sie etwas vom Verbleib der alten Dame wüssten.

Anschließend machten sich Anna und Christoph auf den Weg ins Husumer Zentrum. Der bewölkte Himmel und der kühle Westwind hatten die zahlreichen Besucher nicht davon abgehalten, das Kleinod an der Westküste aufzusuchen. Die Straßen und Gassen rund um Marktplatz und Hafen waren voll mit Menschen.

Christoph konnte sich nicht mehr erinnern, wie oft sie an diesem Vormittag schon die Großstraße überquert hatten. Anna musste in dieses und jenes Geschäft, blieb vor dem einen Schaufenster stehen und drängte zum nächsten. Selbstverständlich hatten sie auch schon den beiden Kaufhäusern der Stadt ihre Aufwartung gemacht, dabei geschickt die Passage zur Krämerstraße genutzt und auch noch das Areal an der Schiffbrücke aufgesucht. Jetzt standen sie wieder am Marktplatz. Anna strahlte, während Christoph von diesem Bummel-Shopping-Marathon langsam lahme Füße bekam.

Plötzlich hielt er inne.

Anna zerrte an seinem Ärmel. »Schwächelst du?«

Christoph beobachtete den Mann, der vom Tinebrunnen kommend die Norderstraße in Richtung des alten Rathauses kreuzte.

»Moment«, bat Christoph. »Das interessiert mich jetzt.«

»Niemand erwartet von dir, dass du in deiner Freizeit auch noch Cowboy und Indianer spielst«, murrte Anna. »Nun komm schon.«

Doch Christoph blieb stehen. »Wenn bei euch kurz vor Praxisschluss ein Patient erscheint, weist ihr den doch auch nicht ab.«

»Das ist etwas ganz anderes«, erklärte sie. »Was hast du eigentlich entdeckt?«

Christoph nickte mit dem Kopf zur anderen Straßenseite. Der

Mann war vor der Rathaustreppe stehen geblieben. Offensichtlich wartete er auf jemanden.

»Das ist ein Beteiligter an unseren aktuellen Fällen.«

»Na und? Ist es verboten, durch die Stadt zu schlendern?«

»Nein! Nur zwei Minuten«, bat Christoph. Er konnte nicht verstehen, weshalb Frauen von ihrer männlichen Begleitung beim Durchstreifen der Geschäfte, vornehmlich der Abteilungen für Damenmoden, jede Menge Toleranz einforderten, aber beim kleinsten Wunsch ihres Partners unwillig wurden.

Es wurden fünf Minuten, und Christoph spürte die Unruhe, die von Anna ausging. Sie setzte gerade zu einem Protest an, als er sie unterbrach.

Von Hasenteuffel-Stichnoth wandte sich einer mittelgroßen Frau mit braunen Haaren zu, die direkt auf ihn zusteuerte.

Er begrüßte sie mit Handschlag und deutete dabei eine leichte Verbeugung an. Soweit Christoph aus der Distanz erkennen konnte, machte die etwa Vierzigjährige einen gestressten und übernächtigten Eindruck.

Die beiden unterhielten sich kurz, bis von Hasenteuffel mit einer fast galant wirkenden Handbewegung auf den Torbogen neben dem Rathaus wies, einen halben Schritt zurücktrat, um seine Begleiterin passieren zu lassen, sich dann an ihre linke Seite begab und mit ihr Richtung Schlossgang schlenderte. Während der Baron seine Hände auf dem Rücken verschränkte, gestikulierte die Frau lebhaft und unterstrich dabei etwas, das von großer Bedeutung schien.

»War's das jetzt? Können wir weiter?«, fragte Anna. Ihre Stimme klang eine Spur ungehalten.

»Mich interessiert, wer das ist und was die beiden vorhaben«, erwiderte Christoph.

»Ach nee. Ich habe keine Lust, am Sonnabend mit dir Detektiv zu spielen.«

Doch Christoph blieb hartnäckig, fasste Anna am Ärmel ihres Blousons und zog sie sanft hinter sich her. Von Hasenteuffel und seine Begleiterin waren inzwischen durch das Tor neben dem Rathaus in den Fußgängerbereich des Schlossganges abgebogen, der vom Marktplatz Richtung Schlosspark führte.

In gebührendem Abstand verfolgte Christoph die beiden. Der Baron schien aufmerksam den Ausführungen der Frau zu lauschen.

Am »Alten Brauereiplatz« verzögerten die beiden den ohnehin bedächtigen Schritt, blieben einen Moment stehen und bogen hinter der Schlossbuchhandlung nach links zu Jacquelines Café ab.

»So, nun weißt du, was die vorhaben. Gönn denen den Kaffee«, beschied Anna und wollte umkehren.

»Ich möchte gern wissen, was die besprechen.«

»Gute Idee«, stimmte Anna zu. »Einen Cappuccino könnte ich jetzt gut vertragen. Komm, wir gehen hinterher.«

»Nein«, sagte Christoph. »Der Mann kennt mich und würde nicht unbefangen weiterplaudern, wenn er mich sieht. Du kannst mir aber einen Gefallen tun, indem du ihnen folgst, dich an einen Nebentisch setzt und ihnen zuhörst.«

»Das ist nicht dein Ernst?«, empörte sich Anna. »Meinst du nicht, dass es ein wenig zu weit geht, wenn ich für dich Spitzeldienste erbringe?«

»Nun mach schon«, drängte Christoph, worauf sie ins Café ging, nicht ohne missbilligend den Kopf zu schütteln.

Christoph sah zuerst in die Schaufenster der Buchhandlung. Nachdem er allmählich kalte Füße bekam, ging er langsam auf und ab. Ihm blieb dabei nicht verborgen, dass ihm aus dem Geschäft aufmerksame Blicke wegen seines sonderbar anmutenden Verhaltens zuteilwurden.

Er wartete schon über eine halbe Stunde, als sein Handy sich bemerkbar machte. Mommsen war am Apparat.

»Ich habe Bereitschaft und wurde deshalb von der Zentrale informiert«, erklärte der junge Kommissar. »In der Seniorenresidenz hat sich erneut ein Zwischenfall ereignet.«

»Was?«

»Das ging aus dem Anruf nicht eindeutig hervor. Frau Dr. Michalke hat angerufen und ausdrücklich dich verlangt. Da du aber nicht erreichbar warst, hat man mich verständigt.«

»Wir kennen keine Einzelheiten?«

»Leider nicht. Die Streife ist schon vor Ort. Ich werde jetzt auch hinfahren.«

Christoph zögerte einen Moment. »Ich bin im Schlossgang und warte vor dem Rathaus auf dich. Holst du mich dort ab? Dann komme ich mit.«

»Selbstverständlich«, sagte Mommsen und legte auf.

Christoph wollte Anna informieren, aber die hatte ihr Mobiltelefon ausgeschaltet. So hinterließ er eine Nachricht auf der Mobilbox und wandte sich kurz entschlossen Richtung Stadtzentrum. Fünf Minuten später hielt Mommsens gelber Mini am Bordstein, und Christoph stieg ein.

*

Vor der Hauke-Haien-Residenz parkte neben dem Streifenwagen ein silbernes Mercedes-Cabriolet. Mommsen hielt hinter dem SLK an.

Schon von draußen sahen sie durch die bodentiefen Glasscheiben, dass sich im Foyer eine größere Anzahl von Leuten zusammengefunden hatte. Als sich die automatischen Türen beim Annähern öffneten, schwoll ihnen das Durcheinander vieler aufgeregter Stimmen entgegen. Mitten unter den Bewohnern entdeckte Christoph Thordsen. Auch der Kapitän hatte Christoph bemerkt und bahnte sich einen Weg zu ihm. Der alte Mann trug – wie immer – seine Schippermütze. Es fehlte ihm jedoch die Fröhlichkeit, die einem sonst aus seinen lebhaften Augen entgegensprang.

»Sagen Sie mir, Herr Kommissar, was ist geschehen?«, fragte Thordsen mit brüchiger Stimme und stellte sich Christoph und Mommsen in den Weg.

»Das kann ich Ihnen auch noch nicht sagen.«

»Was ist mit meinem Freund Harry?«

Jetzt wusste Christoph zumindest, dass Harry Seelig im Mittelpunkt der Unruhe stand.

»Wo ist sein Apartment?«, antwortete Christoph mit einer Gegenfrage.

»Ähh – oben. Dann links. Was ist mit ihm? Ist er – ähh – tot?« Aus Thordsen Stimme klang die tiefe Besorgnis.

Christoph schob den Mann vorsichtig zur Seite, der keine Anstalten machte, den Weg freizugeben. Mommsen folgte ihm die helle Holztreppe ins Obergeschoss hinauf. Sie hielten sich links und sahen schon von Weitem die kleine Gruppe im breiten Flur, die vor einer der abzweigenden Türen stand und aufgeregt diskutierte.

Christoph erkannte den Hausmeister, Oberschwester Dagmar in Zivil, zwei Heimbewohner, die ihm schon einmal auf dem Gelände begegnet waren, und einen uniformierten Polizisten, der im Türrahmen stand und den Zugang zu Seeligs Räumen versperrte.

Er schob die Leute zur Seite, öffnete die Tür und trat, gefolgt von Mommsen, ein.

Fast gleichzeitig drehten sich alle Anwesenden im Raum um und musterten die beiden Beamten neugierig. Um Seeligs Bett hatten sich Schwester Anke, Brodersen und Kommissar Thomas Friedrichsen, der Streifenführer, geschart. Auf der Bettkante saß Frau Dr. Michalke. Sie hatte ihr Stethoskop locker um den Hals hängen, während sie damit beschäftigt war, eine Spritze aufzuziehen.

Friedrichsen zog Christoph und Mommsen in den hintersten Winkel des Raumes und erklärte leise: »Wir wurden von der Zentrale informiert. Ich habe bisher nur in Erfahrung bringen können, dass man Seelig offenkundig leblos in seinem Bett gefunden hat.«

Christoph beobachtete, wie die Ärztin die Spritze im Ellenbogen des alten Mannes ansetzte und dann millimeterweise den Inhalt der Kanüle in den Körper spritzte. Das war ein gutes Zeichen, dachte Christoph, denn Toten verabreicht man keine Arzneien mehr.

»So«, sagte Dr. Michalke, als sie Seeligs Arm wieder zugedeckt hatte. »Hoffen wir nun das Beste.« Zu Christoph gewandt fügte sie hinzu: »In diesem Haus geschehen allerhand Merkwürdigkeiten. Deshalb habe ich Sie verständigt. Ich denke, Sie sollten es wissen und Ihre eigenen Rückschlüsse daraus ziehen.«

»Was ist denn passiert?«

»Eigentlich gar nichts«, mischte sich Brodersen ein und warf Schwester Anke einen bösen Blick zu. »Herr Seelig ist heute Morgen nicht zum Frühstück erschienen. Er versorgt sich zu großen Teilen selbst, sodass uns sein Fehlen erst aufgefallen ist, als sein Platz im Speisesaal leer geblieben ist. Herr Thordsen hat uns darauf aufmerksam gemacht, weil es in der Vergangenheit noch nie vorgekommen ist, dass die beiden Männer nicht gemeinsam zum Essen gekommen sind.«

»Und dann?«

Schwester Anke meldete sich zu Wort.

»Ich bin daraufhin zu seinem Zimmer gegangen. Und als auf mein Klopfen keine Reaktion erfolgte, habe ich geöffnet und Herrn Seelig in seinem Bett vorgefunden. Er lag auf dem Rücken, atmete nur ganz flach und war nicht ansprechbar. Ich habe den Puls gemessen, der für seine Verhältnisse zu niedrig war. Daraufhin habe ich nachgesehen, welcher Arzt Notdienst hat, und Frau Dr. Michalke benachrichtigt.«

Christoph erinnerte sich, dass Anna ihm erzählt hatte, Seelig sei eigentlich Patient bei Dr. Hinrichsen und würde mit Anna stets um die zehn Euro Praxisgebühr zocken.

»Die Nerven liegen blank, sonst hätte sich Schwester Anke nicht zu dieser unüberlegten und voreiligen Handlung hinreißen lassen«, kritisierte Brodersen.

»Moment mal«, widersprach ihm Dr. Michalke mit ruhiger Stimme. »Es war das einzig Richtige, was Ihre Mitarbeiterin gemacht hat. Schließlich war nicht erkennbar, warum der Patient nicht ansprechbar war.«

»Sie hätten die Lage objektiver einschätzen müssen«, ritt Brodersen beharrlich auf seiner Kritik an Anke herum. »Den Notarzt zu alarmieren … Das war zu hektisch. Und schon gar nicht die da«, dabei zeigte er auf Dr. Michalke. »Es ist schlimm genug, was Sie mit Ihrem blödsinnigen Gerücht über Paul Schüttemann verzapft haben.«

Bevor die Ärztin antworten konnte, ging Christoph dazwischen.

»Stopp. Ich denke, Schwester Anke hat korrekt gehandelt.« Dann drehte er sich zu Dr. Michalke um. »Haben Sie einen Verdacht?«

»Verdachtsdiagnosen sind immer mit kritischer Distanz zu betrachten. Ich vermute, dem Patienten wurde gestern Abend eine zu starke Dosis an Schlafmitteln verabreicht, sodass er einfach nicht wach zu bekommen ist.« Sie tätschelte vorsichtig Seeligs

Wange. »Der liegt in Morpheus' Armen und hat nicht einmal etwas davon, weil ihn keine süßen Träume begleiten.«

»Kann es ein unglückliches Zusammentreffen zweier Dinge gewesen sein?« Christoph sah sich im Zimmer um. Er entdeckte eine leere Flasche Beugelbudelbier auf dem Tisch. »Alkohol und Arznei?«

Dr. Michalke schob die Unterlippe ein wenig vor. »Glaube ich nicht. Wenn er nur eine Flasche Flens getrunken hat, dann dürfte es nichts ausgemacht haben. Er ist nicht mein Patient, und ich kenne die Vorgeschichte nicht, aber auf den ersten Blick macht er einen für sein Alter robusten Eindruck.« Sie sah Schwester Anke an. »Oder?«

Die bestätigte umgehend, dass auch der Seniorenresidenz keine gravierenden gesundheitlichen Beeinträchtigungen Seeligs bekannt seien.

»Hat er vielleicht irrtümlich ein falsches Schlafmittel bekommen?«

»Das kann ich mir nicht vorstellen«, erwiderte Schwester Anke. »Die Medikamentenzuteilung nimmt im Allgemeinen die Pflegedienstleiterin persönlich vor. Dagmar ist in diesem Punkt sehr zuverlässig.«

»War das auch gestern so?«

»Ich weiß nichts anderes.«

»Und wenn Seelig die doppelte Ration geschluckt hat? Oder sich eigenmächtig ein Schlafmittel besorgt und es mit diesem kombiniert hat?«

Wortlos trat Christoph an den Nachttisch, nachdem er Mommsen kurz zugenickt hatte, und begann den Inhalt der Schublade zu untersuchen.

»Heeh, was machen Sie da?«, fuhr ihn Brodersen an. Der Heimleiter hätte Christoph am liebsten festgehalten. Noch aufgebrachter war er, als Mommsen in das kleine Badezimmer trat und dort nach Arzneimitteln suchte. »Das dürfen Sie nicht. Sie können doch nicht einfach in fremden Sachen herumwühlen.«

»Ich darf das schon«, antwortete Christoph. »Ich bin nämlich die Polizei.« Innerlich musste er lachen, weil er diesen Spruch kopiert hatte. Das Copyright darauf besaß Große Jäger.

Christoph fand weder in den Schubladen noch im Papierkorb einen Hinweis darauf, dass Seelig weitere Arzneimittel hortete. Auch Mommsen meldete Fehlanzeige aus dem Bad.

»Wir sollten Schwester Dagmar dazubitten«, sagte Christoph. »Warum ist die nicht im Raum?«

»Die beruhigt die anderen Patienten. Das habe ich angeordnet«, erklärte Brodersen.

Thomas Friedrichsen öffnete die Tür und bat die Oberschwester ins Zimmer.

»Sie wissen, was geschehen ist?«, fragte Christoph.

Dagmar nickte.

»Wir hätten gern gewusst, ob es denkbar ist, dass Herr Seelig gestern irrtümlich eine zu stark wirkende Schlaftablette erhalten hat.«

Die Pflegedienstleiterin schüttelte energisch ihren graumelierten Kopf.

»Bestimmt nicht.«

»Aus Versehen? Schließlich machen wir alle mal kleine Fehler«, versuchte Christoph der Frau eine Brücke zu bauen.

»Das mag sein. Aber bei der Medikamentenzuteilung darf so etwas nicht geschehen. Ich habe meine eigene Methode. Ich suche anhand der Gesamtliste zunächst die Tabletten für alle Patienten heraus, zähle sie, vergleiche das Ergebnis mit meiner Kontrollzahl und teile sie erst dann auf die Rationsdöschen für die einzelnen Leute auf. Ich müsste mich bei dieser Methode also zweimal irren.«

Brodersen war dem Gespräch mit einem ratlosen Gesichtausdruck gefolgt.

»Es handelt sich um ein stark wirkendes Mittel«, mischte sich Dr. Michalke ein.

»Können Sie sagen, um welches Präparat es sich handeln könnte?«, fragte Christoph.

»Das wäre reine Spekulation.«

»Und der Wirkstoff?«, hakte Christoph nach.

»Ich ergehe mich nicht in Mutmaßungen.«

»Können Sie Herrn Seelig Blut abnehmen, sodass wir es in unserem Labor in Kiel analysieren können?«

Doch auch in diesem Punkt blieb Dr. Michalke hartnäckig. »Nicht ohne die Einwilligung des Patienten.«

»Wenn der Mann das Präparat unfreiwillig geschluckt hat, liegt eine Körperverletzung vor. Dann benötigen wir die Blutuntersuchung zur Beweissicherung.«

Die Medizinerin kniff die Lippen zusammen, dass sie einen schmalen Strich bildeten.

»Sie haben sicher recht. Trotzdem! Nur mit Zustimmung des Mannes.«

Es war nichts zu machen. Sie ließ sich nicht überzeugen.

»Und was unternehmen Sie jetzt?«, fragte der Heimleiter.

»Im Augenblick sind uns die Hände gebunden. Ohne das Ergebnis der Kriminaltechnik wissen wir nicht, wonach wir suchen sollen. Wir müssen warten, bis Herr Seelig wieder wach ist. Wie lange wird das noch dauern?« Christoph sah Dr. Michalke an.

»Schwer zu sagen. Aus medizinischer Sicht sollte der Mann ausschlafen. Ich schätze, er wird am frühen Abend wieder unter uns sein. Viel Gescheites werden Sie dann aber nicht aus ihm herausbringen, da er dann wie gerädert sein wird.«

»Toll«, sagte Brodersen. »Da werden unsere Bewohner vergiftet, und die Polizei sieht zu.«

»Wissen Sie Näheres?«, wandte sich Christoph an den Heimleiter.

»Ich? Nee. Wieso?«

»Weil Sie gezielt von Vergiftung sprechen.«

»Sie haben es doch selbst gehört, was die da«, dabei zeigte Brodersen auf die Ärztin, »eben gesagt hat. Seelig hat eine falsche Dosis Schlafmittel verabreicht bekommen. Ist das keine Vergiftung? Es wird langsam Zeit, dass Sie den Mann finden, der diese Unruhe in unser Haus schleppt.«

»Wer spricht denn von einem Mann? Es könnte doch auch eine Frau dahinterstecken?«

Brodersen blieb die Antwort schuldig.

Danach verließen alle bis auf Schwester Anke Seeligs Apartment.

Als sie wieder bei Mommsen im Auto saßen, fragte der junge Kommissar: »Wo soll ich dich absetzen?«

»Moment«, sagte Christoph und wählte die Nummer von Annas Handy.

»Sag mal! Wo bist du abgeblieben?«, schimpfte sie. »Mich jagst du in das Café, um bei deinen blöden Versteckspielen mitzumachen. Und was ist, als ich wieder rauskomme? Nichts! Weit und breit kein Sherlock Holmes zu sehen. So habe ich mir das Wochenende mit dir nicht vorgestellt.«

»Wir hatten einen dringenden Einsatz. Ich erkläre es dir später«, versuchte er sie zu beruhigen.

Anna war richtiggehend sauer. »Dass ich nicht lache.«

»Hast du etwas in Erfahrung bringen können?«, fragte Christoph vorsichtig.

»Wie denn?«, antwortete sie entrüstet. »Der Laden war so voll, dass ich nur noch einen Platz hinter dem dicken Mittelpfeiler bekommen habe. Ich habe die beiden nicht einmal gesehen, geschweige denn etwas von ihrem Gespräch hören können.«

»Und trotzdem bleibst du so lange im Café, obgleich das Ganze erfolglos war?«

Sie atmete hörbar aus. »Jetzt komm mir nicht so. *Du* hast mich doch dorthinein geschickt. Gegen meinen Willen.«

Christoph winkte ab. »Ich komme jetzt.«

»Mach dich auf etwas gefasst«, drohte sie, obwohl ihre Stimme schon wieder eine Spur versöhnlicher klang.

»Frauen«, seufzte Christoph nur, zu Mommsen gewandt, und kam sich dabei ein wenig dumm vor, weil diese im privaten Lebensentwurf des jungen Kollegen nur eine periphere Rolle spielten.

*

Die Luft war zum Schneiden dick. Rauchschwaden waberten über die Köpfe der Leute, durch rhythmisch im Takt der Musik aufflammende Scheinwerfer in gleißendes Licht versetzt. Aus den Lautsprechern dröhnten die Bässe, die Lautstärke der Anlage verschluckte jede Melodik. Disco-Fever in Husum. Wie überall in der Szene begann die Party erst um Mitternacht und erreichte in den Stunden danach den Höhepunkt.

Es dominierte eindeutig die junge Generation. Dicht gedrängt zuckten die Leiber zu den peitschenden Rhythmen. Und selbst junge Menschen, die im Alltag eher unsportlich schienen, zeigten hier eine erstaunliche Wandlung und vollbrachten artistisch anmutende Verrenkungen.

Mitten auf der Tanzfläche stand ein kleiner Mann, älter als der Durchschnitt der anderen Besucher, aufgrund seines Outfits aber geduldet. Bunt wie ein Kakadu bekleidet, erheiterte er die jungen Leute.

Karlchen war in seinem Element. Wild ließ er die Hüften kreisen, schlenkerte Arme und Beine, als wären sie aus Gummi, um danach über dem Kopf in ein Klatschen zu verfallen, das jedem Schlagzeuger zur Ehre gereicht hätte. Es gehörte nicht zu seinen allwöchentlichen Vergnügungen, Diskotheken zu besuchen, aber Freude zu versprühen und gelegentlich am Rausch der Nacht teilzuhaben war für ihn ein Lebenselixier, zumal sein Partner Mommsen nicht zu den begeisterten Discobesuchern gehörte.

Niemand nahm es auf der engen Tanzfläche übel, wenn man sich im Eifer nahe kam und aneinanderstieß. Plötzlich bekam Karlchen einen heftigen Stoß in den Rücken, stolperte vorwärts und riss dabei mehrere andere Tänzerinnen und Tänzer mit.

»He, pass doch auf, du Trottel«, regte sich ein junger Mann mit kammartig hochgegelten Haaren auf. Ein Mädchen fasste sich an den Knöchel, auf den Karlchen unsanft getreten war.

»Mach das nicht noch mal«, drohte ein anderer junger Mann, dessen Kinn ein spärlicher Bartwuchsversuch zierte.

Karlchen hob beide Hände entschuldigend in Brusthöhe.

»Sorry«, nickte er zu allen Seiten hin. »Ich bin geschubst worden.«

»Lass dich nicht stoßen«, mahnte ein Dritter, worauf ein Mädchen ergänzte: »So ‘n Opa stößt ohnehin keine mehr.«

Karlchen nahm seine Tanzbewegungen wieder auf, sorgfältig bedacht, seinen Nachbarn nicht zu nahe zu kommen.

Inmitten des Gedränges tauchte ein Jugendlicher auf, mit einer Lederjacke bekleidet, der selbst im flackernden Licht einen nahezu finsteren Eindruck machte. Er schob andere Tanzende mit dem Ellenbogen zur Seite, bis er Karlchen gegenüberstand und ihm einen Stoß vor die Brust versetzte, dass dieser rückwärts stolperte, mit den Armen ruderte und dabei unfreiwillig weitere Discogäste mitriss.

Sofort wurde er wieder beschimpft und verbal bedroht, bis die Umstehenden mitbekamen, dass sich eine Auseinandersetzung anbahnte.

»Was soll das?«, empörte sich Karlchen und nahm die Hände herunter, um jede Geste, die missverstanden werden könnte, zu vermeiden.

»Suchst du Putz?«, brüllte ihn der junge Mann in der Lederjacke an. »Den kannst du haben.«

»Ich habe dir nichts getan. Bleib ruhig. Ich denke, das Ganze war ein Missverständnis«, erklärte Karlchen.

»Du Arschloch laberst rum, dass du ein Missverständnis bist?« Der Jugendliche schlug mit der rechten Faust in seine offene linke Hand. Er war dicht vor Karlchen getreten und überragte diesen um Hauptеslänge. Er sprach deutsch, aber der Klang seiner Stimme war hart. »Willst du mich beleidigen? Dann komm her«, drohte er.

»Niemand will dich beleidigen«, erklärte Karlchen. Ihm war klar, dass sein Gegenüber auf Streit aus war. Es kam Karlchen nicht darauf an, recht zu behalten. Er war bereit, sich für etwas zu entschuldigen, was er nicht verursacht hatte.

Jetzt griff die Lederjacke Karlchen an den Ausschnitt des Poloshirts und zog ihn zu sich heran.

»Warum kommst du mir so nahe? Du stinkst nach Scheiße«, erklärte er dabei. Karlchen versuchte sich freizumachen, konnte aber gegen die überlegene Kraft seines Widersachers nichts ausrichten. Um die Kontrahenten hatte sich ein kleiner Kreis gebildet.

»Lass ihn doch zufrieden. Der hat dir nichts getan«, mischte sich ein junger Mann ein.

»Willst du auch welche in die Fresse?«, zischte ihn der Streithahn an, worauf der Friedensstifter betroffen schwieg.

Der Fremde mit der Lederjacke hatte sein Knie angezogen und es Karlchen in den Unterleib gerammt, sodass der zusammenzuckte und nach vorn kippte. Dabei stieß er gegen den Schläger.

»Guck dir das schwule Schwein an«, zischte dieser. »Der verdammte Wichser will sich hier an mir vergreifen. Dir werd ich's zeigen.« Mit der linken Hand griff er in Karlchens Nacken und schlug den Kopf des Unglücklichen gegen seine Brust. Instinktiv riss Karlchen die Arme hoch und versuchte sich zu befreien.

»Jetzt hat mich der Hurensohn angegriffen«, zischte die Lederjacke. »Dass lass ich mir nicht gefallen.«

In diesem Moment drängte sich Mommsens große sportliche Gestalt durch den Ring der Zuschauer, griff den Arm des Angreifers und drehte ihn mit einem Ruck nach hinten, dass der Mann schmerzhaft aufschrie und in die Knie ging.

»Das reicht jetzt«, erklärte der Kommissar. »Bist du ruhig?«

Der Delinquent versuchte, Mommsen zu treten, der aber wich aus und drückte den Mann noch ein wenig weiter hinunter. Erneut schrie der andere auf.

»Du Wichser brichst mir den Arm.«

»Bist du friedlich?«, fragte Mommsen erneut.

»Halt's Maul«, antwortete der Mann. Er machte nicht den Eindruck, als würde er nachgeben wollen.

Mommsen zerrte am Arm des Mannes, packte ihn gleichzeitig am Kragen der Lederjacke und warf ihn auf den Tanzboden, sodass er bäuchlings zu liegen kam. Bevor er sich bewegen konnte, kniete Mommsen in seinem Rücken und drückte dem anderen beide Hände ins Kreuz. Der Mann schimpfte und zappelte, dann stieß er Flüche in einer fremden Sprache aus, die wie Russisch klang.

»Du hast es nicht anders gewollt«, sagte Mommsen und versuchte, aus seiner Hosentasche eine der leichten Kunststoffhandfesseln zu ziehen, um seinen Widersacher außer Gefecht zu setzen.

In diesem Augenblick tauchten am Ort der Auseinandersetzung zwei weitere Männer in Lederjacken auf.

»Was is', Wladi, hast du Stress?«, fragte einer.

Mommsens Gegner antwortete auf Russisch.

»Lass meinen Kumpel los, du Pisser«, rief der Dazugekommene. Plötzlich lag in seiner Hand ein Butterflymesser. Im Zeitlupentempo näherte er sich Mommsen. In einer plötzlichen Bewegung zog er die Waffe kurz vor Mommsen Gesicht vorbei, dass dieser deutlich den Luftzug verspürte.

Langsam löste sich Mommsen von seinem am Boden liegenden

Gegner. Er drehte die Handflächen nach außen und ließ die Arme locker neben seinem Körper herabhängen, um dem Mann mit dem Messer durch Körpersprache zu signalisieren, dass er sich der bewaffneten Übermacht beugen würde. Doch der fuchtelte weiterhin mit seinem Butterfly durch die Luft.

»Was mischst du dich da ein, du Sack, hähh?«, zischte der Mann, während sich sein Kumpan langsam vom Boden aufraffte. »Soll ich dir deine Visage frisieren?« Unverhofft trat der Messermann zu und traf Mommsen mit der Stiefelspitze am Oberschenkel. Ein höllischer Schmerz durchzuckte den Kommissar. Trotzdem versuchte er, keine Reaktion zu zeigen. Solange der andere das Messer in der Hand hielt, war es gefährlich und sinnlos zugleich, zur Gegenwehr zu schreiten.

Erneut ließ sein Gegenüber die gefährliche Waffe durch die Luft sausen und kam Mommsen einen kleinen Schritt näher. Karlchen versuchte, sich mannhaft an die Seite seines Partners zu drängen, aber Mommsen schob ihn mit dem rechten Arm in den Hintergrund.

»Sieh mal, ein richtiger Held, unser großes Arschloch«, höhnte der Messermann und übersah in seinem Triumphgefühl das kurze Aufflackern in Mommsens Augen. Erneut wollte er das Messer durch die Luft sirren lassen, als er einen Schlag auf den Arm bekam, der mit einer solchen Wucht ausgeführt wurde, dass er mit einem Schmerzenschrei seine Waffe fallen ließ. Seinem Schrei folgte der Schmerzensruf des ersten Angreifers, der noch in der Hocke war und sich mühsam in die Höhe drücken wollte, nun aber das fallende Messer in den Oberschenkel kurz über dem Knie abbekam.

Ehe der Messermann reagieren konnte, wurde ihm das rechte Standbein von hinten weggeschlagen. Er wurde zu Boden gedrückt, und ein gewaltiges Gewicht kniete in seinem Rücken. Statt großer Reden kam nur noch ein klägliches Wimmern über seine Lippen.

Mommsen grinste und zeigte zwei Reihen weißer Zähne. Auch Karlchen traute sich wieder und lugte vorsichtig hinter dem Rücken seines Partners hervor.

»Euch Kinder kann man nie allein lassen. Es ist schon schlimm, dass man stets auf euch aufpassen muss«, sagte Große Jäger, um noch einmal den Druck ins Kreuz des auf dem Boden Liegenden zu verstärken, als dieser Gegenwehr zeigte. »Willst du mal ruhig bleiben?«, mahnte er.

Der dritte der Angreifer, der dem Ganzen bisher stumm gefolgt war, versuchte sich klammheimlich rückwärts zu bewegen, wurde aber durch den dichten Ring der jugendlichen Discobesucher am Entkommen gehindert. Zur Unterstützung tauchten jetzt auch die Sicherheitsleute der Disco auf.

»Was ist hier los?«, fragte ein Hüne, sah dann aber Große Jäger und meinte lakonisch: »Ach so.«

»Hallo, Bülent«, sagte Große Jäger. »Ruf doch mal die Kollegen an.«

»Schon geschehen«, antwortete der Sicherheitsmann. »Die sind schon unterwegs.«

»Du verdammter Idiot«, fluchte der Messermann und spuckte in Richtung seines Kumpels aus, der sich mit beiden Händen die blutende Fleischwunde am Bein hielt. »Hast einen Scheißbullen angemacht?«

Kurz darauf stöhnte er laut auf, als ein erneuter Schmerz seinen Rücken durchströmte.

»Wie nennt man unseren Berufsstand?«, fragte Große Jäger.

Den drei Unruhestiftern wurden Handfesseln angelegt. Mommsen hatte einen Blick auf die Wunde des einen geworfen. Es war eine nicht allzu tiefe Schnittwunde, die keiner besonderen Erstversorgung bedurfte.

Der Rest war Routine. Es dauerte nicht lange, bis zwei Streifenwagen zur Disco kamen und die drei Männer in Empfang nahmen. Zeitgleich mit den uniformierten Polizisten erschien Christoph in Begleitung von Anna.

»Das ist aber wirklich übertrieben, dass man dir die kostbare Nachtruhe raubt und du dich persönlich hierher begibst«, höhnte Große Jäger.

Christoph machte einen irritierten Eindruck.

»Ich verstehe nicht«, erklärte er. »Als ich vorbeifuhr, kamen unsere Kollegen und stürmten herein. Mich hat keiner alarmiert. Was ist denn los?«

Mommsen schilderte den Vorfall.

»Es ist purer Zufall, dass wir«, dabei wies Christoph auf Anna, die dem Geschehen mit offenem Mund folgte, »hier erschienen sind.«

Der Oberkommissar winkte ab. »Ist schon recht. An deiner Stelle wäre ich auch erst gekommen, wenn die Gefahr vorüber ist. Insbesondere wenn man in Damenbegleitung ist.« Er lächelte Anna an. Dann stutzte er. »Soll das heißen, dass du dich zu deinem eigenen Vergnügen hierher begeben hast?«

Christoph machte mit der rechten Hand eine Drehbewegung. »Nicht ganz.« Dann beugte er sich zu Große Jäger hinüber, damit Anna seine Worte nicht mitbekam. »Wir haben einen Zug durch das Husumer Nachtleben unternommen. Dabei habe ich – so ganz nebenbei – versucht, etwas über Thorben Althoff zu erfahren. Ich hatte gehofft, dass er in der Sonnabendnacht am ehesten unterwegs ist. Aber was treibt euch drei hierher? Du bist auch alles andere als eine Idealbesetzung für diese Umgebung.«

Große Jäger klopfte Christoph kameradschaftlich auf die Schulter.

»Wir sind doch 'n gutes Team, nicht wahr? Stell dir vor: Ich hatte die gleiche Idee.«

»Und dann hast du zufällig Mommsen und Karlchen getroffen.«

»So ist es.«

Mommsen wollte Karlchen zurückhalten, konnte aber nicht verhindern, dass der vorlaut ausplapperte: »Ist ja nicht zu fassen. Wir haben auch nach diesem Typen geguckt.«

»Dann lasst uns die Ergebnisse unserer Suche miteinander austauschen«, schlug Christoph vor.

Karlchen war Feuer und Flamme. »Wir haben noch eine gute Flasche Wein im Keller. Ich schlage vor, wir fahren zu uns.«

»Gibt's da auch 'n Bier?«, brummte Große Jäger.

Wiederum war Karlchen ein wenig schneller als der stille Mommsen. »Ich glaube, ein oder zwei Flaschen stehen noch im Kühlschrank. Wir trinken nämlich selten Bier.«

»Dammich, das wird 'ne trockene Veranstaltung«, meinte Große Jäger und wurde in seiner Rede durch die wiedereinsetzende lautstarke Musik unterbrochen.

*

Christoph und Mommsen hatten Große Jäger angeboten, ihn in ihrem Fahrzeug mitzunehmen, aber der Oberkommissar bestand darauf, selbst zu fahren. So fuhren drei Autos in die nächtlich ruhige Parkstraße und hielten vor dem älteren Backsteinhaus mit dem verwilderten Garten. Vom Obergeschoss, das Mommsen und Karlchen bewohnten, hatte man bei Tage einen herrlichen Blick auf den gegenüberliegenden Schlosspark. Doch zu dieser Stunde zeigte sich nur gähnende Dunkelheit.

Anna hatte es sich in einem Sitzsack gemütlich gemacht, Große Jäger schaukelte in einem Lehnstuhl.

»Ich wollte sowieso um die Häuser ziehen«, sagte der Oberkommissar. »Dabei habe ich mir gedacht, dass ich die Gelegenheit nutzen könnte, nach Althoff Ausschau zu halten. Irgendwann muss der Bursche aus seinem Loch herauskommen.«

»Wir haben tatsächlich einen jungen Mann ausfindig gemacht, bei dem Althoff bis Anfang der Woche untergeschlüpft war. Montag früh hat er seinen Gast aber vor die Tür gesetzt, weil der die Wohnung seines Gastgebers in einen Saustall verwandelt hat. Wo Althoff abgeblieben ist, konnte der Mann nicht sagen. Seiner Meinung nach ist der Gesuchte aber mittellos und auf Hilfe angewiesen. Das bedeutet, wir können uns das Abklappern von Hotels und Pensionen sparen. Auch dürfte damit feststehen, dass Althoff noch in der Region ist. Ohne Geld wird er nicht weit kommen«, berichtete Mommsen.

Große Jäger fuhr sich mit der Hand über seine Bartstoppeln, was ein deutlich vernehmbares Kratzgeräusch verursachte.

»Ich bin noch einmal bei Michi, ihr wisst, die Kneipe in der Neustadt, gewesen. Ein Gast, den ich neulich schon gesehen hatte, hat mir gesteckt, dass Althoff eventuell bei einem Girlie untergeschlüpft ist. Er hat mir eine junge Frau beschrieben, von der er nur weiß, dass sie Sabrina heißt. Die könnte vielleicht mehr wissen – meint Wolle, der Typ aus der Kneipe.«

»Und wie hat er Sabrina beschrieben?«, fragte Christoph.

Große Jäger lachte auf. »Lange blonde Haare, schmales Gesicht, lange Beine. Sehr sexy.«

»Toll«, mischte sich Karlchen ein. »Damit hat er die Hälfte der weiblichen Jugend Nordfrieslands beschrieben.«

»Immerhin«, verteidigte der Oberkommissar sich, »müssen wir jetzt nicht nach einer Yvonne, Lena oder Frauke suchen. Auch nicht nach einer Hilke. Die steht mir ohnehin wieder am Montag ins Haus«, setzte er ein wenig leiser hinzu, was bei den anderen Heiterkeit auslöste.

»Weitere Anhaltspunkte hast du nicht?«, fragte Christoph.

»Nee. Deshalb bin ich ja in die Disco. Es war ja nicht auszuschließen, dass ich dort zufällig auf Sabrina gestoßen wäre. Oder auf jemanden, der zumindest von ihr gehört hat. Aber statt des Mädchens habe ich dort nur einen kampfeslustigen Kollegen getroffen.«

Der Oberkommissar griff zum Glas. »Prost!« Dann sah er Christoph an. »Nun erzähl bloß nicht, dass wir auf der Dienststelle sofort alle Sabrinas des Landkreises ermitteln müssen, um die Adressen abzuklappern und nach Althoff zu forschen. Auf die Idee bin ich auch schon gekommen.« Er griff erneut zum Glas. »Prost!«

»Das habt ihr nicht anders gewollt«, sagte Große Jäger später, als das Bier ausgetrunken war und er sich über den Rotwein hermachte. Zuvor hatte sich Karlchen standhaft geweigert, die Flasche Islay-Single-Malt, die der Oberkommissar im Regal entdeckt hatte, mit Cola und Eis zu mixen.

Der Sonntag war schon ein paar Stunden alt, als die Runde sich auflöste.

SECHS

Die Nacht war sternenklar gewesen. Erst gegen Morgen hatte sich ein leichter Dunstschleier über die Stadt ausgebreitet. Entsprechend kühl war es. Trotzdem hatte Mommsen, der wie fast immer vor Christoph im Büro war, die Fenster zur Straße weit geöffnet.

»Naturbursche?«, fragte Christoph und rieb sich demonstrativ die Hände.

»Frische Luft schadet sicher nicht«, erwiderte Mommsen. »Insbesondere, wenn es hier nach abgestandenem Qualm riecht.« Er zeigte auf Große Jägers Arbeitsplatz. Im Aschenbecher lagen drei zerdrückte Kippen.

»Wann hat er die geraucht? Die Leute vom Reinigungsdienst leeren den Ascher doch zuverlässig aus.«

»Ich vermute, Wilderich war heute bereits in aller Frühe hier.«

»Hat er eine Nachricht hinterlassen?«

Mommsen sah Christoph mit einem spöttischen Zug um die Mundwinkel an. »Fragst du das im Ernst?« Dann blickte er auf die Uhr. »Ich werde mich mit dem Einwohnmeldeamt in Verbindung setzen und sehen, was wir über Sabrina herausbekommen. Wenn wir das Alter zwischen fünfzehn und dreißig Jahre eingrenzen, dürfte das der Zielgruppe entsprechen.«

»Wir sollten nicht nur Husum prüfen, sondern auch die umliegenden Amtsverwaltungen«, schlug Christoph vor.

»Das hätte ich ohnehin gemacht«, antwortete Mommsen, der zum Telefon griff und, nachdem er mit dem entsprechenden Amt im Rathaus verbunden war, ein paarmal »So« und »Aha« sagte.

»Die Frau vom Einwohnermeldeamt hat mir erzählt, dass dort bereits einer von uns herumtobt und Tabula rasa macht.«

»Darum war er so früh im Büro.«

Mommsen nahm sich die Meldeämter der Amtsverwaltungen vor, die für die Verwaltung der ländlichen Region rund um die Kreisstadt zuständig waren.

Christoph rief Anna an und bat darum, mit ihrem Chef verbunden zu werden. Der war mitten in einem Patientengespräch und sagte zu, in den nächsten Minuten zurückzurufen.

»Ich habe eine etwas heikle Frage«, trug Christoph sein Anliegen dann vor. »Können Sie mir etwas über Frau Dr. Michalke sagen?«

Zuerst herrschte Schweigen in der Leitung. Dr. Hinrichsen, intern kurz der Doc genannt, war für sie oft als Polizeiarzt tätig, weil der Rechtsmediziner stets aus dem fernen Kiel anreisen musste. Der Arzt war ein typischer Nordfriese: wortkarg und eher geneigt, etwas ohne langatmige Erklärung zu verrichten. Er schätzte die knappe Antwort.

»Was wollen Sie wissen?«, fragte er zögerlich.

»Wissen Sie etwas über die privaten Verhältnisse der Frau? Wie ist ihre Reputation als Ärztin?«

»Sind Sie sich sicher, bei mir an der richtigen Adresse zu sein?«, antwortete Dr. Hinrichsen mit einer Gegenfrage.

»Diese inoffizielle Anfrage würde uns helfen, ein paar offene Punkte ins richtige Licht zu rücken«, erklärte Christoph.

»Ich mache das ungern.«

»Ich weiß, Herr Doktor. Aber es geht nicht darum, Positionen *gegen* Dr. Michalke zu sammeln.«

»Sie untersuchen die merkwürdigen Geschehnisse in der Seniorenresidenz«, zeigte sich der Arzt gut informiert. »Die Kollegin praktiziert seit über zwanzig Jahren als Fachärztin für innere Medizin in Husum. Sie gilt als tüchtig und ist bei den Patienten beliebt. Entsprechend gut läuft ihre Praxis. Ich habe nie etwas Nachteiliges über ihre Arbeit gehört. Persönlich habe ich keinen Kontakt zu ihr, obwohl man sich als Berufskollegen schätzt.«

Wer Dr. Hinrichsen kannte, wusste, dass diese Aussage als Lob zu werten war.

»Haben Sie einmal etwas über fragwürdige Behandlungsmethoden oder zweifelhafte Behandlungserfolge gehört?«

Der Arzt schien entrüstet. »Sie haben eine sonderbare Vorstellung von unserer Arbeit. Sagt Ihnen der Eid des Hippokrates etwas?«

»Wenn wir nur an das Gute im Menschen glaubten, wären *wir* in unserer Tätigkeit absolut erfolglos«, erwiderte Christoph.

Dr. Hinrichsen atmete hörbar durch.

»An mich ist nie auch der Hauch eines Zweifels an der Behandlung durch die Kollegin herangetragen worden.«

»Und was wissen Sie über das persönliche Umfeld von Dr. Michalke?«

»Privat habe ich gehört, dass Dr. Michalke seit ewiger Zeit mit dem Inhaber einer unserer großen Apotheken liiert ist. Die beiden wohnen in – sagen wir mal – nicht gerade beengten Wohnverhältnissen in Schobüll. Reicht das?«

Aus dieser Auskunft ergaben sich keine verwertbaren Ansätze. Christoph verstand, dass Dr. Hinrichsen ein wenig ungehalten wirkte. Welcher Arzt traute seinem Berufsstand schon Böses zu. Andererseits war das Vertrauen der Medizinmänner höchst begrenzt, wenn sie sich selbst als Patient in Behandlung begeben mussten. Dann wuchs plötzlich der Zweifel an der uneingeschränkten Befähigung des Kollegen.

Mommsen war gerade mit seiner telefonischen Recherche fertig, als Große Jäger ins Büro polterte.

»Fangt ihr immer so spät an zu arbeiten?«, brummte er und ließ sich schwer auf seinen Bürostuhl fallen. Dann legte er die Füße auf die heraushängende Schreibtischschublade.

»Ich habe vier«, erklärte er und sah Mommsen an. »Und du?«

»Mir liegen sechs Sabrinas vor«, antwortete der junge Kommissar.

Die beiden setzten sich zusammen, um ihre Ergebnisse abzustimmen. Mommsen suchte anhand der Adressen die Telefonnummern heraus, weil die meisten Sabrinas noch bei ihren Eltern wohnten und nicht im Nummernverzeichnis registriert waren.

Drei Namen konnten sie nach der ersten Telefonaktion von ihrer Liste streichen. Eine Sabrina war verheiratet und hatte zwei Kinder. Eine zweite lebte als Studentin in Hamburg, wie ihre Mutter erklärte, und war seit drei Wochen nicht mehr in Husum gewesen. Die dritte junge Frau war eine fünfzehnjährige Schülerin, die krank daheimlag und von ihren Eltern gepflegt wurde. Die anderen sieben waren zu dieser Stunde telefonisch nicht erreichbar.

Auch wenn sie Thorben Althoff noch nicht gefunden hatten,

gab es die ersten Zeichen, die auf seine Spur wiesen, stellte Christoph erleichtert fest.

Es blieben genug andere offene Fragen.

Christoph wurde durch Thomas Friedrichsen unterbrochen, der ins Büro kam.

»Die drei Männer, mit denen ihr am Sonnabend die Auseinandersetzung in der Disco hattet, sind der Polizei bekannt. Es handelt sich um Leute aus Kasachstan, die von Neumünster rübergekommen waren, um die Provinz aufzumischen. So die wörtliche Begründung für ihren gewalttätigen Auftritt. Sie sind schon öfter wegen verschiedener Straftaten aufgefallen. Hausfriedensbruch, Körperverletzung, Verstöße gegen das Betäubungsmittelgesetz. Den Dritten haben wir nach Feststellung der Personalien wieder laufen lassen. Für die beiden anderen liegt uns inzwischen ein Haftbefehl vor. Es war überhaupt kein Problem, vom Richter die Unterschrift zu bekommen.«

»Da sind wir den Richtigen begegnet«, warf Große Jäger ein. »Ich mag nicht daran denken, wie die Sache ausgegangen wäre, wenn wir nicht zufällig in der Disco gewesen wären und sich diese auf Krawall gebürsteten Typen einen anderen Unschuldigen als Opfer ausgeguckt hätten. Gegen solche Figuren hat doch keiner eine Chance. Ich verstehe nicht, weshalb diese Leute sich erst lange Jahre darum bemühen, aus Sibirien hierherzukommen, um dann durch kriminelle Machenschaften aufzufallen.«

»Das solltest du nicht verallgemeinern«, versuchte Christoph die Erregung des Oberkommissars zu bremsen. »Schließlich gibt es auch andere Beispiele. Denk einmal an Irina Schmidt, die allseits beliebte Babuschka aus der Seniorenresidenz. Jugendliche mit solch krimineller Energie sind die Ausnahme.«

»Trotzdem«, blieb Große Jäger stur. »Was haben Neumünsteraner hier überhaupt zu suchen?« Er zögerte einen Moment, bevor er weitersprach. »Neumünster? Das ist doch Holstein? Was wollen die hier bei uns?«

»Du weißt doch: Schleswig-Holstein – up ewig ungedeelt«, erinnerte ihn Christoph. »Ich habe noch niemanden gehört, der von uns als ›Bindestrich-Land‹ gesprochen hat, wie es zum Beispiel in deiner Heimat zu hören ist.«

Große Jäger verschränkte die Arme vor der Brust und zog einen Schmollmund.

»Meine Heimat ist hier«, behauptete er.

»Ich meine Nordrhein-Westfalen. Da herrschen doch enorme Gegensätze zwischen den Rheinländern und dem Rest. Nicht umsonst heißt es auch ›Restfalen‹.«

»Danke für die Belehrung«, knurrte Große Jäger. »Im Übrigen zum Thema Heimat: Die ist nicht dort, wo man geboren wurde, sondern dort, wo man sterben möchte.«

Der Oberkommissar hatte die Unterlippe angriffslustig vorgeschoben. »Ob Heimat in diesem Sinne auch das ist, wo man unfreiwillig stirbt, weil man ermordet wurde?«, schob er hinterher.

»Wir brauchen von euch noch ein Protokoll«, sagte Friedrichsen, der dem Dialog still gefolgt war.

Große Jäger zeigte auf Mommsen.

»Dafür ist das Kind zuständig. Schließlich hat der mit dem Streit in der Disco angefangen. Und wenn Harm das nicht machen will, dann kann er ja Karlchen beauftragen, das Papier zu verfassen.«

Große Jäger kratzte sich die Nase, dann sah er auf die Uhr. »Kommt jemand mit zum Essen?«

Christoph warf Mommsen einen sorgenvollen Blick zu, den der Oberkommissar auch bemerkt hatte.

»Heute ist Montag«, sagte Große Jäger. »Und du wirst nicht behaupten wollen, dass du diese Woche schon Pommes hattest.«

»Ich habe mein Mittagessen an Bord«, wehrte Mommsen ab.

Christoph gelang es immerhin, den Oberkommissar davon zu überzeugen, dass es auch andere Möglichkeiten als Burger und Currywurst gab.

Nach dem Essen nahm Große Jäger die Notiz mit den Anschriften der Mädchen namens Sabrina zur Hand und schrieb sich drei Namen daraus auf. »Die besuche ich«, hatte er beschlossen. »Die anderen übernimmst du, Harm.« Dann sah er Christoph an, der die Stirn krausgezogen hatte.

»Ich unterstelle, dass du damit einverstanden bist«, sagte er. Was sollte Christoph auch dagegen einzuwenden haben?

Als die beiden das Büro verlassen hatte, rief Christoph in der

Seniorenresidenz an und ließ sich mit der Pflegedienstleiterin verbinden. Es dauerte eine Weile, bis er Dagmar am Apparat hatte.

»Wie geht es Harry Seelig?«

»Anscheinend wieder gut. Ich hatte am Sonntag frei, habe mir aber berichten lassen, dass er sich ruhiger als sonst verhalten hat und nach einer Kopfschmerztablette verlangte. Das scheinen aber alle Folgen der Aktion gewesen zu sein.«

»Wissen Sie, welcher Arzt die Blutentnahme vorgenommen hat, damit wir eine Laboranalyse durchführen können?«

Schwester Dagmar schwieg einen Moment, bevor sie zögerlich antwortete: »Ich fürchte, dass keine Blutabnahme mehr erfolgt ist. Für so etwas finden Sie am Sonntag keinen Arzt.«

Im Stillen musste ihr Christoph recht geben. So würden sie auf die Vermutungen, die Dr. Michalke geäußert hatte, angewiesen bleiben.

»Bei Ihnen häufen sich die Absonderlichkeiten in der letzten Zeit«, stellte Christoph fest.

»Stimmt«, sagte Dagmar. »Heute gab es wieder so eine Sache. Plötzlich war der Strom weg. Nach ein paar Sekunden sprang dann unser Notstromaggregat an. Wir waren zuerst ein wenig erschrocken, und Gerd, unser Hausmeister, hat dann versucht, die Ursache zu ergründen. Da muss sich jemand in unsere Elektrozentrale geschlichen und irgendetwas an der Hauptsicherung manipuliert haben. Ich verstehe zu wenig von Technik, um Ihnen das genau erklären zu können. Es war wohl auch nicht weiter schlimm, aber trotzdem ... Diese kleinen Dinge häufen sich in der letzten Zeit.«

»Ich nehme an, die Räume der Haustechnik sind verschlossen und nur ein begrenzter Personenkreis hat dorthin Zugang?«

»So ist es. Ich selbst habe zwar einen Generalschlüssel, trotzdem bin ich so gut wie nie in diesem Gebäudeteil gewesen.«

»Könnte das Ganze einen harmlosen technischen Grund haben?«

»Wie gesagt – die Technik ist nicht mein Revier. Aber Gerd hat erklärt, dass sich jemand mutwillig an die Anlage herangemacht hat. Es ist zwar nichts zerstört worden, aber wir waren trotzdem erschrocken.«

»Wer könnte sich noch Zutritt zu den Technikräumen verschaffen?«

»Ja – wer könnte da rein?«, fragte Dagmar mehr rhetorisch. »Es kommt immer wieder vor, dass jemand vom Personal einen Schlüsselbund liegen lässt. Den könnte sich dann in einem unbewachten Augenblick jeder greifen.«

»Vermisst jemand aus dem Kreis der Mitarbeiter seine Schlüssel?«

»Davon ist mir nichts bekannt. Ich glaube, ich hätte es gehört, weil das bei unserem Schließsystem ein teurer Spaß wäre. Sie müssten im schlimmsten Fall ja alle Schlösser austauschen. Aber – warten Sie«, fiel ihr noch etwas ein. »Dirty Harry …«

»Sie meinen Harry Seelig«, unterbrach Christoph.

»Ja. Der war früher Handwerker und hilft manchmal Gerd, unserem Hausmeister. Herr Seelig soll wohl ganz geschickt bei diesen Verrichtungen sein und freut sich über diesen sinnvollen Zeitvertreib.«

»Soll das heißen, dass er sich bei einer solchen Gelegenheit einen Schlüssel beschafft haben könnte?«

»Ich habe nichts mit dem Verwaltungskram zu tun, aber einen Nachschlüssel können Sie nicht beim Schlüsseldienst machen lassen. Dazu ist eine spezielle Technik notwendig, und die beherrscht nur der Schlosslieferant. Und nur der Inhaber eines speziellen Sicherheitszertifikats bekommt neue Schlüssel.«

Christoph war aufgefallen, dass Oberschwester Dagmar nicht mit einer Silbe nach Frau Beckerling gefragt hatte.

»Haben Sie in der Zwischenzeit etwas über die verschwundene alte Dame gehört?«, fragte er.

»Nein. Bei uns im Heim gibt es zu diesem Thema nichts Neues.« Sie zögerte einen Augenblick. »Hat die Polizei etwas herausgefunden?«

Er vermied es, ihr zu antworten. Stattdessen fragte er: »Was hört man aus der Gerüchteküche? Es muss doch hinter vorgehaltener Hand getuschelt werden.«

»Sie meinen den ›Flurfunk‹? Tut mir leid. Da habe ich kein Ohr für.«

Christoph überlegte, ob er zur Hauke-Haien-Residenz fahren und sich den Zugang zum Technikraum ansehen sollte. Vielleicht wäre auch ein weiteres Gespräch mit dem Hausmeister sinnvoll. Auf jeden Fall wollte er den beiden fröhlichen Alten, Thordsen und Seelig, noch einmal auf den Zahn fühlen.

Er wurde durch die beiden Kollegen unterbrochen, die in der Kriminalpolizeistelle Husum für Drogendelikte zuständig waren. Die beiden »Gifties«, wie sie intern genannt wurden, wollten mit ihm einen speziellen Fall besprechen.

Eine ganze Weile später kehrte Mommsen zurück. Christoph unterbrach die Besprechung mit den beiden Rauschgiftexperten und fragte den jungen Kommissar, ob er erfolgreich gewesen war.

»Leider nicht«, räumte Mommsen ein. »Zwei Sabrinas habe ich erreicht. Beide kennen Thorben Althoff nicht. An der dritten Adresse habe ich vergeblich geklingelt. Niemand war zu Hause. Ich werde heute Abend noch einmal dorthin fahren.«

Christoph setzte das Gespräch mit den beiden Kollegen fort und bat auch Hilke Hauck dazu. Die Kollegin hatte sich speziell in den Bereich der Jugendkriminalität eingearbeitet.

Eine gute Stunde später platzte Große Jäger in die Besprechung. Ungeachtet dessen, dass einer der Drogenleute gerade etwas ausführte, warf er sich mit einem Ächzen auf seinen Schreibtischstuhl, knallte die Füße auf die herausgezogene Schublade und fiel dem Kollegen ins Wort.

»Ich habe eine gefunden, die Althoff kennt. Sie hat ihn letzten Dienstag zufällig getroffen. Der Knabe hat drüben am Bahnhof mit ein paar Jungs ein Bier getrunken.«

»Weiß sie, wo Althoff untergeschlüpft ist?«

»Nee. Aber sie weiß, dass Althoff mal eine Miriam angebaggert hat. Angeblich sind die beiden kurzfristig miteinander gegangen.«

»Und wie heißt diese Miriam weiter?«, fragte Christoph.

»Das wusste Sabrina Ückler auch nicht. Sie konnte mir nur sagen, dass Miriam in die dreizehnte Klasse des Theodor-Storm-Gymnasiums geht. Ich werde diese Spur gleich morgen früh weiterverfolgen.« Große Jäger musterte Hilke Hauck von oben bis unten und zog kräftig die Nase hoch. »Seitdem sie selbst bei der Kripo Tanten beschäftigen, ist diese Welt nicht mehr in Ordnung.«

Hilke trat von hinten an den Stuhl des Oberkommissars heran. »Hast du abgenommen?«, fragte sie.

Große Jäger wirkte zuerst ein wenig verunsichert, strahlte dann aber.

»Hast du das bemerkt?«

Sie fuhr ihm mit dem Zeigefinger kreisförmig über den Kopf.

»Ich meine am Kopf, weil sich bei dir kahle Stellen am Hinterkopf abzeichnen. Oder machst du gerade deinen jährlichen Fellwechsel? Aber tröste dich: Frauen mögen Männer mit Glatze. Die fusseln nicht den Teppich voll.«

Große Jäger drehte sich zu Christoph um. »Habe ich recht, dass wir im Augenblick ausgelastet sind?«

»Ja. Mehr als genug«, bestätigte Christoph.

»Gut«, meinte der Oberkommissar. »Dann wirst du keine Kapazität mehr frei haben, wenn ich diese Frau jetzt umbringe.« Dann stand er auf, riss blitzartig die Hände bis in Gesichtshöhe hoch, machte eine Krallenbewegung wie ein angriffslustiger Orang-Utan und stürzte mit einem lauten »Grrrh« auf Hilke Hauck zu, die erschrocken zurückwich.

»Bestie«, rief sie ihm nach, als er den Raum verließ.

*

Große Jäger verließ das Gebäude der Polizeidirektion, überquerte die Poggenburgstraße und steuerte den schräg gegenüberliegenden Bahnhof an.

Gemessen an der Einwohnerzahl wurde Husum von relativ vielen Zügen angefahren. Es waren überwiegend Nahverkehrsverbindungen nach St. Peter-Ording sowie in nördlicher Richtung nach Sylt oder im Süden bis Itzehoe. Natürlich hielten auch die Züge des Regionalexpress hier, der für die schnelle Verbindung der Mittelzentren in Schleswig-Holsteins Westen sorgte. Seltener waren die Intercityzüge, die vom mondänen Sylt in den Süden Deutschlands verkehrten. Und eine private Bahngesellschaft hatte vor einigen Jahren erfolgreich eine Direktverbindung quer durch das Land bis ins ferne Kiel reaktiviert.

Während in den Großstädten die Bahnhöfe häufig Brennpunkte der Kriminalität und Sammelpunkt der Außenseiter der Gesellschaft waren, litten die Bahnstationen kleinerer Orte häufig unter

Zerstörungswut und Verunreinigungen und entwickelten sich oft zum größten stinkenden Urinal des Ortes.

Das war in Husum anders. Der Bahnhof war ein ansehnliches Schmuckstück der Stadt.

»Das liegt daran, dass ich gegenüber am Fenster sitze und das Geschehen im Blick habe«, hatte Große Jäger dieses Phänomen einmal erklärt.

Es waren eine Handvoll Leute in der kleinen Halle unterwegs. Aus dem Reisezentrum, wie der Fahrkartenschalter jetzt großspurig hieß, kamen zwei junge Leute mit Rucksäcken. Gegenüber, auf der linken Seite, befand sich neben der Bahnhofsbuchhandlung ein kleiner Imbiss. Davor standen zwei Männer, denen der zwangsverordnete Müßiggang von Weitem anzusehen war. Es war die Sorte Menschen, die den Tag an Orten zubrachten, wo sie auf Gleichgesinnte stießen, um die Zeit damit zu verbringen, Leuten hinterherzusehen, die den Tag noch mit Arbeit ausfüllen durften.

Beide hielten lässig Bierflaschen in den Händen, einer sogar zwei. Große Jäger steuerte auf die beiden zu.

»Moin.«

Wie im Chor ließen die Männer ein ebenso gedehntes »Moin« als Antwort hören.

»Steht ihr schon lange hier?«, fragte Große Jäger.

Die beiden musterten ihn, bevor sich einer zu einer Antwort bequemte.

»Wieso? Is das nich erlaubt?«

»Doch. 'türlich. Ich frag nur, weil ich 'nen Kumpel such.«

Erneut wurde Große Jäger einer gründlichen Inaugenscheinnahme unterzogen. Es war eine der wenigen Gelegenheiten, wo sich sein eigenes Outfit der Situation perfekt anpasste. Die Prüfung durch die beiden Biertrinker schien positiv ausgefallen zu sein.

»Der soll hier sein?«, fragte der zweite.

»Genau weiß ich das nich. Deshalb frag ich ja.«

Große Jäger wollte den Männern kein Bild Althoffs zeigen. Dann hätten sie instinktiv gewusst, dass er nicht zu ihnen gehörte, und möglicherweise gemauert.

»Wen suchst du denn?«

Große Jäger ließ sich Zeit und kramte die zerknitterte Zigarettenpackung aus der Tasche. Er bot den beiden eine Zigarette an. Die drei inhalierten tief. Mit einem angedeuteten Kopfnicken wies einer der beiden zur Verkäuferin des Imbissstands.

»Die Olsch da drin sieht das nich so gern, wenn hier gequalmt wird.«

Dann herrschte wieder Schweigen. Große Jäger wusste, dass keiner die Frage, die er ihnen gestellt hatte, vergessen hatte. Aber niemand an diesem Ort hatte es eilig. Die Antwort lief nicht weg.

»Ich such Thorben«, merkte der Oberkommissar fast beiläufig an.

Erneut zogen die drei an ihren Zigaretten und sahen einer Mutter mit zwei Kindern nach, die bemüht war, ihren aufgeregten Nachwuchs zu bändigen.

»Hast Dusel. Der is hier.« Der Jüngere hielt die zweite Flasche Bier hoch, die er in der Hand hielt. »Is seine.« Dann griente er. »Was willst denn von ihm?«

»Was Privates«, antwortete Große Jäger. Obwohl er schon viele Jahre hier lebte, traf er den breiten gedehnten Tonfall der Einheimischen immer noch nicht ganz.

Es folgte erneutes Schweigen. Schließlich zeigte der Mann mit den beiden Bierflaschen auf den Ausgang.

»Musst schnell sein, wenn Thorben was verklarn willst. Der hat dich gesehn. Nun is er gerade stiften gegang'n.«

Große Jäger rannte zum Ausgang. Parallel zur Bahn sah er zur rechten Hand einen jungen Mann davoneilen. Er versuchte, ihm zu folgen, bemerkte aber nach wenigen Schritten, wie sich der Abstand zwischen ihm und dem Flüchtigen merklich vergrößerte. Er hielt an, holte sein Handy hervor und verständigte die Zentrale.

»Schickt eine Streife nach Rödemis«, sagte er, als er sah, wie Althoff rechts in den Fußgängertunnel abbog, der unter den Bahngleisen hindurchführte. Dann gab er eine Personenbeschreibung durch. Danach setzte er sich in Bewegung und schlug den Weg ein, den Thorben Althoff auch gewählt hatte.

*

Mit Große Jägers Rückkehr zur Dienststelle schien der Missmut Einzug gehalten zu haben. Der Oberkommissar fluchte vor sich hin. Er ärgerte sich über sich selbst, verteilte seinen Unmut aber gleichmäßig an die Büromöbel, die unsortierten Schriftstücke auf seinem Schreibtisch und an seine beiden Kollegen im Raum.

Althoff war entkommen.

»Es ist dumm, wenn Polizisten älter werden und beim Hinterherlaufen das Nachsehen haben«, fluchte Große Jäger. Dann schlug er zornig mit der flachen Hand auf die Arbeitsfläche. »Das ist saublöd. Was kann der kleine Junge in Münster dafür, dass ich dem jungen Spund nicht folgen konnte. So ein verdammter Mist.«

Mit einem Krachen verschwand die Schublade, die sonst permanent offen stand und ihm als Fußablage diente, im Schreibtisch.

»Wenn ich diesen Idioten von Althoff erwische, dann …«, drohte der Oberkommissar. »Es interessiert mich 'nen feuchten Kehricht, wie viel Dreck dieser Typ wo auch immer veranstaltet und wem er die Miete schuldig geblieben ist. Ich denke nur an das Kind.«

Noch einmal entlud sich Große Jägers Zorn. Er schlug mit der rechten in die linke Handfläche, dass ein laut klatschendes Geräusch den Raum erfüllte.

»Wir haben morgen, gleich zu Schulbeginn, den Besuch im Gymnasium auf dem Programm. Außerdem ist mir noch eine andere Idee gekommen«, sagte Christoph. »Wir haben bisher die uns bekannten Kneipen und Lokalitäten Husums abgeklappert und die Plätze abgesucht, von denen wir meinen, dass sich Althoff dort am ehesten aufhalten könnte. Es gibt noch eine Möglichkeit.«

»Nun sag schon«, fuhr ihm Große Jäger ungeduldig dazwischen.

Christoph machte mit der Hand eine besänftigende Winkbewegung.

»Wir haben die Bestätigung unserer Vermutung, dass sich Althoff noch in der Stadt aufhält. Und der Mann muss sich ernähren. Ich denke, als nächsten Schritt sollten wir die Lebensmittelgeschäfte und Supermärkte besuchen und den Kassenkräften ein Foto von Althoff vorlegen. Vielleicht erinnert sich jemand an ihn, und wir erhalten einen Hinweis, wo er regelmäßig seinen Grundbedarf deckt.«

»Gute Idee«, stimmte Große Jäger begeistert zu und sprang ungeduldig auf. »Ich fang schon einmal an.«

Es hätte keinen Sinn gehabt, ihn von seinem Vorhaben abzuhalten. Christoph und Mommsen sahen dem ungestüm Davoneilenden nach.

»Wenn Wilderich weniger dynamisch gewesen wäre, hätten wir uns die Arbeit teilen können«, stellte Mommsen fest.

»Es ist das erste Mal, dass ich etwas Positives darin erkennen kann, dass es einen Konzentrationsprozess im Einzelhandel gegeben hat«, sagte Christoph. »So reduziert sich die Zahl der Geschäfte erheblich gegenüber jener Zeit, als wir noch an jeder Ecke einen Tante-Emma-Laden hatten.« Er sah auf die Uhr. »Jetzt ist es schon wieder nach halb sechs. Ich habe den Eindruck, uns rinnt die Zeit zwischen den Fingern davon.«

Mommsen nickte beiläufig. »De Tied, dat Oos, dat geiht so gau«, kommentierte er.

Christoph widmete sich der unvermeidlichen Schreibtischarbeit, deren Anteil von Außenstehenden oft unterschätzt wird und die mit Sicherheit auch einen Effizienzverlust des gesamten Polizeiapparats bedeutete.

Es war kurz vor sieben Uhr, als er seine Unterlagen zusammenlegte. Mommsen hatte sich vor einer halben Stunde verabschiedet. Jetzt war es auch für Christoph Zeit, an den Feierabend zu denken.

Er verließ das Gebäude durch den Hintereingang, ging über den nur mäßig beleuchteten Hof und stieg in seinen Volvo-Kombi. Dann fuhr er über die Gaswerkstraße und die Klappbrücke, die den Binnen- vom Außenhafen trennte. Links lag das verlassene Gelände des ehemaligen Güterbahnhofs. Er folgte der Einbahnstraßenregelung und bog rechts Richtung Neustadt ab. Es waren nur wenige Fahrminuten bis nach Hause. Zur rechten Hand tauchte der alte Wasserturm auf und markierte den Eingang zum Schlosspark. Unweit davon befand sich die Stelle, an der Große Jäger vor einem halben Jahr den ›Schubser‹ überwältigt und mit herabgelassener Hose an einen Baum gefesselt hatte, obwohl der Oberkommissar das bestritt.

Hinter dem um diese Tageszeit verlassenen Gebäudekomplex der Kreisverwaltung sah er die beiden Hochhäuser an der Adolf-Brütt-Straße. Ein Schauder durchlief ihn, als er sich erinnerte, wie vom Dach des vorderen Hauses der junge Fabian Auhagen in den Tod gestürzt war.

Husum war eine ungemein liebenswerte Stadt. Trotzdem gab es für Christoph schon eine ganze Reihe von Örtlichkeiten, die sich mit der Erinnerung an Mord und andere Vergehen verbanden. Es war wohl das Karma eines Polizisten, dass er nicht nur den Reiz des Ortes wahrnahm, sondern auch das Dunkle hinter den Fassaden kannte.

Die Ampel an der nächsten Kreuzung zeigte Rot. Christoph ließ seinen Volvo langsam ausrollen und hielt als zweites Fahrzeug, als sein Handy klingelte. Er dachte zuerst an Anna, sah dann aber im Display in seinem Armaturenbrett, dass es die Leitstelle war.

»Wir haben von der Streife einen ungeklärten Todesfall gemeldet bekommen«, erklärte ihm der Beamte aus der Zentrale, nachdem Christoph sich gemeldet hatte.

»Wo?«

»In der Kreuzerstraße.« Es folgte die Hausnummer. »Bei Willich.«

»Danke, ich kenne die Anschrift«, erwiderte Christoph. An der Tür von Saskia Willich, der Nichte der verschwundenen Frau Beckerling, hatte er schon vergeblich geklingelt.

Es war grün geworden, und sein Hintermann hatte bereits wütend gehupt. Christoph setzte den linken Blinker, um abzubiegen, obwohl er sich auf dem Geradeaus-Fahrstreifen befand. Er musste in der Kreuzungsmitte halten, um den Gegenverkehr passieren zu lassen. Das gab seinem Hintermann Gelegenheit, neben ihm zu halten, die Scheibe auf der Fahrerseite abzusenken, ihm einen Vogel zu zeigen und zu schimpfen. »Blöder Idiot. Kieler!«, fügte der Erboste hinzu. Christophs Wagen war immer noch in der Landeshauptstadt zugelassen.

Christoph bog in die Schobüller Straße ab, die durch diesen kleinen Ort über den Damm weiter auf die Insel Nordstrand führte, und überquerte die Eisenbahngleise Richtung Sylt. Direkt dahinter lag die Siedlung, in der Saskia Willich wohnte.

Vor dem Wohnblock, in dem die Frau ihr Domizil hatte, standen ein Streifenwagen und der Notarztwagen. Christoph parkte hinter dem Polizeiauto und ging ins Treppenhaus. Auf den Stufen standen die anderen Mieter und tauschten aufgeregt Gerüchte aus. Die Wohnungstür war verschlossen. Auf sein Klingeln hin öffnete einer der uniformierten Kollegen und ließ ihn ein.

Aus dem Wohnzimmer drang leises Murmeln. Der zweite Streifenbeamte unterbrach die Befragung bei Christophs Erscheinen.

Christoph stutzte. Er kannte Saskia Willich. Es war die Frau, die sich am vergangenen Sonnabend mit von Hasenteuffel-Stichnoth vor dem Husumer Rathaus getroffen hatte und der Anna ins Café Jacqueline gefolgt war.

Der Beamte der Schutzpolizei stellte Christoph vor.

»Das ist Hauptkommissar Johannes von der Kripo.« Dann erläuterte der Kollege mit wenigen Worten, was er bisher erfahren hatte.

»Frau Willich ist die Wohnungsinhaberin. Sie ist heute in ihre Wohnung zurückgekehrt und hat ihre Tante hier vorgefunden. Da Frau Beckerling nicht ansprechbar war, hat Frau Willich sofort den Rettungsdienst informiert. Der Notarzt konnte nur noch den Tod der alten Dame feststellen.« Der Beamte tippte auf sein Notizbuch. »Ich habe die Personalien von Frau Willich bereits aufgenommen.« Er sah Christoph an. Dann wies er mit dem Kopf in Richtung Zimmertür. »Die Tote liegt nebenan.«

Das Schlafzimmer ging schräg gegenüber vom kleinen Flur ab. Der Raum war in hellem Birkenholz gestaltet. Eine großzügige Liege, einem Futon ähnelnd, bildete den Mittelpunkt. Ein knapp bemessener Kleiderschrank, eine Regalwand, die geschickt durch mit Türen verschlossene Elemente unterbrochen wurde, ein kleiner Arbeitsplatz, der nur bei sehr großzügiger Einschätzung als Schreibtisch bezeichnet werden konnte, und ein bequemer Segeltuchsessel mit einer modernen Stehlampe, die als großer Bogen ausgebildet war, befanden sich darin. Der Unterhaltung diente neben dem Flachbildfernseher die kompakte B&O-Stereoanlage. Saskia Willich schien Geschmack zu haben. Davon zeugten auch die Drucke an den Wänden.

Den behaglichen Eindruck störte nur die Frau, die quer über dem

Bett lag. Der Notarzt, zwei Rettungsassistenten und der zweite Beamte der Streifenwagenbesatzung sahen auf, als Christoph eintrat.

»Die Frau ist tot«, erklärte der Arzt. »Die Todesursache lässt sich nur erahnen. Ich gehe, aber ohne Gewähr, von einer Vergiftung aus. Es hat den Anschein, als wäre sie an einer Harnstoffvergiftung gestorben. Dafür könnten die gelben Augen sprechen. Und der aufgedunsene Körper. Es sieht aus wie akutes Nierenversagen. Dagegen sprechen aber die Merkmale an den Armen. Ich tippe darauf, dass die Frau Dialysepatientin war und die dringend notwendige Blutwäsche unterblieben ist. Bedauere, aber mehr kann ich im Moment nicht sagen.«

Der Arzt und seine beiden Assistenten verabschiedeten sich, während Christoph in der Praxis von Dr. Hinrichsen anrief. Er hatte unterstellt, dass der Arzt noch im Dienst war. Seine Vermutung trog nicht.

Anna klang fast ein wenig enttäuscht, als sie feststellen musste, dass Christophs Anruf nicht ihr, sondern dem Doc galt.

Der Arzt versprach, in Kürze zum Fundort der Toten zu kommen. Anschließend versuchte Christoph, Große Jäger zu erreichen. Der Oberkommissar hatte sein Handy abgeschaltet, sodass Christoph sich darauf beschränken musste, ihm eine Nachricht auf der Mailbox zu hinterlassen.

Bei Mommsen wurde abgenommen. Karlchen zeigte sich enttäuscht, dass »sein Harm« zu dieser Stunde wieder dienstlich abberufen wurde. Mommsen versprach, umgehend zu kommen.

Christoph war sich nicht sicher, wie er diesen Fall einschätzen sollte. Aller Wahrscheinlichkeit nach war Trude Beckerling an einer natürlichen Todesursache verstorben, wenn man ihr Fernbleiben von der lebensnotwendigen Dialyse so bezeichnen wollte. Trotzdem gab es Ungereimtheiten. Wer hatte die alte Frau von der Blutwäsche abgehalten? Sie wusste, dass diese Maßnahmen absolut notwendig war. Die zweite Frage war, wie sie in diese Wohnung gekommen war.

Christoph durchfuhr es siedend heiß, dass die Beamten ahnungslos an der Wohnung geklingelt hatten, während hinter der Tür Trude Beckerling womöglich dringend auf ärztliche Hilfe angewiesen war.

Nachdenklich kehrte er ins Wohnzimmer zurück.

»Wann haben Sie Ihre Tante gefunden?«, fragte er Saskia Willich, die immer noch geistesabwesend auf dem Sofa saß.

Die Frau sah ihn eine Weile verständnislos an, bevor sie antwortete.

»Vor etwa einer halben Stunde«, stammelte sie.

»Da sind Sie nach Hause gekommen?«

»Ja.«

»Waren Sie länger abwesend?«

Sie nickte stumm.

»Wie lange?«

Sie formte mit ihren Lippen die Antwort, bekam aber keinen Ton heraus. Erst nachdem sie sich mehrfach geräuspert hatte, sagte sie leise: »Ich war eine Woche nicht hier.«

»Sie waren verreist?«

Erneut nickte sie.

»Wir benötigen Ihre Urlaubsanschrift. Waren Sie in einem Hotel?«

»Nein«, kam es zaghaft über ihre Lippen.

»Bei Freunden?«

Saskia Willich sah Christoph mit großen Augen an. Ganz vorsichtig schüttelte sie den Kopf.

»Sie sind am vergangenen Sonnabend in Husum gesehen worden«, hielt Christoph ihr vor.

Jetzt war Erstaunen in ihren Augen zu sehen.

»Allerdings waren Sie nicht im Dienst. Auf dem Finanzamt hat man uns informiert, dass Sie Urlaub genommen hätten.«

»Woher wissen Sie das?«, stammelte sie. »Spionieren Sie hinter mir her?«

»Sie waren uns als einzige Angehörige genannt worden, als Ihre Tante spurlos aus dem Altersheim verschwunden war. Wir haben die alte Dame überall gesucht, selbst über Radio und die Presse. Auch an dieser Wohnungstür haben wir mehrfach vergeblich geklingelt.«

»Ich sagte schon, ich war nicht da«, verteidigte sie sich schwach.

»Das klingt für mich nicht sehr logisch. Sie waren in Ihrer Heimatstadt, wurden dort gesehen, aber behaupten, seit über einer

Woche nicht in Ihrer eigenen Wohnung gewesen zu sein, in der Ihre Tante starb.«

Tränen füllten die Augen der Frau. Verstohlen versuchte sie, diese mit dem Hemdsärmel fortzuwischen.

»Wo waren Sie?«, hakte Christoph nach.

Sie presste die Lippen aufeinander und schwieg.

»Haben Sie Ihre Tante aus der Seniorenresidenz in Ihre Wohnung geholt?«

»Nein! Natürlich nicht«, gab sie trotzig zur Antwort.

Christoph stand auf und untersuchte das Schloss der Wohnungstür. Es wies nach oberflächlicher Inaugenscheinnahme keine Spuren von Gewaltanwendung auf.

»Wie ist Ihre Tante in die Wohnung gekommen?«, fragte er, nachdem er ins Wohnzimmer zurückgekehrt war.

»Keine Ahnung«, flüsterte sie. »Sie hatte einen Schlüssel, von dem sie allerdings nie Gebrauch gemacht hat. Wie hätte sie mit ihrer Gehbehinderung auch hierherkommen können? Es war mehr eine symbolische Geste. Der Schlüssel diente mir eher als Ersatz, falls ich meinen verloren hätte.«

Der anwesende Streifenpolizist räusperte sich. »Auf der kleinen Anrichte im Flur haben wir ein Bund mit zwei Schlüsseln gefunden.«

»Wenn daran auch noch ein metallenes ›S‹ ist, dann handelt sich um die Schlüssel meiner Tante.«

Der uniformierte Beamte nickte, als Christoph ihn ansah.

»Haben Sie eine Erklärung dafür, wie Ihre Tante hierhergekommen ist? Und warum?«

Saskia Willich sah Christoph aus verschleierten Augen an.

»Nein«, sagte sie bestimmt.

Es klingelte an der Tür, und Mommsen traf ein.

Der zweite Beamte zog den jungen Kommissar aus dem Raum, und Christoph hörte ein leises Murmeln.

»Und Sie wollen mir nicht sagen, wo Sie sich die letzte Woche aufgehalten haben?«, versuchte es Christoph erneut.

Die Frau schüttelte nur den Kopf.

Sie mussten noch eine weitere Viertelstunde warten, bis Dr. Hinrichsen eintraf. Er warf einen Blick durch die Zimmertür auf Saskia Willich.

»Eine Angehörige?«, fragte er. »Benötigt sie Hilfe?«

»Ich glaube nicht«, erwiderte Christoph und folgte dem Arzt ins Schlafzimmer.

Während sich der Arzt die Handschuhe überstreifte, informierte ihn Christoph über den Verdacht, den der Notarzt geäußert hatte.

»Der Tod ist schätzungsweise vor vier bis sechs Stunden eingetreten«, murmelt Dr. Hinrichsen halblaut vor sich hin, während seine schlanken Finger über Trude Beckerlings Körper glitten. »Der Kollege mag recht haben«, fasste er das Ergebnis seiner Untersuchung zusammen. Er wies mit der Hand auf die Stirn der alten Frau. »Wenn Sie genau hinsehen, erkennen Sie noch einen leichten Schweißfilm. Wenn die Nieren ihre Funktion nicht mehr wahrnehmen können und sie den Körper nicht entgiften, steigen die Giftstoffe im Körper schnell an. Hauptsächlich handelt sich um Harnstoffe, und die vergiften die anderen Organe. Ein äußeres Anzeichen ist die Gelbfärbung der Augen. Der Patient ist aufgedunsen, weil der Wasserspiegel steigt. Außerdem riechen Sie es an der Haut.«

Der Arzt beugte sich über den Körper der Frau und sog die Luft tief und hörbar durch die Nase ein. Mit dem Finger zeigte er auf die Haut der Frau und forderte Christoph durch diese Geste auf, es ihm nachzumachen.

Mit einem leichten Unbehagen folgte Christoph dem Beispiel des Arztes. Jetzt nahm er auch den leichten Uringeruch wahr.

»Hat sie gelitten?«, fragte Christoph.

Dr. Hinrichsen wiegte den Kopf. »Schwer zu sagen. Vermutlich nicht. Sie werden schläfrig. Müde. Fallen ins Koma. Das ist schmerzlos. Dialysepatienten haben im Allgemeinen weniger Blutvolumen als gesunde Menschen. Daher steigt der Blutdruck, sie werden unruhig und bekommen Fieber. Der Kreislauf bricht zusammen, und eine mögliche Todesursache ist eine Tachykardie.«

Christoph sah den Arzt fragend an.

»Das ist eine stark beschleunigte Herztätigkeit mit hoher Pulsfrequenz. Man nennt es auch Herzjagen.«

»Wie lange dauert es bis zum Tod, wenn man jemanden von der Dialyse fernhält?«

Der Arzt hatte die Handschuhe abgestreift und kratzte sich mit zwei Fingern am Hals. »Ich würde sagen: so etwa vier bis fünf Tage.«

Christoph überschlug kurz. Am Donnerstag war Frau Beckerling aus der Seniorenresidenz verschwunden. Heute war Montag. Das waren vier Tage. Da die alte Frau auch durch andere Erkrankungen gesundheitlich vorbelastet war, hatte dieser Zeitraum ausgereicht, sie zu töten.

»Ich stehe vor einer schwierigen Entscheidung«, überlegte der Arzt, mehr zu sich selbst gewandt. »Es sieht alles wie ein natürlicher Tod aus.«

Das haben wir schon beim Ersticken des alten Paul Schüttemann geglaubt, dachte Christoph. Er war sich sicher, dass jemand auf sehr intelligente Weise die alten Menschen in den Tod schickte und es dabei wie ein natürliches Dahinscheiden aussehen ließ.

»Ich werde die Spurensicherung benachrichtigen«, beschloss Christoph. »Die sollen die Wohnung überprüfen. Und die Tote schicken wir zur Rechtsmedizin nach Kiel.«

»Ich kann Ihnen die Entscheidung nicht abnehmen«, sagte der Arzt. »Aber ich glaube, Sie handeln richtig.«

Während Mommsen versuchte, die Spurensicherung in Flensburg zu erreichen, kehrte Christoph ins Wohnzimmer zurück.

Saskia Willich saß immer noch nahezu apathisch auf dem Sofa.

»Wir werden noch einige Untersuchungen in der Wohnung vornehmen müssen«, erklärte Christoph. »Wollen Sie mir wirklich nicht sagen, wo Sie die letzte Woche waren?«

Sie ließ Christophs Frage unbeantwortet.

»Haben Sie jemanden, zu dem Sie heute Abend fahren können? Der sich um Sie kümmert?«

»Nein«, flüsterte sie. »Da gibt es niemanden.«

Mommsen war an Christoph herangetreten.

»Ich werde die Mitbewohner befragen, ob denen in den letzten Tagen etwas aufgefallen ist und ob jemand mitbekommen hat, wie die alte Frau hierhergekommen ist.«

Christoph nickte zustimmend.

SIEBEN

Der Tod von Trude Beckerling war den Husumer Nachrichten eine längere Geschichte wert. Natürlich war an diesem Dienstagmorgen der Bericht auch Gesprächsthema in den Räumen der Kripo in der Husumer Polizeidirektion.

»Ich habe die Leute im Haus von Saskia Willich und in einer Reihe von benachbarten Häusern befragt. Bis auf eine Ausnahme will niemand etwas gesehen oder bemerkt haben«, berichtete Mommsen.

»Eine Ausnahme?«, unterbrach ihn Christoph.

»Im Nebenhaus wohnt eine Familie Thieß, so um die fünfzig. Der Ehemann glaubt, sich vage daran zu erinnern, in der vergangenen Woche eine ältere weißhaarige Frau am Arm eines hochgewachsenen, auch nicht mehr jungen Mannes gesehen zu haben. Die beiden haben möglicherweise das Haus, in dem die Willich wohnt, betreten.«

»Deine Ausführungen sind mit Eventualitäten nur so gespickt, lieber Harm. Vage erinnern – glaubt gesehen zu haben – möglicherweise. Geht es nicht ein bisschen präziser?«

Mommsen blinkerte mit den Augen. Er war es nicht gewohnt, von Christoph kritisiert zu werden.

»Ich gebe nur die Aussage des Zeugen wieder«, erklärte er. »Der Mann hat sich genauso ausgedrückt.«

»Entschuldigung«, sagte Christoph. »Es war nicht so gemeint. Nur ist es manchmal nervtötend, von Zeugen absolut schwammige Aussagen zu hören.«

Mommsen nickte.

»Konnte der Nachbar das Paar näher beschreiben?«

»Bedauerlicherweise nicht. Der Mann meinte, beide wären nicht mehr jung gewesen, wobei die Frau aber einen wesentlich älteren und vor allem gebrechlicheren Eindruck machte. ›Die waren sicher kein Paar‹, so der Zeuge.«

»Wann hat er die Beobachtung gemacht?«

Mommsen zuckte mit den Schultern.

»Selbst darauf wollte er sich nicht festlegen. Es war am Spätnachmittag. Aber ob es Mittwoch, Donnerstag oder Freitag in der letzten Woche war, wollte er nicht beschwören.«

Christoph sah auf den Kugelschreiber, den er nervös in seinen Händen drehte.

»Also könnte es der Donnerstag gewesen sein. Seitdem wurde Trude Beckerling vermisst. Das würde bedeuten, dass der Unbekannte die alte Frau zu Saskia Willichs Wohnung gebracht hat. Dann hat sich niemand um die dringend notwendige medizinische Versorgung gekümmert, bis der Tod eingetreten ist?«

Die beiden Beamten sahen sich an.

»Wenn es sich wirklich so zugetragen hat, dann ist es eine außergewöhnlich perfide Methode, jemanden zu ermorden«, stellte Christoph schließlich fest.

»Wobei es in diesem Fall schwierig sein dürfte, eine Mordabsicht nachzuweisen«, ergänzte Mommsen. »Schließlich ist der Tod ohne direkte Fremdeinwirkung eingetreten.«

»Welche Zusammenhänge gibt es mit den merkwürdigen Ereignissen im Altersheim? Und mit dem Tod von Paul Schüttemann, von dem wir vermuten, dass er ebenfalls aufgrund von Dritteinfluss eingetreten ist. Ich gehe davon aus, dass jemand das Apfelstück in den Hals gedrückt hat, bis der alte Mann erstickt ist.«

Für einen Moment hingen die beiden Beamten ihren eigenen Gedanken nach. Schließlich stand Mommsen auf und schenkte Christoph und sich selbst Tee nach. Die Stille wurde nur durch das klirrende Geräusch des Löffels unterbrochen, mit dem Christoph in seiner Tasse rührte.

»Und wenn wir es mit zwei Tätern zu tun haben? Das Motiv bei Paul Schüttemann ist noch rätselhafter. Bei Trude Beckerling wäre zu prüfen, ob sie etwas hinterlässt und wer in den Genuss der Erbschaft kommt.«

»Wir sollten auch kontrollieren, ob die Frau vor ihrem Tod ungewöhnliche Geldausgaben getätigt hat«, ergänzte Christoph Mommsens Gedanken.

»Ich kümmere mich darum.« Der junge Kommissar stand auf. »Ach, noch etwas. Ich habe die Taxen überprüft. Dort erinnert sich niemand an eine Fahrt mit einer behinderten alten Dame zur Kreuzerstraße.«

In der Tür stieß Mommsen mit Große Jäger zusammen, der seinen widerstrebenden Hund an der Leine hinter sich herzerrte.

Der Oberkommissar warf sich grußlos auf seinen Schreibtischstuhl.

»Kaffee?«, fragte er ansatzlos.

Mit einem Achselzucken kehrte Mommsen ins Zimmer zurück, holte von der Fensterbank das vorsorglich gekochte schwarze Gebräu und füllte es in den schmuddeligen Becher, den ihm Große Jäger entgegenhielt.

Der führte das Trinkgefäß an die Lippen und nahm mit lautem Schlürfen einen großen Schluck. Im gleichen Moment prustete er den Kaffee wieder aus und fluchte: »So 'ne Scheiße. Warum ist das Zeug so heiß?«

Christoph und Mommsen wechselten einen raschen Blick, bevor der junge Kommissar die Glaskanne wieder auf die Heizplatte der Kaffeemaschine zurückstellte und den Raum verließ.

Beim Hereinkommen hatte Christoph bemerkt, dass Große Jäger arg übernächtigt ausgesehen hatte. Ferner ging von ihm ein unverkennbarer Geruch nach abgestandenem Bier und Zigarettenqualm aus. Christoph musste nicht nachfragen. Der Kollege hatte sich erneut die Nacht in Husums Kneipen um die Ohren geschlagen und nach Thorben Althoff gesucht. Ihm ließ mit Sicherheit das Schicksal des kleinen Lukas keine Ruhe. Und dass ihm der so dringend gesuchte Knochenmarkspender am Vortag haarscharf entkommen war, berührte das ›Schnüffelschwein‹ mit dem äußerst sensiblen Inneren umso mehr.

Dem Oberkommissar Vorwürfe zu machen oder ihm gar auf die unerwünschte Anwesenheit seines Hundes Blödmann anzusprechen, wäre jetzt grundverkehrt gewesen.

Christoph stand auf, trat hinter Große Jäger und legte ihm vorsichtig eine Hand auf die Schulter. Der Oberkommissar zuckte bei der Berührung leicht zusammen, sagte aber nichts.

»Lass gut sein, Wilderich«, sagte Christoph leise. »Wir alle wissen, welches Engagement du zeigst. Mehr kann man nicht machen.«

Große Jäger schüttelte den Kopf.

»Durch mein Unvermögen ist Althoff gestern entwischt.« Dann schlug er mit der Faust laut krachend auf seine Schreibtischplatte, dass der Hund neben seinem Schreibtisch einen erschrockenen Satz in die Höhe machte. »So 'ne verdammte Scheiße. Verflixt noch mal.«

In diesem Moment klingelte das Telefon.

»Da habe ich aber Glück gehabt«, kam es nasal über die Leitung. Wenn man wissen wollte, wie eine permanente Halsentzündung am Telefon klang, sollte man nur einmal mit Hauptkommissar Jürgensen gesprochen haben.

»Hallo, Klaus«, erwiderte Christoph. Er musste nicht nachfragen. Der Leiter der Kriminaltechnik in Flensburg würde es ihm gleich erklären.

»Ich hatte gestern Abend frei – hatschi!« Das Niesen erfolgte übergangslos mitten im Satz. Dann holte Jürgensen tief Luft. Es klang fast wie ein Röcheln. »Darum ist mir die Fernreise zu euch Schlickrutschern erspart geblieben.«

»Ein untrüglicher Beweis, dass deine Erkältung nicht an deinen Besuchen an der schönen und gesundheitsfördernden Westküste liegt.«

»Ich war ein kerngesunder Jüngling, bis man mich das erste Mal zu euch Strandräubern gelockt hat«, antwortete Jürgensen.

»Ich glaube, dein ständiger Schnöf liegt eher daran, dass ihr in Flensburg keinen Rum mehr produziert.«

»Immer noch besser als Eiergrog und Pharisäer. Diese Magenpflaster machen dich erst recht krank.«

»Irrtum, Klaus. Kein Volksstamm ist so rundum gesund wie der kernige Nordfriese …«

»… sagt die Kieler Sprotte«, fiel ihm Jürgensen ins Wort. »Mal was anderes: Ganz verstanden habe ich den Einsatz meiner Jungs nicht – gestern Abend. Habt ihr Langeweile, dass wir jetzt auch bei natürlichen Todesfällen die Wohnung des Opfers putzen müssen?«

Christoph klärte den Kriminaltechniker über die Hintergründe auf.

»Potzblitz. Darum mag unser Kriminaldirektor euch Husumer nicht.«

Christoph war ein wenig irritiert. »Welcher Kriminaldirektor?«

Jürgensen zögerte ein wenig mit der Antwort. »Dr. Starke«, kam es schließlich über die Leitung.

»Sag bloß?«, entfuhr es Christoph.

»Richtig. Euer spezieller Freund, Befürworter eurer Arbeit und größter Fan der Husumer Dienststelle ist heute zum Kriminaldirektor befördert worden.«

Christoph war sprachlos. Abgesehen davon, dass der Leiter der Flensburger Bezirkskriminalinspektion nie mit den Husumern warm geworden war, hatte er sich in der letzten Zeit auch einige unerfreuliche Schnitzer erlaubt. Christoph erinnerte sich an die unbedachten Äußerungen über den ehemaligen Sexualstraftäter Frieder Brehm, die von den Medien begierig aufgenommen worden waren und den Mann und dessen Familie letztlich in den Ruin geführt hatten. Ebenso verworren war die Rolle Dr. Starkes bei der Verfolgung der kriminellen Geldeintreiber im Fall der unseriösen Kreditvermittler gewesen. Und dieser in Christophs Augen karrieresüchtige Mann war jetzt zum Kriminaldirektor befördert worden.

Christoph schluckte. Seine Reaktion war so deutlich, dass es selbst Jürgensen am anderen Ende der Leitung mitbekam.

Der Kriminaltechniker räusperte sich. »Um es kurz zu machen: Wir haben in der Wohnung nichts gefunden. Verschiedene Fingerabdrücke, von …«, es entstand eine kurze Pause, »drei Personen. Die eine war das Opfer, die zweite die Wohnungsinhaberin, von der wir Vergleichsabdrücke mitgenommen haben, und die dritten sind von einem Unbekannten. Vermutlich männlich. Und bevor du weiterfragst: Die Abdrücke sind bei uns nicht erfasst.«

»Habt ihr sonst noch etwas feststellen können?«

»Nein, leider nichts. Die Tür wurde nicht gewaltsam geöffnet. Die alte Frau hat sich offenbar ein paar Tage in der Wohnung aufgehalten und sich zuerst noch mühsam selbst versorgt. Darauf deuten die Spuren in der Küche. Ein Wasserglas, das angebissene trockene Knäckebrot, Zuckerwürfel. Sie hat wohl auch versucht, sich einen Kamillentee zu kochen, ist aber über den Versuch nicht hinausgekommen. Irgendwann hat sie sich vor Schwäche auf das

Bett gelegt und ist nicht wieder aufgestanden. Das muss aber schon vor ein paar Tagen gewesen sein.«

»Woran habt ihr das erkannt?«

»Wir haben eine Probe aus der Kloschüssel genommen. Sie wird derzeit in der Naturwissenschaft im LKA in Kiel untersucht. In diesem Punkt ist mein Hinweis also noch mit Vorbehalt zu betrachten.«

Christoph bedankte sich bei Jürgensen.

Große Jäger hatte seine Füße in gewohnter Manier auf der herausgezogenen Schreibtischschublade geparkt. Er hatte sich in seinem Stuhl weit zurückgelehnt und die Arme vor der Brust verschränkt. Die Augen waren geschlossen. Christoph hielt es für besser, den Oberkommissar im Augenblick nicht anzusprechen.

Seine Gedanken kehrten zum Todesfall Beckerling zurück. Warum weigerte sich die Nichte, Auskunft über ihren Aufenthaltsort zu geben? Offensichtlich hatte sie die Stadt nicht verlassen, da Christoph sie am vergangenen Sonnabend gesehen hatte, als sie sich mit von Hasenteuffel-Stichnoth getroffen hatte. Und der wiederum hatte ein Auto, wie ihm der Hausmeister Gerd berichtet hatte. Gelegentlich hatte der Baron sogar Ausflüge mit Trude Beckerling unternommen. War von Hasenteuffel der Mann, den der Zeuge vor Saskia Willichs Wohnung gesehen hatte? Das würde Sinn ergeben, denn der Baron und die Nichte kannten sich und waren zusammen ins Café Jacqueline gegangen. Es war schade, dass Anna ihr Gespräch nicht belauschen konnte.

Christoph setzte sich an seinen Computer. Kurz darauf wusste er, dass auf von Hasenteuffel ein Opel-Astra älteren Baujahrs zugelassen war. Er musste sich mit dem Mann dringend unterhalten.

»Ich fahre zur Seniorenresidenz«, sagte er zu Große Jäger, aber der Oberkommissar reagierte nicht. Nur der Hund hob müde den Kopf und blinzelte Christoph hinterher.

Es war ein herrlicher Vorfrühlingstag. Der Himmel war, von ein paar Schäfchenwolken abgesehen, strahlend blau. Ein leichter Wind kam von der See herüber und trug die salzige Luft heran. Die Märzsonne hatte schon genügend Kraft, um mit ihren Strahlen die wintermüden Lebensgeister auf die kommenden Wochen einzustimmen, in denen die Natur zu neuer Blütenpracht explodieren würde. Paul Schüttemann und Trude Beckerling würden das Frühjahr nicht mehr genießen können. Christoph erwischte sich dabei, dass er unkonzentriert am Steuer saß. Gottlob waren kaum Fahrzeuge unterwegs. Auch in der Sackgasse, die bis zum Deich führte, an deren Ende das Altersheim lag, traf er niemanden, abgesehen von einem grauhaarigen Mann, der in einem der Vorgärten beschäftigt war.

Christoph parkte auf den Besucherplätzen und näherte sich dem Eingang, von dem laute Stimmen herüberdrangen. Auf dem Weg vor der gläsernen Eingangsfront standen mehrere Bewohner der Residenz und verfolgten eine Auseinandersetzung zwischen Friedrich Kubelka und von Hasenteuffel.

Kubelka schwang seinen Stock und drohte dem Baron, der mit ruhiger Stimme antwortete. Christoph verstand nicht, was von Hasenteuffel gesagt hatte, aber es musste den Zorn seines Widersachers noch gesteigert haben. Der hob seinen Stock und versuchte, nach dem Baron zu schlagen, aber von Hasenteuffel war einen Schritt zurückgewichen.

»Typisch für dieses arrogante Gesindel«, hörte Christoph die kreischende Stimme Kubelkas. »Schwingt große Reden über Vaterlands- und Offiziersehre und weicht zurück. Pfui.« Voller Verachtung spie Kubelka aus. »Feiger Hund. Hat nie eine Front gesehen und spielt sich hier auf.«

»Stopp«, fuhr Christoph dazwischen und griff nach Kubelkas Stock, um ihn herunterzudrücken. Dann legte er bestimmt seine Hand auf die des ehemaligen Militariahändlers und hielt diese samt Gehhilfe fest.

»Beruhigen Sie sich erst einmal. Ich glaube kaum, dass das Drohen mit dem hier« – Christoph drückte dabei ein wenig auf die Hand, die den Stock hielt – »ein probates Mittel ist, um Meinungsverschiedenheiten auszutragen.«

Kubelka war immer noch erregt.

»Das sollten Sie dem da erzählen, dem … dem …«, sagte er mit stockendem Atem. »Fragen Sie den scheinheiligen Patron doch einmal, warum er Adolf Wilhelm mit Vornamen heißt. *Adolf.* Das sagt doch alles über seine Sippe aus.«

Inzwischen waren auch Schwester Anke und eine andere Angestellte, die Christoph nur vom Ansehen her kannte, aufgetaucht. Vorsichtig hakte sich Anke bei Kubelka unter und zog ihn sanft ins Haus.

»Kommen Sie, Herr Kubelka, wir trinken jetzt eine Tasse Kaffee, und dabei können Sie mir erzählen, was Ihnen auf dem Herzen liegt«, redete sie auf den Mann ein. Widerwillig ließ er sich von den beiden Betreuerinnen ins Haus führen.

Christoph ging auf von Hasenteuffel zu.

»Guten Tag«, grüßte der Baron und wischte sich ein unsichtbares Staubkörnchen von der Strickjacke. »Sie sollten dem, was Sie eben gesehen haben, keine Bedeutung beimessen. Herr Kubelka ist leicht erregbar und verliert dabei die Kontrolle über sich. Das ist das Los der Leute, denen die Herausforderung im Alter fehlt und die deshalb ihre Emotionen nicht mehr im Griff haben.«

»Darf ich erfahren, was der Grund Ihrer Auseinandersetzung war?«, fragte Christoph.

Von Hasenteuffel winkte ab. »Bedeutungslos.«

»Ich wollte zu Ihnen«, erklärte Christoph.

Der Mann zeigte sich überrascht.

»Zu mir?« Dann warf er einen Blick in die Gesichter der anderen Bewohner, die immer noch um sie herumstanden. »Was halten Sie von einem kleinen Spaziergang? Dabei können wir in Ruhe miteinander plaudern.«

Christoph stimmte zu.

»Ich muss mich nur anziehen. Leider haben die Jahre auch an mir gezehrt, und die leichte Strickjacke ist nicht mehr ausreichend für eine Deichwanderung.« Mit diesen Worten verschwand er ins Innere des Hauses.

Der Kreis der Neugierigen hatte sich immer noch nicht aufgelöst. Stumm betrachteten die alten Leute Christoph. Er hatte manche von ihnen schon gesehen, ohne ihre Namen zu kennen.

Zehn Minuten später erschien von Hasenteuffel. Er war mit einer derben Cordhose und einem wetterfesten Anorak bekleidet. Die Füße steckten in soliden Schnürschuhen. Um den Hals hatte sich der Baron einen Wollschal gewickelt.

»Nehmen wir Ihren Wagen?«, fragte er eher beiläufig.

Christoph führte ihn zum schwarzen Volvo-Kombi und öffnete ihm den Schlag, obwohl die Fernbedienung die Türsperre schon freigegeben hatte.

Wie selbstverständlich dirigierte von Hasenteuffel den Weg.

Sie entfernten sich auf der schmalen Straße, die durch den Koog führte, von Husum. Nur vereinzelt säumten Häuser ihren Weg, abgesehen von der kleinen Siedlung, die sich in die Weite der Marsch duckte. Nach einigen Kilometern stieg das Asphaltband sanft an und durchschnitt den Deich, der quer durch die Landschaft führte und den Finkhaushalligkoog vom Simonsberger trennte. Besucher, die durch dieses friedliche Land fuhren, brachten wenig Verständnis für die wohldurchdachten Schutzbauten an. Nur wer hier lebte oder schon einmal die Urgewalt der entfesselten Meere selbst miterlebt hatte, war dankbar für die Kunst der Wasserbauingenieure.

Am Ende der Straße zeigte von Hasenteuffel stumm mit dem Daumen nach rechts, etwas später nach links, als rechts die Sackgasse zum Straßendorf Simonsberg abzweigte, einer beliebten Sommerfrische für Leute, die die Ruhe zu genießen verstanden.

Von Weitem ragte das mächtige Haus des Roten Haubarg in die Marsch, ein Ausflugsziel für viele Besucher aus nah und fern. Als in der Ferne die Silhouette Marschenbülls auftauchte, jenes Ortes, in dem Christoph seinen ersten Fall bei der Husumer Kripo gelöst hatte, wies ihn der Baron an, die Straße zu verlassen.

Jetzt begegnete ihnen kein Fahrzeug mehr. Nicht nur die vereinzelt in die Marsch gestreuten Häuser, auch der winzige Ort Uelvesbüll wirkte wie ausgestorben. Danach machte die Straße einen Knick und führte direkt unterhalb des Deichs entlang. Weit und breit gab es keine Anzeichen einer Besiedlung. Das Auge hatte freie Sicht auf die saftig-grüne Marsch und den hohen Himmel.

Mitten auf freier Strecke, dort, wo schräge Rampen auf den Deich führten, sagte von Hasenteuffel plötzlich: »Halt!«.

Christoph steuerte seinen Volvo auf den unbefestigten Grünstreifen neben der Straße.

Sie stiegen aus. Hier draußen, wo der Wind freie Bahn hatte, war es kühler als in Husum.

Christoph folgte dem Beispiel des Barons, der sich den Anorak bis oben zugeknöpft hatte. Stumm stapften sie die Schräge zur Deichkrone empor. Oben blieben sie stehen.

»Ach, ist das nicht wundervoll?«, fragte von Hasenteuffel und zeigte mit dem Kopf in westliche Richtung. »Gehen wir?« Ohne eine Antwort abzuwarten, marschierte er los.

»Sie kennen Trude Beckerlings Nichte?«, fragte Christoph, nachdem sie ein Stück wortlos nebeneinanderher marschiert waren.

»Ja. Ich war einer der wenigen im Heim, die sich mit der alten Beckerling beschäftigt haben. Irgendwann hat sie mich ihrer Nichte vorgestellt.«

»Sie haben sich mit Frau Willich auch allein getroffen?«

Der Baron warf Christoph einen schnellen Seitenblick zu.

»Stimmt«, antwortete er wortkarg.

»Warum?«

Der Mann hatte normales Marschtempo vorgelegt. Plötzlich verlangsamte er den Schritt.

»Ist das von Bedeutung?«

»Bei ungeklärten Todesfällen ist jedes Detail wichtig«, entgegnete Christoph.

»Kennen Sie den Spitznamen, den man in der Seniorenresidenz hinter meinem Rücken verwendet?«, antwortete von Hasenteuffel ausweichend. Als Christoph nickte, fuhr er fort: »Rammler. Irgendwer hat spitzbekommen, dass ich viermal verheiratet war. Ich mag Frauen. Das will ich nicht verhehlen. Und auch mit über siebzig habe ich noch mein Vergnügen daran, mit dem weiblichen Geschlecht zu plaudern.«

Christoph musste sich auf die Worte seines Nachbarn konzentrieren, weil der Gegenwind die Unterhaltung erschwerte.

»Saskia Willich ist eine interessante Erscheinung. Ich glaube, ich muss mich nicht in weiteren Einzelheiten ergehen.«

»Haben Sie ein Verhältnis mit der Frau?«

Von Hasenteuffel gab ein Geräusch von sich, das wie ein verächtliches Lachen klingen sollte.

»Darauf erwarten Sie doch keine Antwort?«

Als Christoph mit »Doch« antwortete, schwieg der Baron eine Weile.

»Meine Familie hat mich ausgestoßen«, erklärte er dann. »Können Sie sich vorstellen, wie man mit jemandem umspringt, der viermal geschieden ist? Ich habe drei Kinder und bin eine Art Nennvater für vier weitere, die zwei meiner Verflossenen mit in die Ehen gebracht haben. Alle haben den Kontakt zu mir abgebrochen. Das Geld lockt, mit dem die Familie um sich wirft.« Der Baron ließ ein kehliges Lachen hören. »Wie gut, dass mich nie jemand besucht hat. Die würden sich sonst was denken, wenn die wüssten, wie schön es hier ist.«

Sie gingen eine Weile stumm nebeneinander. Von Hasenteuffel zeigte auf eine Schar Möwen, die sich mit lautem Geschrei im Watt um eine unsichtbare Beute stritten.

»Alte Menschen aus der Gemeinschaft auszuschließen, ist so, als würde man die Vergangenheit leugnen, in der die Wurzeln der Gegenwart liegen. Wissen Sie, wer das gesagt hat?«

Christoph verneinte.

»Das schrieb kein Geringerer als Papst Johannes Paul II.«

»Sie sind katholisch?«

»Ja. Aus einer erzkatholischen Familie. Stört Sie das? Ich weiß, hier im Norden ist man Christ. Diese Aussage bedeutet automatisch, dass man evangelisch ist. Katholiken sind hier ebenso selten anzutreffen wie schlitzäugige Neger.«

»Sie meinen Schwarze?«

»Ich sage Neger. So stand es in meinen Schulbüchern, und dabei bleibe ich. Das soll aber in keiner Weise diskriminierend klingen. Auf diese Feststellung lege ich Wert. Haben Sie mal Kubelka gehört, wie der über Leute herzieht, die nicht seinen Vorstellungen entsprechen?«

Christoph wollte nicht vom Thema abweichen. »Warum haben Sie sich mit Frau Willich getroffen?«

»Das machen wir gelegentlich«, erklärte der Baron schließlich. »Dieser Termin war schon länger geplant. Deshalb habe ich ihn auch wahrgenommen.«

»Haben Sie mit der Frau über das Verschwinden ihrer Tante gesprochen?«

Von Hasenteuffel sog hörbar die salzige Luft in seine Lungen, bevor er antwortete.

»Nein, das habe ich unerwähnt gelassen. Ich wollte Saskia nicht beunruhigen. Was hätte sie schon ausrichten können?«

»Finden Sie nicht, dass das ein merkwürdiges Verhalten ist? Sie hätte uns bei der Suche behilflich sein können. Schließlich wurde Frau Beckerling in der Wohnung der Nichte gefunden. Irgendjemand hat sie dorthin gebracht.« Christoph legte eine Pause ein, bevor er zu seiner Kernfrage kam. »Waren Sie das?« Aus den Augenwinkeln beobachtete er den Mann an seiner Seite. Der schritt unbeirrt weiter geradeaus. Und schwieg.

Sie mochten wohl hundert Meter dem Deich gefolgt sein, als Christoph seine Frage wiederholte.

»Haben Sie die Frau in die Kreuzerstraße gefahren?«

Abrupt blieb von Hasenteuffel stehen und sah Christoph an.

»Ist die Frage ernst gemeint?«

»Immer dann, wenn ein Mensch durch Fremdeinwirkung stirbt, ist jeder Spaß fehl am Platz«, sagte Christoph mit Bestimmtheit.

Der Baron steckte beide Hände in die Taschen seines Anoraks.

»Wenn Sie so klug sind, wie Sie vorgeben, finden Sie bestimmt selbst eine Antwort auf Ihre Frage«, antwortete er.

Der Mann neben ihm war seltsam, überlegte Christoph. Was verband ihn mit der Nichte? Weshalb hatten die beiden sich getroffen? Christoph machte sich Vorwürfe, weil er die Frau am vergangenen Sonnabend nicht angesprochen hatte. Aber es hatte keinen Anlass dazu gegeben. Und sein Plan, dass Anna die beiden observieren sollte, war fehlgeschlagen. Außerdem war er wegen Seelig plötzlich in die Seniorenresidenz gerufen worden. Es war eine Verkettung unglücklicher Umstände gewesen.

Von Hasenteuffel neben ihm schritt weiter mit kräftigen Schritten den Deich entlang.

»Ich habe für die Zeit, in der Frau Beckerling verschwunden ist, ein Alibi«, erklärte er plötzlich. »Ich war mit den anderen bei McDonald's. Das haben Sie doch selbst gesehen. Anschließend haben Sie uns in die Stadt verfolgt. Erinnern Sie sich?«

Christoph antwortete nicht. In diesem Punkt hatte der Baron recht.

»Danach war ich in der Buchhandlung in der Krämerstraße. Dort bin ich Ihnen erneut begegnet, als Sie das Kaufhaus verlassen haben. Sie sind mir bis zur Bahnunterführung gefolgt, als ich zu

Fuß zurück zur Seniorenresidenz gegangen bin.« Von Hasenteuffels Worte kamen nahezu fröhlich über seine Lippen. »Ein besseres Alibi kann man kaum vorweisen.«

Statt zu antworten, sah Christoph über das Watt. Zur rechten Hand tauchte der Küstensaum der Insel Nordstrand auf. Geradeaus, auf der anderen Seite der Fahrrinne zum Husumer Hafen, lag die Hallig Südfall. Nur der Vogelwart lebt auf dem winzigen, durch keinen Deich vor dem Hochwasser geschützten Eiland. Und das auch nur im Sommer. Die Hallig war ebenso vom leichten Dunstschleier über dem Watt verschluckt wie die Insel Pellworm, die sich noch weiter draußen befand.

»Danach habe ich in meinem Zimmer gesessen und am Computer gearbeitet«, unterbrach der Baron die Stille.

»Aber keiner hat Sie an diesem Nachmittag mehr gesehen«, stellte Christoph fest.

Von Hasenteuffel tat erstaunt. »Sie haben sich bereits über mich erkundigt? Ich war nicht zum Abendessen, weil ich von dem Besuch im Schnellrestaurant hinreichend gesättigt war.«

»Ihr Alibi, wenn Sie es selbst so bezeichnen möchten, ist nicht sehr stichhaltig.«

Der Mann an Christophs Seite war stehen geblieben.

»Sie sind Hauptkommissar, nicht wahr?«

»Ja. Warum?«

Von Hasenteuffel suchte umständlich nach einem Taschentuch und schnäuzte sich, bevor er antwortete.

»Das entspricht dem Hauptmann. Ein interessanter Dienstgrad. Immerhin Offizier. Trotzdem.« Er legte eine Kunstpause ein. »Ich bin als Oberst pensioniert worden.«

Christoph fixierte den Älteren.

»Was wollen Sie damit sagen?«

Der Anflug eines Lächelns zeigte sich auf von Hasenteuffels Antlitz.

»Dann strengen Sie sich an, damit Sie es kraft *Ihrer* Intelligenz zuwege bringen, den Nachweis über meine Zeitverwendung zu erschüttern.«

*

Große Jäger saß an seinem Schreibtisch und blätterte lustlos in Papieren, die vor ihm lagen. Unkonzentriert las er die Überschriften, um das jeweilige Blatt auf einem anderen Stapel abzulegen, als Hilke Hauck ins Zimmer trat, gefolgt von einem jungen Mann.

»Das ist Herr Hoang Thanh Tho«, stellte sie vor. »Er kennt Thorben Althoff und hat ihn heute noch gesehen.«

Große Jäger sah auf. Der Besucher hatte einen unverkennbar asiatischen Einschlag. Warum fällt es uns Langnasen immer schwer, Chinesen von Japanern zu unterscheiden, überlegte er, obwohl der Name eher vietnamesisch klang.

»Guten Tag«, grüßte Tho höflich und deutete eine Verbeugung an.

Große Jäger zeigte mit dem Finger auf den Besucherstuhl. Zögerlich setzte sich der Mann, nicht ohne vorher einen angstvollen Blick auf Blödmann zu werfen. Der Hund lag jetzt zu seinen Füßen.

»Sie kennen Althoff?«

»Ich komme aus Vietnam und habe eine richtige Aufenthaltserklärung. Wollen Sie sehen?« Tho wühlte in der Innentasche seiner Jacke.

Große Jäger winkte ab.

»Danke. Lass mal stecken.«

»Ich wohne mit Freunden in einer Wohnung in der Nordhusumer Straße«, erklärte der junge Mann. »Nicht groß, aber es geht. Die Wohnung gehört der Ausländerbehörde. Leider lese ich keine deutschen Zeitungen. Darum habe ich nicht gewusst, dass die Polizei Thorben sucht. Er hat bis heute Morgen bei uns geschlafen. Dann hat Jimbo, ein Kollege aus Togo, der auch bei uns wohnt, eine alte Zeitung mitgebracht. ›Bist du das, den die Police sucht?‹, hat Jimbo Althoff gefragt. Darauf hat Thorben seine Sachen gepackt und ist ganz schnell weg.«

»Wissen Sie, wo er jetzt untergeschlüpft ist?«, fragte Große Jäger.

Tho machte ein trauriges Gesicht. »Nein, leider nicht. Aber ich glaube nicht, dass Thorben weggefahren ist. Er hat noch weniger Geld als wir.«

»Als Althoff das Haus verließ – in welche Richtung ist er gegangen?«

Der Vietnamese freute sich, dass er Große Jägers Frage beantworten konnte.

»Ich habe hintergeguckt und mich gewundert. Thorben ist nach links gegangen.«

»Das ist merkwürdig«, sagte der Oberkommissar mehr zu sich selbst. »Die Nordbahnhofstraße, Westerende oder selbst die Deichstraße, die alle irgendwie ins Zentrum führen, wären erklärlich gewesen. Aber die Nordhusumer Straße? Da folgen nur ein paar Wohnhäuser, ein wenig Gewerbe ... Wohin könnte sich Althoff gewandt haben? Viel gibt es in dieser Richtung nicht mehr. Was ergibt das für einen Sinn?« Dann wandte er sich an den hilfsbereiten Vietnamesen.

»Vielen Dank, Herr Tho. Sie haben uns sehr geholfen. Meine Kollegin und ich werden Sie jetzt nach Hause bringen und Ihre Mitbewohner befragen. Vielleicht weiß von denen jemand, wohin Thorben Althoff verschwunden ist.«

Die Augen des Vietnamesen weiteten sich. »Das ist vielleicht nicht gut, wenn alle Nachbarn sehen, dass mich die Police zu meiner Unterkunft zurückbringt.«

»Keine Sorge, wir fahren nicht mit dem Streifenwagen, sondern mit einem neutralen Fahrzeug. Niemand wird wissen, dass Sie der Polizei geholfen haben.«

Tho sah erleichtert aus. »Das ist gut«, sagte er.

*

Von Hasenteuffel hatte sich umgedreht. Christoph tat es ihm gleich. Es war schwer abzuschätzen, wie weit sie über den Deich gegangen waren. Der Volvo war nur noch als kleiner schwarzer Punkt am Horizont zu erkennen.

»Wir sollten den Rückweg antreten«, schlug der Baron vor und ging los, ohne Christophs Antwort abzuwarten.

Nachdem Christoph sich mit zwei raschen Schritten wieder an seine Seite begeben hatte, fragte er: »Wissen Sie, wer die kleinen Aufregungen im Heim verursacht hat? Das versalzene Abendessen? Die Reinigungsmittel in der Küche? Oder den Kurzschluss? Wer ist daran interessiert, Unruhe zu stiften?«

Von Hasenteuffel lächelte. »Das ist eine gute Frage. Vielleicht ist sie aber nicht so wichtig wie die Erklärung, wie und weshalb Trude Beckerling in die Wohnung ihrer Nichte gekommen ist. Möglicherweise hängen die Dinge auch nicht zusammen.« Er warf Christoph einen Seitenblick zu. »Ihr Beruf ist gar nicht so uninteressant. Sie werden dafür bezahlt, dass Sie Rätsel lösen. Viele der Alten bei uns opfern einen Teil ihres Taschengeldes für Kreuzworträtselhefte, um die Zeit totzuschlagen. Diese verdammte Zeit, von der Sie plötzlich zu viel haben. Keiner möchte sie mit Ihnen teilen. Da ist es fast schon eine willkommene Abwechslung, wenn jemand auftaucht und Ihnen Gesundheit bringende Wundersteine für ein horrendes Geld verkaufen will. Kubelka, auch wenn ich nichts von ihm halte, hat aufgedeckt, dass es sich um einen schlichten Salzstein mit einer batteriebetriebenen Leuchte handelte. Leider ist Kubelka mit seinem unbändigen Jähzorn auf den Händler losgegangen und hätte ihn mit seinem Stock verprügelt, wäre nicht das Heimpersonal eingeschritten. Frau Wernicke, eine gutmütige andere Bewohnerin, wäre fast auf den Enkeltrick hereingefallen. Sie hat sich über das plötzliche Interesse des vermeintlichen Enkels an ihrer Person so gefreut, dass sie bedenkenlos Geld von ihrem Konto abgehoben und dem unbekannten Anrufer ausgehändigt hätte, nur weil der versprach, seine Oma zu besuchen. In diesem Fall bin ich eingeschritten, habe die Frau zur Bank begleitet und den Abholer des Geldes zur Rede gestellt. Der Mann hat geschimpft wie ein Rohrspatz und gedroht – wörtlich –, uns alte Säcke alle machen zu wollen.«

Komisch, dachte Christoph. Oberschwester Dagmar hatte ihm auch vom Enkeltrick berichtet. In deren Geschichte sollte allerdings Trude Beckerling das Opfer gewesen sein. Wer sagte die Unwahrheit? Und warum?

»Weshalb haben Sie in dieser Sache nicht die Polizei eingeschaltet?«

Statt einer Antwort zeigte von Hasenteuffel auf die Grasnarbe vor ihren Füßen.

»Vorsicht.« Er warnte Christoph vor der Hinterlassenschaft der Schafe, die über die Deiche getrieben wurden. Sie hielten das Grün kurz und verdichteten mit ihren Hufen das Erdreich, um die

Schäden, die von den allgegenwärtigen Wühlmäusen ausgingen, zu minimieren.

»Glauben Sie, ältere Menschen sind so senil, dass sie ihre Angelegenheiten nicht mehr allein regeln können? Niemand da draußen ahnt, welche Fähigkeiten noch in uns stecken. Das wird von vielen verkannt. Bei der Reform der Sozialsysteme sind die Gruppen begünstigt, die gut organisiert sind und lautstark soziale Leistungen für sich in Anspruch nehmen. Die Menschen in den Altersheimen gehören sicher nicht dazu. Die werden immer mehr an den Rand geschoben und schauen jetzt relativ einsam aus den Fenstern.«

Christoph sah auf das glitzernde Band des Heverstromes, der zwischen der Halbinsel Eiderstedt und der nördlich gelegenen Insel Nordstrand verlief und den Husumer Hafen mit der offenen See verband.

»Sie sind ein gut informierter und gebildeter Mann«, stellte Christoph fest.

Von Hasenteuffel winkte ab. »Diese Erkenntnis ist nicht von mir, sondern stammt von Horst Köhler.«

»Sind Sie ein verkappter Seniorenaktivist?«

»Lächerlich«, tat der Baron die Frage kurz ab.

Sie gingen eine Weile schweigend nebeneinander. Von Hasenteuffel schien das flotte Tempo nichts auszumachen.

»Haben Sie etwas mit dem unnatürlichen Tod Paul Schüttemanns und dem Verschwinden von Trude Beckerling zu tun, das die Frau von der lebensnotwendigen Dialyse fernhielt und schließlich zu ihrem Ableben führte?«, fragte Christoph, nachdem sie sich ein gutes Stück dem geparkten Volvo genähert hatten.

Unvermittelt blieb von Hasenteuffel stehen und sah Christoph an.

»Es ehrt mich ja fast, dass Sie mir so etwas zutrauen. Wenn ich recht informiert bin, liegen der Polizei in beiden sogenannten Fällen keine konkreten Anhaltspunkte vor. Wenn es einen Täter gibt – wenn –, dann ist er mit Raffinesse vorgegangen. Aber was für ein Motiv sollte ein – möglicher – Täter haben?«

Christoph blieb dem Mann die Antwort schuldig. Was hätte er auch sagen sollen? Genau diese Frage beschäftigte ihn selbst.

*

Die Meinungen über die westliche Neustadt gingen auseinander. Die einen waren der Auffassung, hier sei das ursprüngliche Husum beheimatet, andere schlossen beim ersten oberflächlichen Blick auf die Fassaden eher auf Restaurierungsbedarf.

In einem älteren Gebäude mit einer Fassade, die den Charme vergangener Tage ausstrahlte und auch nach Jahrzehnten noch vom Einfallsreichtum des Architekten kündete, lag die Wohnung der Vielvölkergemeinschaft, von der Hoang Thanh Tho berichtet hatte.

Hilke Hauck und Große Jäger folgten dem schmächtigen Vietnamesen über die Holztreppe in das Obergeschoss. Das Knarren der Stufen wurde durch ein noch lauteres Knurren, das seinen Ursprung unverkennbar im Magen des Oberkommissars hatte, übertönt.

»Ist dir etwas in die Nase gestiegen?«, spielte Hilke auf den Duft an, der aus der Wohngemeinschaft drang und im Unterschied zu manch anderen Küchendüften in Großwohnanlagen nicht unangenehm war.

»Es ist schon lange Mittagszeit, und nicht jeder hat so viel zuzusetzen wie du«, grummelte Große Jäger zurück und strich sich über seinen Schmerbauch.

Die Wohnungstür stand offen, und aus den Räumen klang ein fröhliches Geschnatter, ohne dass einzelne Stimmen erkennbar waren.

Tho führte sie in die Wohnung und steuerte direkt eine Wohnküche an. Um den Tisch hatte sich eine bunte Gesellschaft von fünf Männern gescharrt. Es sah aus wie das Treffen guter Freunde aus vielen Teilen der Dritten Welt. Zwei Schwarze starrten die Neuankömmlinge ebenso interessiert an wie der Inder – oder war es ein Pakistani? Ein weiterer Mann aus Asien – Indonesien oder Thailand –, welcher Europäer konnte das treffend einschätzen, unterbrach die in guttural klingendem Englisch geführte Unterhaltung. Der fünfte, arabisch aussehende Mann saß mit dem Rücken zur Tür.

Als Tho die beiden Beamten mit »Das sind zwei Leute von der Polizei« in seinem kehligen Englisch vorstellte, überzog durchgehend eine nervöse Anspannung die Mienen der Männer. Erst als der Vietnamese ergänzte: »Es sind gute Leute. Freunde. Sie kommen wegen Thorben«, löste sich die Verkrampfung.

Große Jäger hob beide Hände und ähnelte einem Indianerhäuptling bei einer wichtigen Rede, wie man es in unzähligen Winnetoufilmen gesehen hat.

»Wir sind Herrn Tho sehr dankbar, dass er uns geholfen hat«, begann der Oberkommissar und erklärte, dass man Thorben Althoff dringend als Blutspender für einen kleinen Jungen suchte. Nichts anderes hätte die Polizei im Sinn. Er sprach von Blutspende, weil ihm die Vokabeln für den tatsächlichen medizinischen Sachverhalt auf Englisch fehlten. Nachdem er geendet hatte, herrschte betroffenes Schweigen, bis einer der Schwarzen das Wort ergriff. Er stellte sich als Jimbo vor.

»Klar, Herr Inspektor, wir alle hier«, dabei ließ er seine Hand kreisen und schloss die anderen aus der Runde wie selbstverständlich mit ein, »sehen es als große Ehre an, dem deutschen Kind zu helfen. Vielleicht haben wir eine Idee«, dabei tippte er sich an die Stirn, als würde er eine beleidigende Geste ausführen, »aber die müssen wir noch beratschlagen. Unser Freund Hoang wird Sie informieren, wenn wir etwas herausgefunden haben.« Jimbo verneigte sich andeutungsweise. »Es ist uns eine große Ehre, dass Sie uns um Hilfe bitten«, versicherte er erneut.

Mit einem Dank verabschiedeten sich die beiden Beamten. Sie hatten die Wohnung noch nicht verlassen, als in ihrem Rücken das lautstarke Palaver wieder einsetzte. Große Jäger war es rätselhaft, wie man sich überhaupt unterhalten konnte, wenn alle durcheinandersprachen.

»Ich habe Hunger«, erklärte er auf der Treppe und sah über die Schulter zu Hilke zurück.

»Du kannst essen gehen, nachdem du mich an der Dienststelle abgesetzt hast.«

Große Jäger schüttelte energisch den Kopf.

»Kommt nicht infrage. Du kommst jetzt mit mir. Punkt.«

Er konnte das Schmunzeln auf Hilkes Gesicht in seinem Rücken nicht sehen.

»Gibt es eine Chance, ein bürgerliches Ziel anzusteuern?«, lenkte sie vorsichtig ein.

»Was soll das heißen? Schließlich wartet Blödmann im Auto. Der muss auch mit«, erinnerte der Oberkommissar an seinen Hund, den er nicht auf der Dienststelle hatte lassen können.

Stumm fügte sich Hilke in ihr Schicksal.

*

Unmerklich hatte sich der Himmel mit dünnen Schleierwolken zugezogen. Jetzt zeigten sich schon die ersten dunklen Schatten an einigen Stellen.

Christoph ließ den Wagen mit mäßiger Geschwindigkeit durch das weite Grün rollen. Sie hatten die restliche Wegstrecke auf dem Deich schweigend zurückgelegt. Zu gern hätte er gewusst, was hinter der Stirn des hochgewachsenen Mannes an seiner Seite vorging. Aber von Hasenteuffel wirkte wie verschlossen. Mit federnden Schritten war er zügig zum Auto gegangen und hatte weder beim Einsteigen noch auf der Fahrt einen Ton von sich gegeben.

Die Stille wurde durch den schrillen Klingelton eines Handys unterbrochen. Der Baron, durch den Sicherheitsgurt in seiner Bewegungsfähigkeit eingeschränkt, musste allerlei Verrenkungen verrichten, bis er sein Mobiltelefon aus einer seiner Taschen hervorgeholt hatte. Mit ausgestrecktem Arm hielt er das Gerät weit von sich und versuchte, die Meldung auf dem Display zu lesen.

»Ich habe Sie noch nie mit Brille gesehen«, sagte Christoph.

Von Hasenteuffel hatte die Augen zusammengekniffen und blinzelte auf die kleine Mattscheibe.

»Ich komme noch sehr gut ohne aus«, erklärte er, »nur bei manchen Dingen muss man den Jahren Tribut zollen.« Er lehnte sich entspannt im Polster zurück. »Unsere Gesellschaft wird immer älter. Die kaufkräftige Schicht der Senioren ist aber von der Wirtschaft noch nicht entdeckt worden. Warum ist die Anzeige auf diesen Dingern so klein?« Er schwenkte sein Handy durch die Luft. »Und über die Tasten ärgere ich mich auch. Vielen älteren Menschen kommt es nicht darauf an, ein möglichst kleines Gerät am Ohr zu halten. Wenn sie aber die Tastatur nur noch mit dem Nagel berühren können, weil sie zu klein für die Fingerkuppe ist, dann läuft da etwas schief.«

»Sie erwecken nicht den Eindruck, als hätten Sie sich vom technologischen Fortschritt abgekoppelt.«

Von Hasenteuffel lachte trocken auf.

»Ich bemühe mich, die Dinge zu verstehen. Zugegeben, man kann bei der Rasanz der Entwicklung nicht auf allen Gebieten gleichermaßen Schritt halten. Dass man aber die Senioren als dumm verkauft und abhängt, stößt auf mein Unverständnis. Es ist doch eine absolute Diskriminierung, dass beispielsweise die privaten Fernsehsender bewusst Menschen ab fünfzig als nicht mehr werberelevant ausgrenzen. Stellen Sie sich vor, welche Revolution es auslösen würde, wenn alle Omas und Opas stringent die Verwendung der Mittel vorgeben würden, die sie Kindern und Enkeln zukommen lassen, und nur noch solche Produkte kaufen, die auch den Alten zugänglich sind.«

»In manchen Bereichen ist es doch gelungen. So finden wir heute viele ältere Verkehrsteilnehmer …«

»… die als unsichere Kantonisten verspottet werden«, fiel der Baron Christoph ins Wort.

»Sie haben einen eigenen Pkw.«

»Selbstverständlich«, kam die prompte Antwort.

»Damit unternehmen Sie aber keine weiten Fahrten?«

»Wohin auch? Mein Aktionsradius ist durch die Art der Lebenssubventionierung, wie meine Familie sie betreibt, beschränkt.«

»So nutzen Sie Ihren Wagen nur für Ausflüge in die nähere Umgebung?«

»Ja.«

»Und gelegentlich haben Sie auch Frau Beckerling mitgenommen?«

Ein Ruck ging durch von Hasenteuffel.

»Das war kein intelligenter Ansatz«, stellte er fest, »um herauszufinden, ob *ich* derjenige war, der die alte Frau in die Wohnung ihrer Nichte gefahren hat. Natürlich würden Sie jede Menge Spuren der Toten in meinem Wagen finden. Aber – dafür gibt es eine Erklärung.« Er zeigte auf Christoph. »Sie haben sie eben genannt. Im Übrigen … Schwester Regina hat Trude Beckerling auch öfter mitgenommen.«

Davon hatte sie nichts gesagt, als sie bei uns auf der Dienststelle vorstellig geworden war und beiläufig erwähnte, dass von Hasenteuffel öfter mit Frau Beckerling unterwegs gewesen war, dachte Christoph.

Sie hatten die Hauke-Haien-Residenz erreicht, und Christoph hielt direkt vor dem Eingang. Der Baron hatte seinen Gurt gelöst und suchte den Griff, um die Autotür zu öffnen, als Christoph ihn fragte: »Wer sind Sie, Herr von Hasenteuffel-Stichnoth?«

Überrascht ließ der Mann seine Hand wieder in den Schoß fallen und sah Christoph an. Dann fuhr er sich mit der Zunge über die Lippen. Es war offensichtlich, dass er eine solche Frage nicht erwartet hatte.

»Das möchte ich auch gern wissen«, antwortete er nach einer ganzen Weile. Er sprach gedehnt. Es wirkte, als würde er trotz der reiflichen Überlegungszeit für die Erwiderung immer noch nach den richtigen Formulierungen suchen. »Die Frage stelle ich mir seit sechzig meiner zweiundsiebzig Lebensjahre.« Von Hasenteuffel sah angespannt durch die Scheibe nach vorn, bevor er mit leiser Stimme weitersprach. »Eine Antwort habe ich bis heute nicht gefunden. Vielleicht liegt sie irgendwo.«

Christoph hatte seine Hände auf das Lenkrad gelegt.

»Suchen Sie danach?«

»Vielleicht. Seit einigen Jahren schreibe ich. Ich habe zuerst geglaubt, mein Inneres durch Lyrik freilegen zu können. Das war ein vergeblicher Versuch. Ich bin Perfektionist. Deshalb bin ich auf Prosa ausgewichen.«

»Darf man Ihre Gedanken lesen?«

Von Hasenteuffel spitzte die Lippen und fuhr sich mit Daumen und Zeigefinger über die Mundwinkel.

»Ich habe sie in einem Internetforum, in dem sich Gleichgesinnte und Interessierte finden, der öffentlichen Kritik preisgegeben.«

»Und? Wie war die Reaktion?«

Der Baron starrte immer noch durch die Scheibe.

»Lesen Sie es selbst nach«, antwortete er kurz angebunden, öffnete die Tür und stieg aus. Er beugte sich anschließend noch einmal ins Wageninnere.

»Danke für den Spaziergang«, sagte er und wandte sich dann dem Eingang der Seniorenresidenz zu.

*

Noch bevor Christoph die Tür seines Büros geöffnet hatte, roch er, dass Große Jäger anwesend war. Der Zigarettenqualm drang durch die Türritzen auf den Gang hinaus. Mit einem Hauch von Zorn betrat Christoph den Raum, besann sich aber im letzten Moment, dass es vielleicht besser wäre, seinen Kollegen heute nicht zu sehr zu bedrängen, und zog es deshalb vor, das Fenster wortlos zu öffnen und die frische Seeluft hereinzulassen, um der unerfreulichen Mischung aus Zigarettenrauch, Hund und Große Jägers eigener Ausdünstung zu begegnen.

Der Oberkommissar sah ihm wortlos, aber interessiert zu. Erst nachdem sich Christoph an seinem Schreibtisch niedergelassen hatte, berichtete Große Jäger von seiner Begegnung mit Hoang Thanh Tho und dem Besuch in der Unterkunft der Asylbewerber.

»Es ist erstaunlich, dass ausgerechnet Asylbewerber, Arbeitslose vom Bahnhof, notorische Kneipengänger und Jugendliche bei der Suche nach Althoff helfen. Und wie hast du den Tag verbracht? Du warst im Altersheim? Hast du dir einen Platz reservieren lassen?«, schloss er seine Ausführungen.

Christoph berichtete von seinem Deichspaziergang mit von Hasenteuffel-Stichnoth.

»Das sind die Privilegien eines Hauptkommissars«, lästerte Große Jäger. »Die niederen Chargen quälen sich durch das Gekrümel des Alltags, und du stimmst dich auf das Seniorendasein ein – Besuch im Altersheim und eine Deichwanderung. Und das an einem Dienstag. Solche Privilegien werden mir nicht zuteil.«

»Das sehe ich ganz anders.« Christoph wies mit dem Zeigefinger auf Blödmann, der neben dem Schreibtisch döste. »Deine Arbeitszeit mutiert zu einem permanenten Zoobesuch. Während andere Menschen hart arbeiten, verbringst du deinen Tag beschaulich inmitten wilder Tiere.«

»Haha«, dröhnte Große Jägers Bass durch den Raum. »Diese Interpretation ist wieder einmal typisch für einen hergereisten Kieler. *Ich* muss mich nicht nur in meiner karg bemessenen Freizeit mit dem Tier beschäftigen, sondern auch noch von meinem Hungersalär für dessen Unterhalt sorgen. Und das, obwohl Blödmann ein Polizeihund ist.«

Dann lachte Große Jäger laut und zeigte dabei zwei Reihen gelber Zähne. »Und was denkst du nun über diesen Kaninchensatan?« Als er bemerkte, dass Christoph ihn ratlos ansah, erklärte er: »Dieser Hasenteuffel.«

»Ich bin mir nicht sicher. Das ist ein merkwürdiger Mann. Zweifellos gebildet und intelligent. Es ist mehr ein Gefühl, denn beweisen kann ich nichts. Aber hinter von Hasenteuffel steckt vielleicht mehr. Ich werde das Gefühl nicht los, dass er mit uns spielt. Mit mir. Warum hat er mir sonst vorgehalten, ich hätte nur einen Dienstrang, der dem des Hauptmanns entsprechen würde? Er hingegen sei Oberst gewesen. Spielt er auch mit anderen? Mit den Leuten in der Seniorenresidenz? Mit dem Personal?«

Große Jäger winkte ab. »Was sollte dahinterstecken? Im Augenblick stehen wir noch allein mit unserem Verdacht, bei den Todesfällen würde Fremdverschulden vorliegen. Klassische Motive wie Geldgier, Hass, Liebe, Eifersucht – die liegen doch offensichtlich nicht vor.«

»Geldgier? Wenn Trude Beckerling etwas hinterlassen sollte, dann wäre ihre Nichte die Nutznießerin.«

»Wenn!«, unterbrach Große Jäger.

»Sagte ich! Da wäre das Motiv Geldgier. Wir wissen, dass sich Saskia Willich und von Hasenteuffel kennen. Der Mann ist außerdem kein Frauenverächter gewesen. Wenn er der Nichte bei der Beseitigung der Tante behilflich war?«

»Das ist doch lächerlich«, protestierte Große Jäger. »Der Knabe ist mehr als dreißig Jahre älter.«

Christoph hob den Zeigefinger. »Gerade das könnte doch ein Anreiz für ihn sein. Und *sie* könnte diesen Altersunterschied nutzen, um damit zu spielen, sich selbst als vermeintliches Ziel anbieten. Es wäre nicht das erste Mal in der Kriminalgeschichte, dass jemand solchen Verlockungen erliegt und sich zum Handlanger des Todes machen lässt.«

»Und was hat der erste Tote, Paul Schüttemann, damit zu tun?«, warf Große Jäger ein. »Nun sag nicht, der Zweiundneunzigjährige wäre ein potenzieller Nebenbuhler des Kaninchensatans gewesen.«

Christoph zog es vor, nicht zu antworten. Große Jäger wählte oftmals, wenn er anderer Auffassung war, drastische Beispiele, gegen die man nur schwer argumentieren konnte.

Ihre Diskussion wurde durch Mommsen unterbrochen, der zurückkehrte.

»Deiner Miene entnehme ich, dass du eine neue Freundin gefunden hast«, begrüßte ihn Große Jäger.

Mommsen zog eine Augenbraue in die Höhe.

»Darf ich mir erst einen Tee einschenken?«, fragte er über den Schreibtisch hinweg.

Große Jäger schlürfte lautstark aus einem Kaffeebecher und spülte das kalte Gebräu geräuschvoll im Mund, bevor er antwortete.

»Wozu? Du solltest dir ein Beispiel an deinen älteren Kollegen nehmen. Die kommen auch nie ins Büro gestürzt und lechzen zuerst nach einem Kaffee.« Dann beobachtete er grinsend den jungen Kommissar, der sich in aller Ruhe einen Tee bereitete. Nachdem sich Mommsen am Schreibtisch gegenüber dem Oberkommissar niedergelassen hatte, hielt der ihm die zerknautschte Zigarettenpackung hin. »Echte Roman- oder Filmdetektive rauchen jetzt erst mal eine.«

»Teufel«, wehrte Mommsen ab und sah dann Christoph an. »Frau Beckerlings Nichte ist vierzig Jahre alt. Sie ist polizeilich noch nie in Erscheinung getreten. Selbst in der Flensburger Datei hat sie nur einen Punkt. Sie ist geschieden und hat einen elfjährigen Sohn, der aber seit sechs Jahren beim Vater lebt, der wieder verheiratet ist. Das Kind wird bei der Mutter so gut wie nie gesehen. Ihren Unterhaltsverpflichtungen kommt sie offenbar nach, denn es gibt keinerlei Beschwerden gegen sie. Saskia Willich arbeitet als Angestellte beim Finanzamt.«

»Sie ist nicht beamtet?«, warf Große Jäger ein.

Mommsen schüttelte den Kopf. »Nein. Sie ist aber schon fast zwanzig Jahre bei der Behörde beschäftigt. Was sie vorher gemacht hat, weiß ich nicht. Sie stammt aus Eckernförde, lebt aber, seitdem sie beim Finanzamt arbeitet, in Husum und wohnt seit ihrer Scheidung in der Kreuzerstraße, dort, wo wir ihre Tante gefunden haben. Sie führt ein unauffälliges Leben.«

»Wie sieht es mit ihren Finanzen aus?«, fragte Christoph.

»Wie bei Millionen anderer Menschen. Auch in dieser Hinsicht ist sie unauffällig. Sie hat offensichtlich ein permanent überzogenes Girokonto und zwei kleinere Konsumentenkredite, die regelmäßig bedient und getilgt werden.«

»Männer?«

»Keine bekannte feste Beziehung. Nun ja, da sie niemandem verantwortlich ist, nimmt keiner Anstoß daran, dass sie gelegentlich von jemandem nach Hause begleitet wird. Das ist aber nicht regelmäßig der Fall. Auch in diesem Punkt ist sie unauffällig.«

»Hast du gefragt, ob unter den Männern, in deren Begleitung sie gesehen wurde, auch ältere waren?«

»Du meinst konkret von Hasenteuffel?«, fragte Mommsen.

Christoph nickte.

»Auch danach habe ich gefragt. Leider negativ. Die Burschen waren so unscheinbar, dass sich keiner aus der Nachbarschaft an Details erinnern konnte. Aber eine auffällige Erscheinung wie der Baron war nicht darunter.«

»Wenn die Kerle alle so unscheinbar waren, kann es sich nur um Kollegen aus dem Finanzamt gehandelt haben«, grunzte Große Jäger dazwischen.

»Saskia Willich kann ja nicht nur mit so stattlichen Typen wie dir verkehrt haben«, antwortete Christoph, um sich wieder an Mommsen zu wenden. »Was uns am meisten interessiert: Haben wir Anhaltspunkte, wo sich die Frau in der letzten Woche aufgehalten hat?«

Mommsen sah Christoph mit ernster Miene an. »Zu diesem Punkt habe ich leider nichts in Erfahrung bringen können. Das ist immer noch ein Geheimnis.«

»Warum verschweigt sie uns ihren Aufenthalt?«, fragte Christoph.

»Entweder steckt ein Mann dahinter, dessen Identität sie nicht preisgeben möchte – das wäre ein toller Zufall –, oder sie hat etwas zu verbergen«, gab Große Jäger zu bedenken.

»Beides ist mysteriös«, antwortete Christoph. »Wieso habe ich sie am Sonnabend in von Hasenteuffels Begleitung gesehen? Sie muss doch in Husum gewesen sein. Aber wo, wenn sie angeblich nicht in ihrer eigenen Wohnung war? Und wenn sie sich nicht in der Stadt aufgehalten hat – wie wichtig war ihr Treffen mit dem Baron, dass sie extra deshalb nach Husum zurückgekommen ist? Und wenn sie mit einem Mann, dem großen Unbekannten, zusammen war, weshalb hat sie dann Urlaub beim Finanzamt genommen und ist nicht verreist? Es ist eine der zu klärenden Fragen, weshalb die Frau in der kritischen Zeitspanne angeblich nicht in ihrer Wohnung war.« Dann machte er eine Pause. »Ach du Elend. Fast hätte ich vergessen, von dem Gottesgericht zu erzählen, das heute über uns niedergegangen ist«, entfuhr es Christoph.

»Was hat der denn?«, fragte der Oberkommissar und zeigte mit dem Daumen über die Schulter in Christophs Richtung.

»Wilderich, du darfst heute ausgiebig feiern gehen«, klärte ihn Christoph auf. »Dein Lieblingsvorgesetzter ist befördert worden.«

Ehrliches Entsetzen zeigte sich in Große Jägers Antlitz.

»Vor die Tür, nach Kiel oder etwa …?« Er wagte es nicht auszusprechen.

»Letzteres«, sagte Christoph.

»O du Scheiße«, fluchte der Oberkommissar.

Christoph musste nicht lange warten. Dieser Erkenntnis folgte umgehend das »Scheiß-Starke«.

Danach herrschte Schweigen im Raum. Eine ganze Weile später wurde es durch das Klingeln des Telefons unterbrochen. Christoph sah auf das Display.

»Kiel«, sagte er.

Große Jäger drehte sich zu ihm um und bedeutete Christoph, dass er den Apparat auf Lauthören einstellen sollte. »Das ist bestimmt die Braun«, erklärte er dabei und warf demonstrativ einen leidenden Blick auf seine Armbanduhr.

»Hallo, Frau Dr. Braun«, begrüßte Christoph die Anruferin.

»Hallo, Herr Johannes. Ich nehme an, Sie möchten vorab einen kurzen Bericht über die Autopsie von Trude Beckerling. Ich war mir nicht sicher, ob ich Sie schon anrufen sollte, da wir trotz größtmöglicher Anstrengung noch nicht alle Ergebnisse vorliegen haben.

Ich weiß auch nicht, weshalb wir uns hier in Kiel immer wieder ein Bein ausreißen, um Sie bevorzugt zu bedienen. Ich hoffe, Sie wissen es zu würdigen, dass wir stets sehr zügig und außerhalb des normalen Dienstablaufs für …«

»Liebe Frau Dr. Braun«, unterbrach Christoph die bei der ganzen Landespolizei gefürchteten langatmigen Erklärungen der Wissenschaftlerin vom Landeskriminalamt. »Wenn es nicht Beamtenbestechung wäre, würde ich mich ja gern bei Ihnen mit einem großen Blumenstrauß bedanken.«

Einen Augenblick herrschte verblüfftes Schweigen in der Leitung, bevor Dr. Braun antwortete: »Wären wir nicht um eine ernsthafte Sache bemüht und bei einer Landesbehörde, würde ich fast vermuten, Sie wollen mich auf den Arm nehmen.«

Christoph sah, wie Große Jäger die Wangen aufpustete und mit beiden Armen die Geste des Kinderwiegens vollführte.

»Das würde nie jemand wagen«, sagte er. »Aber Sie wollten mir vorab mitteilen, was die Autopsie bei Frau Beckerling ergeben hat.«

»Wie ich schon sagte, wir sind noch nicht ganz fertig. Es fehlen noch die Ergebnisse der toxikologischen Feinanalyse, obwohl es nach dem ersten Anschein keine hinreichenden Verdachtsmomente gegeben hat. Wir sind der …«

»… Meinung, dass die Frau an akutem Nierenversagen gestorben ist«, unterbrach Christoph sie.

»Nein, wie kommen Sie darauf? Das ist mehr als laienhaft ausgedrückt. Die Nieren waren schon lange funktionsunfähig. Krankheitsbedingt. Ich erläutere Ihnen einmal die Zusammenhänge.«

»Liebe Frau Dr. Braun. Im Moment würde es mir reichen, wenn Sie mir sagen, ob die Frau daran gestorben ist, dass sie nicht zur Dialyse gegangen ist.«

Die Wissenschaftlerin holte hörbar Luft.

»Wenn Sie es auf eine solch einfache Formel reduzieren möchten: Also bitte. Ja, das war der Auslöser für den Tod. Medizinisch gesehen ist in einem solchen Fall aber …«

»Niemand wird Ihren sachverständigen Befund in Zweifel ziehen, den wir wie immer sorgfältig durchlesen werden. Haben Sie noch einen Verdacht hinsichtlich der Blutuntersuchung?«

»Die Frau hatte Beruhigungs- und Schlafmittel im Blut. Allgemein zugängliche Mittel in einem normalen Rahmen. Jedenfalls waren diese Medikamente eindeutig nicht die Todesursache. Sie ist damit nur ruhiggestellt worden. Allerdings kann sie die Arzneien auch selbst eingenommen haben. Das zu prüfen kann nun wirklich nicht unsere Aufgabe sein. Wir sind wahrlich schon mit anderen Aufgaben mehr als ausgelastet. Ich …«

»Wenn wir Sie nicht hätten, liebe Frau Dr. Braun, wüssten wir gar nicht, wie wir unsere Arbeit hier in Nordfriesland verrichten sollen«, schmeichelte ihr Christoph und verabschiedete sich.

Die Wolken waren nun ganz zugezogen. Außerdem brach die Dämmerung herein. Christoph sah auf die Uhr. Wieder war ein Tag vergangen, der sie nur unwesentlich weitergebracht hatte. Noch trauriger war, dass sie Thorben Althoff immer noch nicht gefunden hatten und in der Universitätsklinik Münster ein kleiner Junge dringend auf die Knochenmarkspende wartete.

ACHT

Christoph sah versonnen seiner Hand nach, die den Teebeutel hielt, den er durch das heiße Wasser zog. Wie gut, dass Mommsen mich nicht beobachtet, dachte Christoph. Dass ich mir morgens einen Beutel mit Pfefferminztee aufbrühe, würde er nicht verstehen, weil wir beide uns im Büro konsequent hinter der Maske des Teekenners verbergen, die über in Beutel abgefüllte Blätter nur die Nase rümpfen.

Obwohl Christoph zu den Zeitgenossen gehörte, die morgens gern eine Stunde für Dusche und Körperpflege einschließlich Rasur und ein kleines Frühstück opferten, war das Knäckebrot mit Käse, das vor ihm stand, eher mager.

Er hatte gut zwei Drittel des Dauergebäcks vertilgt und ein paar Schlucke aus seinem »Guten-Morgen-Becher« bereits hinuntergeschluckt, als ihn sein Handy aus nachhängenden Träumen riss, die ihn mit unbestimmtem Ziel ins Nirgendwo geführt hatten.

»Moin«, meldete sich eine trotz der frühen Stunde gut gelaunte Männerstimme. Es war der Kollege in der Zentrale der Polizeidirektion. »Ich hoffe, Sie haben schon gefrühstückt?«

»Ich bin gerade dabei«, erwiderte Christoph. Wenn man ihn zu Hause anrief, verhieß es im Allgemeinen nichts Gutes.

»Dann wird Ihnen der Tote, den man uns gemeldet hat, nicht zu schwer auf dem Magen liegen«, erklärte der Anrufer. »Wir haben eine Nachricht von einem ungeklärten Todesfall aus Finkhaushalligkoog bekommen.«

»Doch nicht von der Hauke-Haien-Residenz?« Christoph schwante Böses.

»Leider doch«, erwiderte der Beamte aus der Zentrale. »Eine Schwester Dagmar, so nannte sich die Anruferin, hat uns verständigt. Mehr wissen wir auch noch nicht. Die Streife ist unterwegs. Ich dachte, es wäre für Sie wichtig. Deshalb habe ich Sie zu Hause gestört«, entschuldigte sich der Kollege.

Christoph ließ das angebrochene Frühstück stehen, warf seine Windjacke über, griff sich den Aktenkoffer und verließ sein kleines Apartment. Sein stilles Flehen wurde nicht erhöht. Er hatte noch nicht den unteren Treppenabsatz erreicht, als sich die Tür seiner Vermieterin öffnete.

»Moin, Herr Johannes«, begrüßte sie ihn. »Ist das nicht ein schöner Tag heute?« Sie sah, dass Christoph seinen Autoschlüssel in den Händen hielt. »Sie wollen bei solchem Wetter doch nicht etwa mit dem Auto fahren? Genießen Sie den Spaziergang durch den Schlosspark. Das ist doch viel gesünder für jemanden wie Sie, der oft ganze Nächte nicht zu Hause ist.«

Mit einem schmalsilbigen »Moin« stürzte Christoph erklärungslos an ihr vorbei.

»Aber Herr Johannes?«, hörte er ihre empörte Stimme hinter seinem Rücken.

Was hat es nur mit diesem Altersheim auf sich?, dachte er unterwegs. Was für merkwürdige Dinge gehen dort vor, dass sich die Todesfälle häufen? Wer war diesmal das Opfer? Vor seinem geistigen Auge ließ er die Bewohner Revue passieren, die er kannte. Der Kapitän? Harry Seelig? Kubelka? Einer der anderen, denen er begegnet war? Immer wieder kehrten seine Gedanken zu seinem gestrigen Deichspaziergang mit von Hasenteuffel zurück. Die Unterredung hatte Christoph keine neuen Erkenntnisse, aber viele weitere Fragen gebracht. Wer war dieser Mann? Und wie konnte er eine Antwort auf diese Frage finden?

Direkt vor dem Eingang standen der Notarztwagen und das Fahrzeug der Streife. Eine aufgeregte Schar von Heimbewohnern blockierte das Foyer. Inmitten der Neugierigen entdeckte Christoph Harry Seelig. Seinen ewigen Zwilling, den alten Kapitän Thordsen, konnte er nicht sehen.

Unschlüssig blieb er am Fuß der Treppe stehen, nachdem man ihm eine Gasse geräumt hatte.

»Da! Oben«, zeigte eine alte Frau mit zahnlosem Mund ins Obergeschoss.

Dann sah er die Trage des Rettungsdienstes und medizinisches Gerät, das auf dem Flur stand. Aus der offenen Zimmertür drangen Stimmen auf den Korridor.

Das kann nicht wahr sein, dachte Christoph, als er erkannte, dass die Ansammlung vor dem Apartment des Barons stand.

In der Tür stieß er mit dem Notarzt zusammen, den er vom Ansehen her kannte.

»Ach, die Polizei«, sagte der Doktor. »Kommen Sie jetzt zu jedem Todesfall im Husumer Umland?« Sein Gesicht zeigte den Anflug eines Lächelns. »Hier liegt ein Herzversagen vor. Das kann bei älteren Leuten schon einmal passieren.«

»Wie kommen Sie zu dieser Vermutung?«, fragte Christoph.

»Tja, man hat so seine Erfahrung. Schönen Tag noch.« Der Arzt drehte sich zu den beiden Rettungsassistenten um, die hinter ihm standen. »Kommt ihr, Jungs?«

Oberschwester Dagmar stand im Zimmer, neben ihr Broder Brodersen. Die beiden Streifenpolizisten hielten sich im Hintergrund.

»Was wollen Sie hier?«, bölkte der Heimleiter los, als er Christoph sah. »Wer hat Sie überhaupt bestellt?«

»Wir kommen auch ohne Einladung«, erwiderte Christoph.

»Von wem wissen Sie das?«, fragte Brodersen und zeigte mit ausgestrecktem Finger auf Freiherrn Adolf Wilhelm von Hasenteuffel-Stichnoth, der mit geschlossenen Augen in seinem Bett lag, die Decke bis unters Kinn gezogen und die Hände vor der Brust gefaltet. Er hatte die Augen geschlossen und machte einen friedlichen Eindruck. Es sah aus, als schliefe er und würde sich durch den Aufruhr in seinem Zimmer nicht aus der Ruhe bringen lassen.

»Wer hat den Toten entdeckt?«, wandte sich Christoph an Oberschwester Dagmar.

»Das geht Sie gar nichts an«, fuhr Brodersen erregt dazwischen. »Ich erteile Ihnen Hausverbot. Verlassen Sie sofort die Seniorenresidenz. Und dann will ich wissen, wer Sie hergeholt hat.«

Christoph machte einen Schritt auf den aufgebrachten Mann zu. Im Stillen stellte er sich vor, wie Große Jäger jetzt reagiert hätte.

»Dieses ist ein Tatort. Insoweit ruht Ihr Hausrecht. Und wenn Sie nicht augenblicklich Ruhe geben und die Ermittlungen weiterhin massiv stören, werden die beiden Kollegen einschreiten.« Christoph warf einen Blick auf die beiden Beamten, die ein Schmunzeln nicht unterdrücken konnten.

»Wer hat Sie benachrichtigt?«, fragte Brodersen erneut.

»Das geht Sie nichts an. Und nun ist endlich Ruhe. Punktum«, sagte unmissverständlich Christoph in barschem Ton. Dann sah er Schwester Dagmar auffordernd an.

»Regina hat den Toten gefunden«, erklärte sie. »Als er sich heute Morgen nicht rührte und auch auf das Klopfen und das Telefon nicht reagierte, hat sie nachgesehen und die traurige Entdeckung gemacht.«

»Wo ist Ihre Kollegin jetzt?«

»Sie ist im Schwesternzimmer. Ich habe sie dorthin geschickt, damit sie sich von diesem Schock erholt.«

»Papperlapapp«, mischte sich Brodersen ein. »Schock! Dass Leute sterben, gehört bei uns zum Alltag. Jeder unserer Mitarbeiter hat schon Tote gesehen.«

»Das trifft zu, aber nicht in so kurzen Zeitabständen und unter solch merkwürdigen Umständen«, trat ihm Dagmar entgegen und nahm Christoph das Argument vorweg.

Eigenartig, dachte Christoph. Gestern bin ich mit dem Mann lange am Deich entlanggewandert. Dort hat er weder Schwäche noch sonstige Anzeichen einer Erkrankung gezeigt.

»Wissen Sie von einer gesundheitlichen Vorbelastung des Mannes?«, fragte Christoph.

»Nein«, kam prompt Schwester Dagmars Antwort. »Wir haben hier viele Patienten, über deren Erkrankungen wir gut informiert sind. Ganz abgesehen von den Pflegefällen. Aber bei Herrn von Hasenteuffel … Da liegt uns nichts vor. Obwohl …« Sie zögerte einen Moment und legte die rechte Hand an die Schläfe. »Gestern Nachmittag war die Ärztin bei uns im Haus, um routinemäßig einige ihrer Patienten zu besuchen.«

»Ärztin? Sie meinen Frau Dr. Michalke?«

Oberschwester Dagmar nickte. »Ja, die. Ich glaube, sie war auch beim Baron.«

Christoph stutzte. »War das außergewöhnlich?«

»Schon. Ich kann mich nicht erinnern, dass sie sonst bei ihm Hausbesuche gemacht hat.«

»Betreut Frau Dr. Michalke alle Bewohner Ihres Hauses?«

»Gottlob nicht«, mischte sich Brodersen ein. »Das wäre schlimm. Wir haben freie Arztwahl. Und die Senioren suchen sich den Doktor ihres Vertrauens selbst aus. Manche gehen zu dieser Frau, andere zu Dr. Hinrichsen oder einem anderen Arzt. Wichtig ist, dass der Doktor auch bereit ist, Hausbesuche zu machen. Aber ich habe es gleich gesagt. Irgendetwas stimmt nicht mit Dr. Michalke. Auch die anderen beiden Toten waren ihre Patienten.«

»Sie meinen Paul Schüttemann und Frau Beckerling?«

»Genau.« Der Heimleiter zeigte mit ausgestrecktem Finger auf Christoph. »Sie sollten die Dame einmal genauer unter die Lupe nehmen. Ich frage mich die ganze Zeit, warum die ein solches Brimborium veranstaltet und offenbar normale Todesfälle so aufbauscht.«

»Ich bin es leid, mit Ihnen diese überflüssigen Diskussionen zu führen«, fuhr ihn Christoph an. Dann wandte er sich wieder an Schwester Dagmar. »Wir benötigen einen Arzt, der den Totenschein ausstellt. Anschließend werde ich den Leichnam zur Rechtsmedizin bringen lassen.«

»Warum das denn?«, giftete der Heimleiter los, aber Christoph beachtete ihn nicht weiter. Er griff zum Handy und rief in der Praxis von Dr. Hinrichsen an.

»Na, hast du Sehnsucht? Es ist ein ungünstiger Zeitpunkt. Das Wartezimmer ist voll, ich habe viele Blutabnahmen und Verbände vor mir, und der Doktor wird auch gleich kommen. Da sitzen schon einige und warten auf ihn«, begrüßte ihn Anna.

»Mit dir flirte ich später. Zuerst einmal muss ich den Doc haben. Er muss umgehend in die Hauke-Haien-Residenz kommen und einen Todesfall beurteilen.«

»O neee, ne«, maulte Anna. Es klang so, als wäre Christoph persönlich dafür verantwortlich. »Kann das nicht 'n anderer machen? Bei uns ist wirklich Hochbetrieb.«

»Sei ein liebes Mädchen und sag deinem Chef Bescheid. Desto eher ist er wieder bei dir und schaufelt dein Wartezimmer leer. Du kannst ja Karlchen anrufen. Der unterhält in der Zwischenzeit deine Kunden. Dann freuen sich alle über die Einlage, und keiner will als Erster zum Doc in die Sprechstunde.«

»Blödmann«, hörte er Anna sagen und antwortete mit einem »Wuff – wuff«.

Sie antwortete mit einem schmatzenden Geräusch, das einem Kuss ähnlich klang, und legte auf.

Wenig später erschien Dr. Hinrichsen.

Er warf einen kurzen Blick auf den Toten und murmelte: »Äußerlich ist nichts Außergewöhnliches zu erkennen«. Mit Schwester Dagmars Hilfe entkleidete er von Hasenteuffel und untersuchte akribisch die Leiche. Zwischendurch stellte er Fragen nach dem Gesundheitszustand des Mannes und erhielt die gleiche Antwort, die Christoph schon bekommen hatte.

»Ich kann nichts Außergewöhnliches feststellen«, schloss der Arzt seine Untersuchung ab. »Mit Ausnahme der winzigen Stelle im rechten Armgelenk. Das sieht wie eine Injektion aus.« Er beugte sich über die Stelle. »Das war jemand, der etwas vom Spritzen versteht.« Er sah Oberschwester Dagmar an. »Waren Sie das? Oder jemand vom Personal?«

»Nein«, antwortete die Pflegedienstleiterin.

»Hmmh«, brummte Doc Hinrichsen. »Bei einem plötzlichen Herztod ist von außen nichts zu erkennen. Welche Bewandtnis es mit der Einstichstelle auf sich hat, vermag ich nicht zu beurteilen. In Anbetracht der Merkwürdigkeiten, die dieses Haus in der jüngsten Zeit erlebt hat, werde ich ›Todesursache unklar‹ ankreuzen.«

»Aber Herr Doktor!«, regte sich Brodersen auf. »Das ist doch ein eindeutiger Herzstillstand.«

»Hier entscheide ich ganz allein«, gab Dr. Hinrichsen barsch zurück. »Und ein Herzstillstand ist keine Todesursache, sondern nur ein finaler Zustand. Was Sie sagen, ist Blödsinn. Die Frage ist, warum blieb das Herz stehen? Haben Sie eine plausible Erklärung dafür?«

»Natürlich nicht«, stammelte Brodersen.

»Sehen Sie!«, war die bündige Antwort des Arztes, der ohne weitere Worte das Formular ausfüllte.

Anschließend versuchte Christoph, Dr. Breckwoldt in Flensburg zu erreichen. Aber der Oberstaatsanwalt war noch nicht in seinem Büro.

Gemeinsam mit Dr. Hinrichsen verließ er die Seniorenresidenz und ließ eine schweigende Oberschwester und einen konsternierten Heimleiter zurück.

*

Im Büro herrschte Hochbetrieb. Mommsen und Große Jäger stritten sich über eine der bedeutenden Fragen, die Männer beschäftigen und zu denen kraft Geschlecht ausschließlich sie als Experten ihre Meinung kundtun durften. Es ging um den deutschen Fußball. Während Mommsen immerhin noch versuchte, seine Ansichten durch Argumente zu untermauern, versenkte Große Jäger mit Kommentaren wie »Du hast ja keine Ahnung!« und »Wie kann man so blind sein!« jede Gegenrede. Um die Bedeutung seiner Argumente zu unterstreichen, bediente er sich im Unterschied zu Mommsen auch einer lauten Stimme. Als Hilke Hauck, die dem Hin und Her eine Weile schweigend gefolgt war, sich auch noch einmischte, war es um Große Jägers Fassung vollends geschehen.

»Tante Hilke«, schimpfte er, »früher gab es eine bewährte Arbeitsteilung. Da florierte unsere Gesellschaft noch. Und seitdem die Frauen Hosen tragen, ist alles aus den Fugen geraten.«

»Und wie sieht deine Arbeitsteilung aus?«, fragte Hilke und spitzte die Lippen.

»Dumme Frage. Frauen gehören in die Küche. Schlimm genug, dass ihr Auto fahren dürft. Und jetzt wollt ihr auch noch beim Fußball mitreden.«

Hilke lachte spitzbübisch. »Dafür sind wir doch eher prädestiniert als ihr.«

»Ha-ha-ha.« Große Jägers dröhnender Bass füllte den Raum.

»Schließlich sind die deutschen Mädchen Fußballweltmeister. Und wo seid ihr Kerle geblieben?«, grinste Hilke und trat hinter den Stuhl des Oberkommissars. »Sag mal, Wilderich: Wieso hast du beim toten Schüttemann den Apfel gerochen? Ich rieche in deiner Nähe immer nur dich.«

Große Jäger wollte zu einer heftigen Erwiderung ansetzen, doch Christoph bremste ihn und berichtete von seinem Besuch im Altersheim.

»Das ist ja 'n Ding«, kommentierte der Oberkommissar. »Ich hab's gleich gesagt. Dir als ehemaligem Papierpolizisten mangelt es an kriminalistischem Spürsinn. Während du in Kiel zwischen deinen Aktenbergen eine Stauballergie bekommen hast, haben Mommsen und ich uns die Hacken krummgelaufen. Dein Verdacht gegen von Hasenteuffel hatte keine Substanz. Warum sollte der Mann die anderen Alten umgebracht haben? Und jetzt ist er selbst tot. Oder zweifelt ihr daran, dass unser intelligenter Mörder wieder zugeschlagen hat? Langsam wird es mir unheimlich. Da läuft einer herum und lässt die Morde an den alten Leuten wie Zufälle aussehen. Jetzt haben wir schon die dritte Leiche.« Große Jäger schlug sich mit der flachen Hand gegen die Stirn. »Sind wir so bescheuert, dass wir immer noch nicht erkannt haben, dass da ein Serienkiller unterwegs ist?«

Christoph ließ sich in seinen Stuhl fallen. Er trug noch seine Windjacke. Vielleicht hatte Große Jäger mit seinem untrüglichen Instinkt recht.

»Wer sollte ein Interesse am Tod so unterschiedlicher Menschen wie den drei Opfern haben?«, fragte Christoph.

Keiner konnte die Frage beantworten. Dann versuchte Christoph erneut, den Oberstaatsanwalt in Flensburg zu erreichen.

»Wissen Sie, mit welchem Betrag mich eine Autopsie belastet? Haben Sie eine Vorstellung, wie man unseren Etat beschnitten hat?«, maulte Dr. Breckwoldt.

Christoph spürte, dass es mehr der Ärger über die von Kiel verordneten Sparzwänge als über Christophs Ansinnen war, der den Flensburger zu einem solchen Grummeln veranlasste. Dann ließ sich der Oberstaatsanwalt den Sachverhalt und den Verdacht der Husumer erläutern.

»Wenn Sie mir zusichern, nicht jeden Todesfall in Nordfriesland zur Rechtsmedizin nach Kiel zu schicken, stimme ich zu«, schloss der Oberstaatsanwalt.

Mommsen hatte zugehört und versicherte Christoph, alles Weitere zu veranlassen. Im Stillen war er wohl froh, damit der leidigen Fußballdiskussion mit Große Jäger zu entfliehen.

»Wenn wir täglich eine neue Leiche aus Husum zur Rechtsmedizin nach Kiel einliefern … Vielleicht gibt es die Untersuchungen im Abo günstiger?«, kommentierte der Oberkommissar. »Wie gut, dass der Scheiß-Starke keine Wanze bei uns angebracht hat. Wenn er uns belauschen könnte … Und Thorben Althoff jagen wir auch noch vergeblich hinterher. Übrigens …«, er drehte sich zu Christoph um, »das Ergebnis der toxikologischen Untersuchung von Trude Beckerling ist eingegangen. Die von ihr eingenommenen Schlaf- und Beruhigungsmittel waren nicht die Todesursache. Die Arzneien sind in therapeutisch vorgeschriebenen Dosen verabreicht worden. Die Frau ist eindeutig wegen des Ausbleibens der Dialyse ums Leben gekommen. Dafür hatte der Kaninchensatan einen schönen Tod, so wie du es geschildert hast.«

»Wann ist das Ableben eines Menschen schön, Wilderich?«, fragte ihn Christoph. »Zumal wenn der Verdacht im Raum steht, dass jemand nachgeholfen hat.«

»Irgendwann müssen wir alle abtreten«, philosophierte Große Jäger. »Aber wenn jemand dem lieben Gott ins Handwerk pfuscht, dann sollten wir den Übeltäter schon finden. Uns bleiben ja nicht mehr viele. Eine halbe Handvoll Bewohner des Altenheimes, die schweigsame Nichte, die nicht verraten möchte, wo sie sich aufgehalten hat, das Personal, der Heimleiter und …«

»Frau Dr. Michalke«, ergänzte Christoph. »Die soll uns erklären, warum sie gestern einen meiner Meinung nach gesunden und vitalen von Hasenteuffel besucht und ihm eine Spritze verabreicht hat. Der Mann war zwanzig Jahre älter als ich. Diesen Unterschied hat man bei unserer gestrigen Deichwanderung aber nicht gespürt.«

Große Jäger stand auf. »Komm«, sagte er zu Christoph. Es bedurfte keiner weiteren Erklärung, dass er in diesem Augenblick die Ärztin in ihrer Praxis besuchen wollte.

Auf dem Flur gab es noch einen kurzen Disput, weil der Oberkommissar das kurze Stück bis zur Hohlen Gasse, in der Dr. Michalke in einem alten Backsteinbau praktizierte, unbedingt mit dem Auto zurücklegen wollte. Doch Christoph setzte sich durch, und so schritten sie zügig Richtung Zentrum. Sie passierten das neue Rathaus, die kleinen Geschäfte am Zingel und umrundeten den Binnenhafen. Es war Flut, und ein paar Kähne dümpelten im brackigen Wasser. Auch die Nordertor, ein altes Passagierschiff, das früher die Inseln und Halligen bediente und nun ein Restaurantschiff war, lag friedlich am Kai. Die Wasserreihe mit ihrem holprigen Pflaster und den malerischen Häusern war ebenso menschenleer wie die Hafenstraße. Lediglich in der Hohlen Gasse beeilte sich eine ältere Frau, vor den beiden Beamten die ausgetretenen Stufen zum Eingang der ärztlichen Praxis zu erklimmen.

Atemlos nannte sie der Sprechstundenhilfe ihren Wunsch, »Frau Doktor« konsultieren zu wollen, und ergänzte mit einem Blick auf die Polizisten: »Ich war aber zuerst da.«

Es half ihr nichts.

Nachdem eine Mutter mit einem kleinen Kind auf dem Arm das Behandlungszimmer verlassen hatte, wurden Christoph und Große Jäger vorgelassen.

»Herr von Hasenteuffel-Stichnoth ist tot«, erklärte Christoph.

Dr. Michalke sah erschrocken auf.

»Oh. Wann ist das passiert?«, fragte sie, um sofort hinterherzuschicken: »Warum hat man mich nicht informiert?«

»Wir hielten es für besser, die Todesursache durch einen neutralen Mediziner feststellen zu lassen«, mischte sich Große Jäger ein.

Im Aufblitzen der Augen der Ärztin erkannte Christoph, dass der Oberkommissar mit dieser vorlauten Bemerkung jede Gesprächsbereitschaft unterbunden hatte.

»Sie wissen vielleicht, dass Ihr Kollege Dr. Hinrichsen oft mit der Polizei zusammenarbeitet und von uns bei unklaren Todesursachen zurate gezogen wird«, versuchte Christoph die Situation zu retten.

»Woran ist Herr von Hasenteuffel Ihrer Meinung nach gestorben?«, fragte Dr. Michalke.

»Es sieht aus wie ein Herzinfarkt. Über die genaue Todesursache vermögen wir noch nichts zu sagen. Aufschluss darüber wird die Autopsie geben.«

Die Ärztin lehnte sich in ihrem Armlehnstuhl zurück.

»Erinnern Sie sich, wie sich Herr Brodersen aufgeführt hat, als ich bei Paul Schüttemann Zweifel an einer natürlichen Todesursache hatte? Er hat vehement auf die Anerkennung eines natürlichen Todes gedrungen. Haben Sie den Mann schon einmal näher beleuchtet?«

Zu Christophs Verärgerung erwiderte Große Jäger: »Wir möchten mit Ihnen nicht unsere Ermittlungsarbeit diskutieren. War von Hasenteuffel Ihr Patient?«

Dr. Michalke griff zu einem Kugelschreiber und ließ ihn gedankenverloren um ihre Finger kreisen. Dann sah sie den Oberkommissar mit festem Blick an.

»Sie meinen *Herrn* von Hasenteuffel-Stichnoth! Haben Sie schon einmal etwas von der ärztlichen Schweigepflicht gehört?«

»Der Mann ist tot, und wir ermitteln in diesem Fall«, warf Christoph ein.

»Meine Verschwiegenheit gilt auch über den Tod hinaus.«

»Wir wissen, dass Sie den Mann gestern besucht haben.«

Dir Ärztin zog eine Augenbraue hoch. »Habe ich das?«

»Ja. Das haben uns Zeugen bestätigt. Für mich stellt sich die Frage: warum? Vor Ihrem Besuch machte er einen ausgesprochen gesunden und vitalen Eindruck.«

»Schön. Dann wissen Sie ja einiges.«

»Warum waren Sie bei Herrn von Hasenteuffel?«

Statt einer Antwort kehrte Dr. Michalke nur die Innenfläche der Hände zu einer nichtssagenden Geste nach außen.

»Was haben Sie dem Mann mit der Injektion verabreicht?«, hakte Christoph nach.

Die Ärztin sah auf die kleine in Kristallglas gefasste Uhr auf ihrem Schreibtisch.

»Meine Herren. Sie müssen mich entschuldigen. Da draußen sitzen Menschen, die dringend auf meine Hilfe warten.«

»Sie werden noch von uns hören«, drohte Große Jäger.

»Dem sehe ich gelassen entgegen«, erwiderte Dr. Michalke ohne jede sichtbare Erregung.

*

Auf dem Rückweg von der Praxis der Ärztin hatte Christoph gegen Große Jägers Protest den Weg zum Finanzamt eingeschlagen.

»Ich bin zur Polizei gegangen, weil man mich bei der Luftwaffe nicht mehr haben wollte. Und die Alternative Infanterie habe ich abgelehnt, weil ich kein berufsmäßiger Marathonläufer werden wollte. Was soll es, wenn du mich jetzt dazu umerziehen willst?«

Christoph hatte dem Oberkommissar nur mit einem Blick geantwortet. Tatsächlich betrug der Umweg vielleicht fünfzig Meter.

»Frau Willich ist nicht im Amt«, erklärte man ihnen bei der Behörde. »Sie hat aus privaten Gründen Urlaub genommen. Dabei war sie gerade einen Tag wieder hier seit ihrem letzten Urlaub.« Der Mann, der ihnen diese Information unterbreitete, hatte in einem nahezu anklagenden Tonfall gesprochen. Es hörte sich an, als würde er die beiden Beamten, die sich nicht als Polizisten zu erkennen gegeben hatten, persönlich dafür verantwortlich machen, dass Frau Willich schon wieder der Pflichterfüllung im Amt entflohen war.

Kurz darauf kehrten sie zur Dienststelle zurück, nachdem Große Jäger noch darauf bestanden hatte, in die gegenüberliegende Bahnhofsanlage zu gucken und zu prüfen, ob eine Spur von Thorben Althoff zu entdecken war.

Als sie die Tür zu ihrem Büro öffneten, stutzten sie. Auf dem Besucherstuhl vor Mommsens Schreibtisch saß ein Mann, der Christoph bekannt vorkam. Ihm fiel im Moment nicht ein, woher. Erst als Große Jäger auf den Mittdreißiger zusteuerte, ihm herzlich die Hand drückte und »Moin, Herr Dahl« sagte, erinnerte sich Christoph an den Familienvater, dessen Frau und Tochter vor fast drei Jahren ermordet worden waren. Es war sein erster Fall in Husum gewesen.

»Hallo, Herr Dahl.« Auch er schüttelte dem Mann die Hand. »Wie geht es Ihnen?«

»Och, danke, so weit eigentlich ganz gut«, antwortete Dahl zögernd und nahm einen Schluck Kaffee, den Mommsen ihm angeboten hatte. »Ich hab ‘n büschen Glück gehabt. Bin nun nich mehr arbeitslos, sondern seit anderthalb Jahren bei Autokraft als Busfahrer. Macht echt Spaß, wenn man wieder gebraucht wird.«

Große Jäger klopfte dem verdutzten Mann auf die Schulter. »Mensch, prima. Das freut uns aber«, erklärte er im Namen der gesamten Polizei. Zumindest klang es so.

Eine verhaltene Freude zeigte sich auf Peter Dahls Antlitz. »Ich hoffe, ich tu meine Anne nich weh damit, aber ich hab da ‘ne Frau kennengelernt. Aus Oldenswort. Auf der Strecke bin ich oft unterwegs. Is ‘ne ehrliche Seele. Hat zwei Kinder. Ihr Mann is ab durch die Mitte. Wir wolln mal ‘nen Kaffee trinken gehn. In der nächsten Zeit.«

»Das klingt positiv, Herr Dahl. Es hört sich abgegriffen an, wenn man sagt: Das Leben geht weiter. Ich bin mir sicher, Anne hätte es gewollt, dass Sie der Frau aus Oldenswort auch wieder ein wenig Lebensfreude vermitteln.«

Peter Dahl strahlte Christoph an. »Meinen Sie?«

»Ganz bestimmt, Herr Dahl. Wie geht es Herrn Grün?«

Christoph musste an den alten Nachbarn von Peter Dahl denken, der sich in vorbildlicher Weise um den damals völlig gebrochenen Mann gekümmert hatte. Ebenso war Christoph der couragierte Auftritt des ehemaligen Lehrers im Dorfkrug von Marschenbüll unvergesslich.

Abrupt veränderte sich Dahls Gesichtsausdruck. Ein feuchter Schimmer trat in seine Augen.

»Deshalb bin ich ja eigentlich hier. Ich dachte, das interessiert Sie vielleicht. Opa Grün ist vorletzte Nacht eingeschlafen. Ganz ruhig und friedlich in sein Bett. Unser lieber Gott hat ihn zu sich komm'n lassen. Na ja, war ja schon Mitte achtzig. Aber trotzdem ...«

»Das tut uns aber leid.« In Große Jägers Worten schwang echtes Mitgefühl.

Sie wechselten noch einige belanglose Worte, und Peter Dahl berichtete von seiner Arbeit. Danach wünschten sie dem Mann viel Glück und trugen ihm auf, sich wieder bei ihnen zu melden, gleich, ob es gute oder traurige Nachrichten gebe.

»Was ist im Augenblick in Husum los?«, fragte Christoph. »Das geht über mein Verständnis. Wieso sterben derzeit alle alten Menschen?«

»Du wirst das Ableben des Herrn Grün doch nicht mit unserem Fall in Verbindung bringen wollen?«

»Natürlich nicht. Da gibt es keinen Zusammenhang. Der alte Grün ist sicher an Altersschwäche verstorben. Aber was ist, wenn wir einem Phantom nachjagen? Wenn Schüttemanns Tod wirklich ein Unfall war? Und von Hasenteuffel einem Herzinfarkt erlegen ist?«

»Das klingt sehr unwahrscheinlich. Das wäre eine außergewöhnliche Verkettung unglücklicher Umstände. Und wie verhält es sich mit den merkwürdigen Ereignissen im Altersheim?« Große Jäger sah Christoph an.

»Das könnten dumme Streiche gewesen sein, die in keinem Zusammenhang mit den Todesfällen stehen.«

»Und Trude Beckerling?«

»Das ist vielleicht etwas anderes. Da glaube ich auch, dass jemand nachgeholfen hat. Wer hat die Frau in Saskia Willichs Wohnung gebracht? Ein Mann. Vielleicht von Hasenteuffel. Der kannte die Nichte ja gut. Und wenn die beiden, Willich und der Baron, gemeinsame Sache gemacht haben, um an das Erbe heranzukommen?« Christoph sah Mommsen an.

»Leider liegt uns noch keine Auskunft über das Erbe von Trude Beckerling vor. Wir wissen auch nicht, wer Nutznießer ist. Dass es die Nichte sein wird, ist nur eine Vermutung von uns.«

Alle drei sahen zur Tür, als Hilke Hauck eintrat. Dann hingen sie ihren Gedanken nach.

»Morgen wird Paul Schüttemann beerdigt«, unterbrach Mommsen das Schweigen.

»Zu meinem Begräbnis würde ich mir am liebsten Musik von Chris Barber wünschen, zum Beispiel den New-Orleans-Beerdigungs-Blues«, sagte Große Jäger. »Aber ich glaube, ich lasse es doch lieber sein.«

»Nanu? Warum plötzlich so konservativ? Das kennt man gar nicht von dir«, fragte Hilke.

»Stimmt. Mein Begräbnis soll fröhlich sein. Vielleicht sind auch einige Leute gar nicht so traurig darüber, wenn ich nicht mehr präsent bin. Darum wird es wohl doch bei einer weniger progressiven Musikgestaltung bleiben.«

»Und warum? Fürchtest du üble Nachrede über den Tod hinaus?«, wollte Christoph wissen.

»Nee! Das nicht. Aber ich hätte Bedenken, dass das Publikum bei meiner nächsten Beerdigung ausbleibt, wenn ich es schon beim ersten Mal verprelle. Abgesehen davon finde ich Beerdigungen deprimierend. Zumindest, wenn ich der direkt Betroffene bin.«

»So denken wahrscheinlich alle«, stimmte Hilke zu.

Große Jäger kratzte sich am Kinn, dass das Scheuern über die widerspenstigen Bartstoppeln im ganzen Raum zu hören war. Dann meinte er: »Ich hab einen anderen Grund. Da wird bei deinem Tod dein Fell versoffen. Du kannst nicht mitmachen, musst das aber trotzdem bezahlen, weil der ganze Spaß von deiner Hinterlassenschaft bezahlt wird.«

*

Wenn Saskia Willich Urlaub genommen hatte, um die Beerdigung ihrer Tante zu regeln, musste sie zu Hause anzutreffen sein, hatte Christoph gemeint und sich der Versuchung Große Jägers widersetzt, das telefonisch zu eruieren.

»Lass uns das Überraschungsmoment ausnutzen«, hatte Christoph entschieden. Nun waren sie auf dem Weg zur kleinen Siedlung mit den Mehrfamilienhäusern an der Kreuzerstraße.

Sie mussten nicht lange warten, bis Trude Beckerlings Nichte öffnete.

Die Frau trug Leggins. Die Füße waren nackt. Ein enges T-Shirt, unter dem eindeutig der Büstenhalter fehlte, unterstrich das Legere ihres Outfits. Die Haare waren gewaschen, aber ungekämmt. Dass Saskia Willich nicht vorhatte, die Wohnung zu verlassen, war auch daran erkennbar, dass sie ungeschminkt war. Sie war eine unauffällige, aber nicht unattraktive Frau mit durchaus ansehnlichen weiblichen Reizen.

Mit einem Seitenblick registrierte Christoph amüsiert, dass dies auch Große Jäger bemerkt hatte. Jedenfalls beschränkte der Oberkommissar seine Musterung der Frau nicht auf deren Gesichtszüge.

Sie wurden in die Wohnung gebeten und in das Christoph bekannte Wohnzimmer geführt. Auf dem Sofa lag Bettzeug.

Frau Willich raffte es zusammen.

»Entschuldigen Sie, aber nach dem Tod meiner Tante konnte ich das Schlafzimmer noch nicht wieder benutzen. Das ging vom Kopf her nicht. Ich habe deshalb hier übernachtet.«

Sie trug die Bettwäsche hinaus und kehrte gleich darauf zurück. »Nehmen Sie Platz«, forderte sie die beiden Beamten auf. Ungefragt begann sie zu erklären: »Es gibt viel zu regeln. Ich bin nur im Groben über die Angelegenheiten meiner Tante informiert, weil ich ihr in manchen Dingen behilflich war. Trotzdem bleibt noch genug übrig.« Sie sah Christoph an. »Ich habe mit dem Beerdigungsinstitut gesprochen. Die können noch nichts unternehmen, da die sterblichen Überreste meiner Tante durch Sie beschlagnahmt wurden. Können Sie schon Näheres sagen?«

Christoph schüttelte den Kopf. »Die Freigabe erfolgt durch die Staatsanwaltschaft. Man wird sich aber mit Ihnen in Verbindung setzen.«

Große Jäger rutschte unruhig auf seinem Platz hin und her. Er konnte seine Frage nicht zurückhalten.

»Wollen Sie uns jetzt verraten, wo Sie in der vergangenen Woche waren?«, platzte es aus ihm heraus.

Saskia Willich blickte auf einen imaginären Punkt auf dem Teppich vor ihren Füßen. Sie hatte die Lippen zu einem schmalen Streifen zusammengekniffen.

»Wir bekommen es doch heraus. Weshalb behindern Sie uns in unserer Arbeit? Sie sollten nicht länger schweigen«, redete Große Jäger auf sie ein.

»Ich will nicht …«, rutschte es aus der Frau heraus. Mitten im Satz brach sie ab und winkte resigniert mit der Hand ab.

»Sie können sich uns anvertrauen«, sagte Christoph betont ruhig und beugte sich dabei ein wenig vor. »Wir wollen das Dunkel um den Tod Ihrer Tante aufklären. Sie ist offensichtlich gegen ihren Willen hierher gebracht worden. Dann wurde ihr ärztliche Hilfe versagt. Das ist ein strafwürdiger Tatbestand, über dessen Konsequenzen das Gericht zu entscheiden hat. Wo waren Sie?«

Schweigen.

»Sie waren in Husum. Das wissen wir.«

Schweigen.

»Wir wissen auch, dass Ihre Tante wahrscheinlich von Herrn von Hasenteuffel in Ihre Wohnung gebracht wurde.« Christoph war sich bewusst, dass dies eine bloße Behauptung war. Er hatte es sich lediglich zusammengereimt.

»Können Sie das beweisen?«, entgegnete sie prompt. Zumindest hatte sie ihr Schweigen gebrochen.

»Sie profitieren vom Tod Ihrer Tante.«

»Wie können Sie so etwas behaupten«, entfuhr es ihr giftig.

»Sie sind die Erbin«, mischte sich Große Jäger ein.

Sie funkelte den Oberkommissar böse an. »Es soll vorkommen, dass alte Leute etwas hinterlassen. Ist das strafbar?«

»Nicht, wenn es auf legalem Weg erfolgt. Uns interessieren aber die Fälle, in denen die Erben nicht bis zum natürlichen Ableben des Erblassers warten wollen«, gab Große Jäger ungerührt zurück.

»Und deshalb glauben Sie, ich hätte meine Tante umgebracht? Lächerlich!« Saskia Willich war erregt. Sie unterstrich ihre Worte durch wildes Gestikulieren. Dann fuhr sie sich nervös mit der Hand durch das struppige Haar.

»Wenn ein Mensch gegen seinen Willen aus dem Leben scheidet, ist das alles andere als lächerlich«, sagte Christoph. Er war mit Große Jäger mittlerweile ein hervorragend eingespieltes Team, das »Gut und Böse« spielte. Es war nie eine Frage gewesen, wer dabei welchen Part übernahm.

»Sie haben sich am Sonnabend mit Herrn von Hasenteuffel getroffen ...«

»... und dabei darüber gesprochen, wie Sie gemeinschaftlich Ihre Tante aus dem Weg räumen können«, fiel Große Jäger Christoph ins Wort.

Saskia Willich hatte einen feuerroten Kopf bekommen.

»Lüge! Lüge!«, schrie sie aufgebracht. Dann sackte sie in sich zusammen. Nach einer Weile holte sie tief Luft. »Fragen Sie doch Herrn von Hasenteuffel«, sagte sie.

»Das würden wir gern«, erwiderte Christoph. »Aber von dem bekommen wir keine gescheite Antwort.«

»Und warum soll ich mit Ihnen reden, wenn der Baron es nicht will?«, fragte sie immer noch erregt.

»Der kann nicht mehr mit uns sprechen. Der ist tot, Mädchen«, sagte Große Jäger. Seine Stimme klang jetzt fast sanft.

Entsetzt sah sie auf. »Das ist nicht wahr?«

Dabei sah sie Christoph an, damit er ihr bestätigte, dass sein Kollege mit seinen Behauptungen eben zu weit gegangen war. Sie beobachtete ihn mit bangen Augen.

Ganz langsam nickte Christoph. »Doch, Frau Willich. Leider entspricht das den Tatsachen. Herr von Hasenteuffel wurde heute Morgen unter noch ungeklärten Umständen tot aufgefunden.«

Aus einer Sofaecke zauberte sie ein zerknülltes Papiertaschentuch hervor und tupfte sich vorsichtig die Augen aus.

»Wie … wie ist das geschehen?«, stammelte sie schließlich.

»An der Beantwortung dieser Frage arbeiten wir noch«, entgegnete Christoph ausweichend.

»Wollen Sie nicht endlich verraten, worüber Sie mit dem Toten gesprochen haben?«, schaltete sich Große Jäger ein.

»Mit dem *Toten* gesprochen?« Sie musterte den Oberkommissar mit weit aufgerissenen Augen.

»Nun ja …«, versuchte der zu erläutern, aber Christoph unterbrach ihn.

»Mein Kollege meint: mit Herrn von Hasenteuffel.«

Sie schniefte noch einmal ins Taschentuch. Es war eher eine Geste der Unsicherheit, um Zeit für eine Antwort zu finden.

»Er hat sich als Einziger in der Seniorenresidenz meiner Tante angenommen. Sie war trotz ihrer Krankheiten keineswegs senil. Tante Trude hat unter der Vereinsamung im Altersheim gelitten. Trotz der vielen Menschen um sie herum war sie im Grunde genommen allein. Ich bin berufstätig und konnte mich auch nur bedingt um sie kümmern. Herr von Hasenteuffel hat sie manchmal zu einer kleinen Spazierfahrt mitgenommen. Sie rief mich hinterher immer an. Sie ist richtig aufgeblüht. Das Bummeln am Deich entlang. Durch die stillen Wiesen Eiderstedts. Aber auch in die Geest. Auf Seitenwegen an Eider und Treene entlangfahren. Langsam über das Kopfsteinpflaster von Garding oder Tönning schlendern. Das waren die Glücksmomente ihrer späten Tage.«

Versonnen blickte Saskia Willich zur Zimmerdecke, bevor sie weitersprach.

»Ja! So habe ich Herrn von Hasenteuffel kennengelernt. Irgendwann habe ich ihn zum Dank zu einem Kaffee eingeladen. Er war ein charmanter Plauderer. Klug. Unterhaltsam. Der Mann hatte Stil.«

»Haben Sie ein Verhältnis mit ihm gehabt?«, fragte Christoph, nachdem sie eine Weile still geblieben war.

Wieder sprang das zornige Funkeln in ihre Augen.

»Spinnen Sie? Der Mann war so etwas wie ein väterlicher Freund für mich.«

»Dann haben Sie ihm auch Dinge anvertraut, über die Sie nicht mit anderen Leuten sprechen wollten?«

»Was geht Sie das an?« Ihr Ton war merklich aggressiver geworden. Schließlich sprach sie aber doch weiter. »Ja. Es ist wichtig, jemanden zu kennen, der einem zuhört, ohne dass er einen mit klugen Ratschlägen belatschert.«

»Das Treffen mit dem Baron am Sonnabend war Ihnen so wichtig, dass Sie es wahrgenommen haben, obwohl Sie Urlaub hatten und sich auch nicht in Ihrer Wohnung aufhielten?«

»Es war lange geplant gewesen«, antwortete sie lapidar.

»Worüber haben Sie gesprochen?«

»Über dies und das.« Sie untermalte ihre Antwort mit ausholenden Handbewegungen.

»Wusste Herr von Hasenteuffel, dass Sie Urlaub hatten?«

»Weiß nicht.«

»Haben Sie über Ihre Tante gesprochen?«

»Auch.«

»Darüber, dass der Baron sie in Ihre Wohnung gebracht hat und sie damit von der dringend notwendigen ärztlichen Behandlung fernhielt?«

»Quatsch«, schimpfte sie und warf zornig das zerknüllte Papiertaschentuch auf den Tisch.

Trotzig verweigerte sie ab da jede Antwort.

*

Die Sonne meinte es mit Nordfriesland gut in diesen Tagen. Es war zwar noch kühl, aber die dünnen, schnell landeinwärts treibenden Wolken am blauen Himmel und die klare, würzige Luft hatten die Menschen ins Freie gelockt. Die Stadt war geradezu übervölkert von Besuchern, die individuell angereist oder durch Touristikunternehmen von nah und fern herbeigeschafft worden waren, um das einmalige Wunder der Krokusblüte im Schlosspark zu erleben. Auch wenn Husum über vielerlei Attraktivitäten verfügte, war die blau-violette Blütenpracht der Millionen Krokusse der Besuchermagnet dieser Jahreszeit.

Mommsen ließ seinen gelben Mini im Schritttempo durch die

Norderstraße rollen. Ungeachtet des spärlichen Autoverkehrs drängten die Leute auf die Fahrbahn. Sie kamen aus dem Schlossgang und überquerten die Straße, um zum Marktplatz mit dem Tinebrunnen zu gelangen. Sie schlenderten durch die kleine Fußgängerzone zum Binnenhafen und von dort weiter zu den am Hafenrand angesiedelten Gastronomiebetrieben. Sie strebten zu den schon lange nicht mehr mobilen Fischbuden.

Auch auf dem Stück zwischen dem alten Rathaus und dem Palmengarten am Ende der Großstraße wimmelte es von Menschen.

Plötzlich kam aus der Geschäftstelle der Kreisparkasse ein älterer Mann mit Stock herausgeschossen und sprang Mommsen vor das Auto. Er musste den Wagen gesehen haben, denn er schwang seine Gehhilfe schon drohend in Mommsens Richtung, bevor er auf die Fahrbahn hüpfte. Es war weder eine gefährliche noch für den jungen Kommissar unabsehbare Situation. Er bremste ab, ohne den Mann zu gefährden. Der überquerte die Straße, drohte noch einmal mit seinem Stock und schimpfte lauthals etwas, das Mommsen nicht verstand.

Dieses Verhalten war nahezu typisch für den oftmals jähzornig auftretenden Friedrich Kubelka, der es gar nicht gern hörte, wenn ihn Kapitän Thordsen und dessen Schatten Harry Seelig kurz »Fiete« nannten.

Kubelka drängte sich durch die müßig dahintrottenden Passanten, rempelte Leute an, die ihm nicht umgehend aus dem Weg gingen, und konnte nur aufgrund seines Alters und der durch Sonne und Krokusblüte mild gestimmten Gemüter froh sein, dass ihm zornige Erwiderungen anderer Menschen erspart blieben.

In einem für seine beeinträchtigte Fortbewegung erstaunlichen Tempo bog er um die Ecke in die ruhigere Hohle Gasse Richtung Schiffbrücke ein.

Mommsen beobachtete interessiert, wie der Mann die ganze Distanz zwischen dem Palmengarten und der nächsten Querstraße benötigte, um die Fahrbahn der Hohlen Gasse schräg zu überqueren.

Eigentlich gab es keinen Grund, Kubelka bei seinem Stadtspaziergang besondere Aufmerksamkeit zu widmen. Trotzdem ließ Mommsen seinen Mini langsam hinterherrollen, als er sah, dass der alte Mann in die ruhige Rosenstraße abbog. Dort gab es keine Geschäfte, und die kleine gemütliche Gasse mit den niedrigen gepflegten Häusern führte auch zu keinem anderen Ziel, das von allgemeinem Interesse gewesen wäre. Nun war Mommsen Neugierde doch geweckt.

Kubelka humpelte über das holprige Pflaster und ignorierte auch die Zufahrt zum Parkplatz auf der rückwärtigen Seite des Palmengartens. Mommsen hatte ein Problem, weil die Straße ab hier Einbahnstraße war und ihm die Weiterfahrt untersagt war. Kurz entschlossen wendete er den Mini und wollte rückwärts in die Gasse hineinfahren, als er bemerkte, dass Fiete Kubelka in einem kleinen Haus auf der linken Straßenseite verschwand.

Ein breites Grinsen überzog Mommsens Gesicht. Es war nahezu romanhaft. Mit etwas Phantasie konnte man sich vorstellen, dass der Mann in der Sparkasse Geld abgehoben hatte und im Eiltempo, so schnell es Alter und Gehbehinderung zuließen, hierhereilte. Jeder Einheimische kannte das Haus mit den roten Laternen.

Verkehr herrschte keiner, zumindest nicht auf der Straße. So konnte Mommsen rückwärts am besagten Haus vorbeifahren und zwei Türen weiter parken. Er stellte den Motor ab und stellte sich auf eine längere Wartezeit ein. Doch bereits nach zehn Minuten verließ eine blonde Frau mit gewagt kurzem Rock das Gebäude und kam zielstrebig auf den Mini zu. Sah sie auf Distanz sehr jung aus, so wuchs ihr Alter mit jedem Schritt, den sie sich näherte. Das änderte aber nichts an ihrer Attraktivität. Sie baute sich neben Mommsens Wagen auf. Der ließ die Scheibe in der Tür versinken.

»Na?«, fragte sie mit kehliger Stimme. »Was gibt es Spannendes zu beobachten, Kleiner? Traust du dich nicht in den Puff, oder bist du von der Bullerei? Die vom Gesundheitsamt kennen wir alle.«

»Rat mal«, gab Mommsen trocken zurück.

Sie beugte sich ins Auto hinein. Mommsen roch ein auffälliges, aber nicht aufdringliches Parfüm. Ein abschätzender Blick musterte ihn vom Kopf bis zu den Knien, die hinter dem Lenkrad verschwanden. Dann spitzte sie den Mund.

»Leckeres Bürschchen. Ich tippe auf Polizei.« Sie wirkte keineswegs beunruhigt.

»Stimmt.«

Mit dem manikürten rechten Zeigefinger fuhr sie über den Rand der herabgelassenen Scheibe.

»Du musst doch nicht draußen stehen«, sagte sie und war sich der Doppeldeutigkeit der Worte offenbar bewusst. »So was wie du bekommt auch einen Sonderpreis. Das ist nicht als Bestechungsversuch gedacht, um keinen Verdacht aufkommen zu lassen, sondern einfach so, weil du so 'n smarter Typ bist. Manchmal wollen unsere Mädchen auch ein wenig Spaß bei der Arbeit.«

»Danke. Aber ich habe kein Interesse.«

»Na, so was. Ein so flotter Typ ist doch viel zu schade für nur eine Frau«, flötete sie. »Oder bist du dienstlich hier?«

Mommsen antwortete mit einer Gegenfrage: »Der Mann, der eben gekommen ist ... Kommt der öfter?«

Sie ließ ein gurrendes Lachen hören.

»Du meinst den ollen Fiete?«

Dass sie Kubelka kannte, beantwortete seine Frage schon.

»Der ist gelegentlich hier. Hat immer mächtig viel Spaß bei uns. Wer sagt denn, dass man in seinem Alter nichts mehr mit Sex am Hut hat? Der Opa ist ganz schön krekel. Gönn ihm doch das Vergnügen. Was hat er denn ausgefressen?«

»Lässt er viel Geld bei euch?«

Sie lachte laut auf und tippte Mommsen mit dem Zeigefinger auf die Nasenspitze.

»Du bist blauäugig mein Schatz. Nicht nur unter deinen hübschen Wimpern. Eine solche Frage beantworte ich weder meinem Steuerberater noch dem Finanzamt. Glaubst du, dass du eine ehrliche Antwort kriegst?«

Dann sollten wir einmal der Frage nachgehen, über welche wirtschaftliche Potenz Kubelka verfügt, dachte Mommsen und musste unwillkürlich lächeln, weil ihm die Doppeldeutigkeit seines Gedankens auch bewusst wurde.

»Willst du denn nicht drinnen warten? Kriegst auch 'nen Kaffee. Ganz ohne Verpflichtung und Hintergedanken.«

»Vielen Dank für das Angebot«, erwiderte Mommsen und griff zum Zündschlüssel, um den Motor zu starten.

»Habe ich dich jetzt vertrieben?«, scherzte sie. »Das kommt nicht oft vor, dass Männer vor mir davonlaufen.«

»Ich laufe ja nicht, sondern fahre«, sagte Mommsen sibyllinisch und sah im Rückspiegel, wie sie ihm kokett einen Handkuss hinterherwarf.

*

Christoph starrte auf das brüchige Leder von Große Jägers Weste. Der Oberkommissar hatte es sich an seinem Schreibtisch bequem gemacht. Die Füße befanden sich in »Schonstellung« auf der Schublade. Über dem Kopf stieg eine gekräuselte Rauchsäule zur Zimmerdecke empor. In unregelmäßigen Abständen ächzte der Stuhl, wenn Große Jäger sich vorbeugte, um zu seinem Kaffeebecher zu greifen und deutlich hörbar daran zu nuckeln.

Er nuschelte etwas, das Christoph galt. Die Hälfte verschwand allerdings im Inneren des Trinkgefäßes, das Große Jäger vor seinem Mund hielt.

»Bitte noch einmal«, sagte Christoph.

Große Jäger drehte sich zu ihm um und grinste.

»Im Alter soll das Gehör ja nachlassen«, murmelte er halblaut. Dann tippte er mit seinem schwarz geränderten Fingernagel auf einen Aktendeckel.

»Unter den persönlichen Sachen von Trude Beckerling wurde kein Testament gefunden. Ich habe beim Amtsgericht nachgefragt. Auch dort ist keines hinterlegt. Derzeit müssen wir davon ausgehen, dass Saskia Willich die Erbin ist. Einen anderen nahen Verwandten kennen wir nicht.«

Große Jäger klopfte erneut auf den Aktendeckel.

»Es sind Kontoauszüge gefunden worden. Frau Beckerling hatte ein Sparkonto mit einem relativ aktuellen Saldo von knapp über siebenundzwanzigtausend Euro. Keine Hinweise auf weiteres Vermögen, Depots oder dergleichen.«

»Das klingt so, als würde Mord aus Habgier ausscheiden«, sagte Christoph.

Große Jäger war damit nicht einverstanden. »Es wurden schon Menschen für einen geringeren Betrag ermordet.«

»Das ist richtig. Frau Willich ist keine Verwandte des ersten Grades. Folglich gehen vom Erbe noch die Steuern ab. Dann wären die Kosten der Beerdigung anzusetzen. Viel bleibt nicht übrig. Und wenn sie noch einen Mitwisser hatte, wenn wir vermuten, dass von Hasenteuffel die alte Frau in die Wohnung gebracht hat, dann lohnt sich das Risiko eines Mordes kaum. Zumal wir wissen, dass die Nichte wirtschaftlich ein normal-bürgerliches Leben führt.« Christoph schüttelte den Kopf. »Nein, Wilderich. Ich glaube nicht daran, dass Trude Beckerling aus Habsucht in den Tod getrieben wurde.«

»Was sollte sonst für ein Motiv vorliegen?«

»Darüber zerbreche ich mir auch schon eine Weile den Kopf. Ich sehe immer noch keine Zusammenhänge zwischen dem Tod der drei alten Leute.«

»Aber du vermutest ihn?«

»Ja. Nur beweisen kann ich nichts. Ich gestehe, einen leisen Verdacht gegen von Hasenteuffel gehegt zu haben. Aber das ist nun hinfällig, wo er selbst zum Opfer geworden ist«, sagte Christoph.

»Dann denk mal schön weiter«, brummte Große Jäger und nahm wieder seine Lieblingsposition ein.

Christoph wühlte sich durch die Papierberge, die auf Erledigung warteten. Hin und wieder hob er den Kopf und sah auf den Rücken des Oberkommissars. Der hatte seinen Kopf gesenkt und hielt schon eine ganze Weile einen geschlossenen Aktendeckel in seinen Händen, ohne umzublättern. Selbst der Griff zum Kaffeebecher oder zur Zigarette war längere Zeit nicht erfolgt. Richtig! Wenige Augenblicke später erfüllten gleichmäßige und zufrieden klingende Töne den Raum. Büroarbeit war noch nie die Sache des Kollegen gewesen. Dabei ging es nicht ohne. Christoph fiel ein alter Spruch ein, den er einmal auf der Innenseite einer Toilettentür gelesen hatte: *A job is never finished until the paperwork is done.*

Mit einem Seufzer nahm er den nächsten Vorgang zur Hand und wühlte sich durch die Papiere. Bevor du nach Husum gekommen bist, war die Bewältigung administrativer Tätigkeiten deine Hauptaufgabe, dachte er. Und jetzt fängst du auch langsam an, dich über die Bürokratie zu beklagen. Ob es das »Große-Jäger-Virus« ist, das dich erwischt hat?

Das Schnarren seines Telefons empfand er nicht als Störung,

sondern als willkommene Unterbrechung. Der Kollege vom Empfang kündigte den Besuch einer Frau an. Wenig später betrat Schwester Regina den Raum. Obwohl sie nahezu bedächtig geklopft hatte, zuckte Große Jäger dermaßen zusammen, dass er fast vom Stuhl gerutscht wäre.

»Ich weiß nicht, ob es richtig ist, dass ich noch einmal zu Ihnen komme«, sagte die Frau fast schüchtern. »Aber die merkwürdigen Dinge, die sich bei uns ereignen, haben mich – ehrlich gesagt – verunsichert.«

Sie lehnte den angebotenen Kaffee ab. Christoph war nicht traurig darüber, da die Kanne ohnehin leer war und er neuen hätte organisieren müssen.

»Ich habe mir meine Gedanken gemacht. Die alten Leute haben es nicht einfach. Beim Autofahren werden sie verspottet und beschimpft. Hinter ihnen wächst die Ungeduld, wenn sie an der Kasse im Supermarkt nicht schnell genug das Kleingeld sortiert bekommen. Mir wurde erzählt, dass sie auf der Rolltreppe im Kaufhaus zur Seite gestoßen wurden.« Sie lächelte fast ein wenig weise. »Einige der Männer gehen gern zu McDonald's. Auch dort sind sie schon beschimpft worden, weil sie nachgefragt oder zu lange über ihre Bestellung nachgedacht haben. Die jungen Leute begreifen nicht, dass ältere Menschen nicht unbedingt das lesen können, was in greller Schrift oben angeschlagen ist.«

»Das ist alles richtig, Frau ähhh«, sagte Christoph, als ihm klar wurde, dass sie immer noch nicht die Nachnamen des Personals aufgenommen hatten.

»Sagen Sie ruhig Schwester Regina. So nennen mich alle.«

»Ist es üblich, alle weiblichen Bediensteten des Altersheimes so anzureden?«

»Nein«, erklärte sie. »So werden die examinierten Krankenschwestern angesprochen. Die anderen werden mit Fräulein angeredet, zum Beispiel Fräulein Doris.«

»Es ist heute nicht mehr üblich, eine Frau mit Fräulein anzusprechen.«

»Bei uns schon. Die Bewohner stammen aus einer Zeit, als die Nachbarin noch ›Tante Schmidt‹ hieß. Darum verstehe ich auch, dass bei vielen alles, was nicht Heino und Konsorten ist, als ›Negermusik‹ verschrien ist. Heino ist nur ein Beispiel«, versicherte sie und unterstrich diese Feststellung mit Gebärdensprache. »Natürlich hören die Leute auch Knut Kiesewetter, Fiede Kai oder Godewind. Aber auch Klassik wie Strauss«, schob sie hastig hinterher. »Dabei werden sie oft angemacht. Nutzlose Fresser, die zu viel Geld haben und sich Urlaube und alles andere leisten können. Und dann leben die alten Menschen zu lange, verschlingen für ihre Behandlung Unsummen an Kosten. Solche Vorurteile deprimieren, denn die Menschen in einem Altersheim sind nicht jenseits dieser Welt. Im Rahmen ihrer Möglichkeiten nehmen sie daran teil, soweit man sie lässt.«

Schwester Regina war ein wenig außer Atem gekommen.

»Das sind alles nachdenkenswerte Punkte«, sagte Christoph vorsichtig. »Aber worin sehen Sie einen Zusammenhang mit den jüngsten Ereignissen?«

»Nun, ja.« Regina räusperte sich. »Was ich Ihnen jetzt erzählt habe … All das hat Herr von Hasenteuffel auch gesagt. Er hat sich maßlos über die Unterschätzung der älteren Generation geärgert. Der Mann war klug. Deshalb hat es ihn besonders getroffen, als seine Geschichten lächerlich gemacht wurden.«

Christoph und Große Jäger wechselten einen raschen Blick.

»Welche Geschichten?«

»Er hat Kurzgeschichten geschrieben. Nachdenkliche, fast poetisch. Die hat er im Internet in einem Forum veröffentlicht, in dem sich Interessierte zusammentun. Jeder, der etwas schreibt, darf auch die Geschichten der anderen Mitglieder kritisieren. Da waren wohl viele Jüngere, die ihn wegen seiner ihrer Meinung nach altertümlichen Schreibweise verspottet haben. Das hat ihn erschüttert, dass er selbst in der Anonymität des Internets als älterer Mann erkannt und deshalb nicht ernst genommen wurde.«

»Wissen Sie, wie das Forum heißt?«

»Irgendwas mit Kurzgeschichten.«

»Hat er da unter Pseudonym veröffentlicht?«

»Ja, ich glaube schon.«

»Unter welchem?«

Sie schüttelte bedauernd den Kopf.

»Das kann ich Ihnen nicht sagen. Irgendwas Römisches.

Schwester Regina, hat er einmal zu mir gesagt, wir Alten müssten etwas auf die Beine stellen, um der Welt da draußen zu zeigen, dass wir nicht die Deppen der Nation sind.«

»Was wollte er damit sagen?«

»Das weiß ich nicht. Fragen können wir ihn jetzt auch nicht mehr. Aber vielleicht sprechen Sie mal mit Herrn Kubelka. Der war dabei, als Herr von Hasenteuffel sich so erregt hat. Es war so ziemlich das einzige Mal, dass Fiete Kubelka und der Baron nicht aneinandergeraten sind, sondern einer Meinung waren.«

Christoph erwähnte noch die Geschehnisse wie das versalzene Abendessen, den Stromausfall und Ähnliches, aber dafür hatte Schwester Regina auch keine Erklärung. Immer noch unsicher, ob ihr Besuch bei der Polizei richtig war, verabschiedete sie sich. Christoph begleitete sie zum Eingang, um dort mit einem asiatisch aussehenden Mann zusammenzustoßen, der sich suchend umblickte.

»Kann ich Ihnen behilflich sein?«, fragte Christoph.

Der Mann nickte beflissen.

»Ich möchte mit dem Jägerpolizisten mit Bauch und Bart sprechen. Ich glaube, sie nennen ihn den Großen.«

Es dauerte einen Moment, bis Christoph verstand, dass der Mann Große Jäger aufsuchen wollte.

»Kommen Sie mit«, bat er und führte den Besucher in ihr Büro.

»Wilderich, du hast Besuch«, verkündete er.

Große Jäger sah auf.

»Hallo, Herr Tho«, begrüßte er den Mann. »Haben Sie Neuigkeiten über Thorben Althoff?«

»Vielleicht. Freunde aus unserer Wohnung haben ihn gesehen, wie Thorben über die Gleise gelaufen ist. Wir glauben, dass Thorben in einem von den kaputten Häusern hinter den Schienen ist.« Er musterte Große Jäger. »War das falsch, dass ich Ihnen das erzählt habe?« Der Vietnamese klopfte sich auf die Brust. »Wir sind keine Petzer. Aber der kleine Junge wartet auf Hilfe. Vielleicht weiß Thorben das nicht.«

Dann schüttelte Tho betrübt den Kopf. »Thorben ist kein schlechter Mensch. Nur ein bisschen schmutzig. Brrrh!«.

Die beiden Beamten sahen sich an und lachten. Tho konnte

nicht verstehen, dass sie sich über sein rollendes »r« amüsierten, obwohl er in seiner Aussprache einen Bogen um diesen Konsonanten machte.

»Wo soll das genau sein?«, versuchte Große Jäger zu präzisieren.

»Weiß nicht. Wir haben nur gesehen, dass Thorben sich da längsgeschlichen hat.«

Der Oberkommissar stand auf und drückte dem Vietnamesen kräftig die Hand.

»Danke, Herr Tho. Sie haben uns vielleicht sehr geholfen. Wir werden das umgehend überprüfen.«

Mit drei Verbeugungen verabschiedete sich der Mann.

Große Jäger trat an die Wandkarte und drückte seine Nase dicht an das Papier.

»Was könnte unser Ho-Tschi-Minh gemeint haben?«, fragte er mehr zu sich selbst. »Jenseits der Bahn liegt der Porrenkoog. Da ist nichts. Absolut nichts. Nicht mal 'n Knick.«

Christoph hatte sich neben ihn gestellt.

»Wenn er sich rüber zur Oldgras oder Maas versteckt hält, würde er einen anderen Weg benutzen.« Er ließ seinen Finger über dem Kartenausschnitt kreisen. »Bei diesem Wetter wird er sich auch kaum im Freien aufhalten. Dafür sind die Nächte zu kühl. Und selbst wenn er keinen anderen Unterschlupf mehr gefunden hat … Östlich von Husum gibt es geschütztere Lagen als ausgerechnet den Koog. Da bläst der Westwind von der See herein und wird nicht durch einen mageren Strauch aufgehalten. Ich glaube nicht, dass Althoff sich dahin zurückgezogen hat.«

»Hmmh!« Große Jäger kratzte sich hörbar am Kinn. »Unser kleiner Chinamann …«

»Du meinst den Vietnamesen«, korrigierte ihn Christoph.

»Sag ich doch. Für mich sind alle Schlitzaugen gleich. Also! Tho spricht die Wahrheit. Seine ganze Asylbewerbertruppe zeigte tiefe Betroffenheit, als sie den Grund für unsere Suche nach Althoff erfuhr. Entweder hat sich der Junge in einem Kellerloch in der Gegend versteckt oder … Ja! Das wäre eine Überlegung.«

Christoph sah auf die Karte. Dann klopfte er Große Jäger auf die Schulter.

»Das ist zwar nicht sehr komfortabel, aber eine Idee. Wir sollten das näher in Augenschein nehmen.«

*

Mommsen hatte seinen Mini hinter dem Palmengarten geparkt und sogar ordnungsgemäß ein Ticket aus dem Automaten gezogen. Er war ins Stadtzentrum zurückgegangen und stand jetzt ein wenig unschlüssig auf dem Marktplatz. Um ihn herum wuselten die Menschenmassen.

»Ach, dschunger Mann. Könn Sie mal so freundlich sein und 'nen Bild von mir und meine Freundin hier mach'n?«, wurde er von einer drallen Frau angesprochen, an deren Seite eine ebenso gut proportionierte zweite Jungrentnerin hing. Unverkennbar Hamburger Dialekt, dachte Mommsen und sah die beiden Frauen freundlich an. Er bugsierte sie vor die Tine, fixierte die beiden in das Objektiv blinzelnden Ausflüglerinnen und wählte einen Bildausschnitt, der auch noch die Marienkirche mit umfasste.

»Bitte sehr«, sagte er mit einem charmanten Lächeln und gab die Digitalkamera zurück.

»Oh, dank auch.«

»Da nich für.«

Im Fortgehen hörte er, wie eine der Frauen der anderen zuraunte: »Nette Bengels ham die hier. Schade, dass das nix mehr für uns Ollen is, was, Frieda?«

Ein junger Mann kreuzte den Marktplatz. Er bemerkte Mommsen, stutzte und steuerte dann auf ihn zu.

»Moin, kann es sein, dass ich dich neulich in der Disco gesehen habe?«

Der Mann war leger gekleidet. Er trug eine gefleckte Hose, einen offenen Blouson mit einer aufgedruckten Buchstabenkombination und ein ebenfalls bedrucktes schwarzes T-Shirt. Aus seiner Hosentasche baumelte ein blaues Band, an dem er vermutlich seinen Schlüssel befestigt hatte. Die dunkelblaue Baseball-Kappe war an der Vorderseite mit einem roten Schriftzug bestickt: »I love Husum«.

»Möglich«, antwortete Mommsen zögerlich.

»Am Sonnabend, als die fremden Typen Stress gemacht haben? Warst du nicht einer von den Polizisten?«

»Ja«, erwiderte Mommsen immer noch wortkarg.

»Sorry, wenn ich dich geduzt habe«, sagte der Jüngling fast schüchtern.

»Ist okay«, erwiderte Mommsen. »Was liegt denn an?«

»War 'ne geile Sache, wie ihr die Typen alle gemacht habt. Schade, dass uns solche Kerle immer den Spaß verderben. Wir wollen auf der Piste nur 'n bisschen was erleben. Jux machen und Girlies anbaggern. Aber mit so was ham wir nichts am Hut. Scheiße so was.«

Mommsen unterließ es, die Bemerkung des jungen Mannes zu kommentieren.

»'n Spezi von mir hat uns verklickert, dass ihr einen sucht. Stimmt das?«

Der junge Kommissar nickte.

»In der Szene wird gemunkelt, dass ihr ihn nicht greifen wollt, sondern dass er so 'n Kind mit 'ner Knochenmarkspende helfen soll. Soll auch inne Zeitung gestanden hab'n.«

»Das ist richtig. Der kleine Junge ist dringend darauf angewiesen. Hast du eine Idee, wo der Mann sich aufhalten könnte?«

»Vielleicht«, druckste der Jugendliche herum. »Ich hab da was läuten gehört. Kann sein, dass er hinterm alten Nordbahnhof in so 'nem Abbruchschuppen hausen tut.«

Mommsen dankte dem jungen Mann und versicherte ihm, dass er gut daran getan habe, sein Wissen weiterzugeben. Dann griff er zum Handy und wählte das Büro an. Es meldete sich einer der beiden »Gifties«, die Kollegen, die sich schwerpunktmäßig der Straftaten rund um die Betäubungsmittel annahmen. Mommsen erfuhr, dass der Oberkommissar und Christoph vor zwei Minuten das Haus verlassen hatten. Er wählte Christophs Handy an und erklärte, welche Vermutung ihm eben zugetragen worden war.

»Wir sind schon Richtung Nordbahnhof unterwegs«, erwiderte Christoph. »Wir haben einen ähnlichen Tipp bekommen. Wo steckst du?«

»An der Tine.«

»Gut. Dann komm auch rüber. Wir treffen uns vor dem alten

Güterbahnhof. Dort kann er uns nicht durch Zufall vorzeitig entdecken.«

Wenig später hielt Mommsen hinter dem Ford-Kombi der Husumer Kripo und stieg zu seinen beiden Kollegen um.

»Wenn unsere Vermutung richtig ist«, erklärte Christoph, »könnte sich Althoff im ehemaligen Stellwerk aufhalten. Das Gebäude ist schon lange zur Ruine verkommen, und niemand kümmert sich darum.«

Große Jäger zog hörbar die Nase hoch.

»Es ist erstaunlich, dass die Deutsche Bahn ihre nicht mehr genutzten Bauten ungestraft als bauliche Schandmale in der Landschaft stehen lassen darf.«

Sie schlichen um das alte Gemäuer des ehemaligen Güterbahnhofs herum und lugten vorsichtig über die zugewucherten Gleise. Nichts war zu erkennen. Das alte Stellwerk lag einsam und verlassen inmitten des trostlosen Areals. Weit und breit war kein Zug zu sehen, sodass sie die Anlage gefahrlos überqueren konnten.

Es blieb still. Nichts rührte sich. Zwischen den Schienen, auf Schwellen und Schotter, ließ es sich schlecht gehen. Große Jäger fluchte leise etwas Unverständliches.

Endlich hatten sie das kleine Häuschen erreicht. Eine Tür war nicht vorhanden, der Eingang glich dem Zutritt zu einem dunklen Verlies. Es war dunkel. An den Wänden hatten sich ganze Generationen von Schmierfinken verewigt. Es stank erbärmlich nach Urin und Fäkalien.

Christoph rümpfte die Nase, und Große Jäger nickte stumm. Mommsen hatte sich rasch im Erdgeschoss umgesehen. Auf dem nassen und modrigen Fußboden in den winzigen Kammern fand sich undefinierbares Gerümpel. Sonst war alles leer.

Langsam schlichen sie hintereinander die ausgetretenen Betonstufen ins Obergeschoss. Von dort hatte früher der Fahrdienstleiter den Betrieb auf dem Güterbahnhof und die Einfahrt zum Husumer Bahnhof von Norden her dirigiert.

Durch die eingeschlagenen und notdürftig mit Pappe vernagelten Fenster zog es. Leere Flaschen rollten über den Boden. Verpackungsreste stapelten sich neben einer versifften Matratze, an deren Kopfende ein Mensch kauerte und eine zerschlissene Wolldecke bis ans Kinn hochgezogen hatte. Aus großen Augen starrte er die drei Polizisten an.

»Althoff?«, fragte Große Jäger mit seinem dröhnenden Bass. Er erhielt keine Antwort.

»Bist du Thorben Althoff?«

Schnell huschten die Augen des Mannes zwischen den Beamten hin und her.

Der Oberkommissar ging zu dem Bündel hinüber, packte den schmächtigen Mann am Kragen und zog ihn hoch.

»Wenn einer so bescheuert ist wie du, dann kann es sich nur um Thorben Althoff handeln«, zischte er. »Hab ich recht?«

Ganz vorsichtig bewegte sich das blasse, ausgemergelte Gesicht auf und ab.

»Du bist 'n verdammter Arsch. Hast du Trapps 'ne Ahnung, wie lange wir dich schon suchen?«

Große Jäger war der Zorn deutlich anzumerken. Am liebsten hätte er Althoff wie einem ungehörigen Kind ein paar Ohrfeigen verpasst. Stattdessen sah er sich um. Überall herrschte Dreck und Chaos vor.

Auch Christoph konnte nicht verstehen, dass ein Mensch sich inmitten des Mülls wohlfühlen konnte. Was veranlasste jemanden wie den jungen Mann, jeglicher Hygiene zu entsagen? Ein normal denkender Verstand konnte das nicht erklären.

»Wir suchen Sie, weil Sie als genetischer Zwilling mit Ihrer Knochenmarkspende einem kleinen Jungen das Leben retten können«, sagte Christoph.

Zum ersten Mal entspannten sich Althoffs Gesichtzüge.

»Ich dachte, man ist hinter mir her, weil ich …«

Wütend trat Große Jäger gegen eine Fischkonservendose. Laut scheppernd landete das leere Behältnis an der Wand.

»Zum Denken bist du zu doof«, fluchte er und putzte sich die Hände an seiner fleckigen Jeans ab. »Los, nun mach zu.« Kopfschüttelnd betrachtete er den Mann von oben bis unten.

»Was machen wir jetzt mit dir?« Nach kurzem Überlegen beschloss der Oberkommissar: »Ich nehme dich Ferkel mit zu mir. Dann duschst du, ziehst dir saubere Klamotten an, und währenddessen organisieren meine Kollegen mit einer Polizeistaffel deinen

Transport nach Münster.« Seine Worte duldeten keinen Widerspruch. Er drehte sich um und stapfte zur Treppe. »Komm«, befahl er und winkte über die Schulter. Noch einmal trat er gegen eine leere Kunststoffflasche und schimpfte dabei: »So 'ne verdammte Schweinerei.«

Die drei Beamten eskortierten Althoff vorsichtig über die Gleisanlage und verfrachteten ihn in ihren Dienstwagen. Dann fuhren sie in die Herzog-Adolf-Straße zu Große Jägers Wohnung.

»Kommst du allein klar?«, fragte Christoph vor der Haustür.

»Selbstverständlich«, erwiderte der Oberkommissar. »Hast du Sorge, dass mir der Typ noch mal davonläuft?«, fragte Große Jäger und knuffte den übel riechenden Althoff in die Seite. »Los, komm du Schwienjack.«

Die beiden anderen fuhren zur Dienststelle zurück. Im Vorbeigehen hatte Christoph kurz Hilke Haucks Bürotür geöffnet und ihr zugerufen, dass sie Althoff erwischt hatten. Ein erleichtertes »Gott sei Dank« war die Antwort gewesen.

Während Mommsen Kontakt zur Uniklinik in Münster aufnahm, hatte Christoph Polizeidirektor Grothe aufgesucht und ihm den Sachverhalt geschildert.

»Kein Problem, mein Junge«, hatte der Chef erklärt. »Ich werde alles organisieren.«

Der Leiter der Husumer Polizei hatte Wort gehalten. Eine knappe Stunde später nahm ein Streifenwagen den frisch geduschten und rasierten Thorben Althoff entgegen. Der junge Mann wirkte in der zu weiten Kleidung von Große Jäger ein wenig verloren, ließ sich aber ohne jeden Widerstand in das Polizeiauto schieben und Richtung Westfalen eskortieren.

NEUN

Zwischen das Klappern von Geschirr und Besteck, das Zischen der Kaffeemaschine und das Rascheln von Papier und Verpackungsmaterial mischte sich der Singsang einer Frauenstimme, der weder melodisch klang noch textsicher war. Das ergänzende »La-la-la« und die abgehackte Tonfolge, an der moderne Komponisten ihre Freude gehabt hätten, wurden durch ein leises Murmeln unterbrochen. Diese Mixtur aus Gesang und Selbstgespräch war die Eigenart der Babuschka, wenn sie morgens mit der Vorbereitung des Frühstücks begann. Sie war so emsig in ihre Arbeit vertieft, dass sie das leichte Klopfen an der halb geöffneten Tür nicht mitbekam und erst hochschreckte, als sie Schwester Ankes fröhliche Stimme hörte.

»Moin, Babuschka.«

»Herrjemine, hast du mir verschreckt.« Die rundliche Köchin fuhr sich ans Herz. »Mädchen, das musst nicht zu oft machen mit mir. So jung bin ich nicht mehr. Sind schon genug Leute gestorben in die letzte Zeit.«

»Damit ist jetzt Schluss«, lachte Anke und ging weiter zum Schwesternzimmer, um sich umzukleiden. Gleichzeitig mit dem Pro-forma-Anklopfen betrat sie den Raum und blieb auf der Schwelle stehen.

Daniela, die Nachtwache, lag auf der Pritsche, die Wolldecke bis zum Hals hochgezogen, den Kopf zur Wand gedreht, und gab friedliche Töne von sich.

»Mensch, Daniela, sag bloß, du hast tief geschlafen?«, herrschte Anke die junge Frau an, die sie mit einem verstörten Gesichtsausdruck anblinzelte. Anke ging zum Fenster und riss es weit auf. »Teufel, ist die Luft stickig«, bemerkte sie dabei.

»Ich ... ich muss gerade vor fünf Minuten eingenickt sein«, stammelte Daniela und gähnte herzhaft. Ihr verwuscheltes Haar und das Relief, das Kopfkissen und Wolldecke auf ihre linke Wange gezeichnet hatten, standen allerdings im Widerspruch dazu.

»Verflixt noch mal«, schimpfte Anke. »Es ist nicht das erste Mal, dass man dir erklärt hat, du sollst während der Nachtwache nicht pennen. So geht das nicht. Was ist, wenn dich jemand braucht?«

Beide sahen auf die Leuchtanzeige an der Wand, die das Rufzeichen eines Patienten in das Schwesternzimmer übertrug. Sie war ausgeschaltet.

Anke nahm sich vor, diesen erneuten Vorfall nicht zu verschweigen. Sie wollte die Pflegedienstleiterin und den Heimleiter informieren. Brodersen würde die Sache zur Kenntnis nehmen. Schließlich war es seine Entscheidung gewesen, die nächtliche Betreuung der Bewohner der Seniorenresidenz in die Hände von Ein-Euro-Jobbern zu legen.

Rasch zog Anke sich um, während Daniela immer noch apathisch auf der Pritsche kauerte.

Anke stellte die von Dagmar am Vortag sortierten Medikamente zusammen, nahm Thermometer und Blutdruckmessgerät, Spritzen und Verbandsmaterial und machte sich auf den Weg zur Morgenrunde, um die pflege- und behandlungsbedürftigen Senioren zu versorgen. Es war ein Standardprogramm, und viele der Bewohner bekamen jeden Morgen die gleiche Behandlung. Neben der medizinischen Komponente gehörte auch die morgendliche Begrüßung zum Ritual. Anke wusste, dass viele der alten Menschen auf sie warteten, manche hatten ihr sogar anvertraut, dass ihr Erscheinen eine Erlösung von der beängstigenden Nacht war, der Zeit, in der die Dunkelheit regierte und die Leute allein in ihrer Kammer hockten. Die Schlaflosigkeit war nicht das Schlimmste, denn dann war man gewiss, dass einen nicht überraschend der Tod holte, der nachts umging und ein langes Leben abschloss. So kehrte mit Ankes und dem Erscheinen ihrer Kolleginnen das Leben zurück und verhieß einen weiteren Tag Erdendasein.

Die Schwester hatte gut die Hälfte ihres Programms absolviert, als sie Bruno Steinträgers Zimmer erreichte. Sie sparte sich das Klopfen und schloss gleich mit dem Generalschlüssel auf. Der alte Herr mit seiner fortgeschrittenen Alzheimererkrankung reagierte schon lange nicht mehr auf Zeichen an der Tür.

Es roch säuerlich im Raum. Doch das war nicht das Einzige,

was Anke stutzen ließ. Mit einem Blick nahm Anke den Zustand des Patienten wahr. Steinträger lag auf dem Rücken, die Augen waren geschlossen, der Mund wie bei einem Fisch auf dem Trockenen gespitzt. Ein leichter Schweißfilm zog sich über das fahle Gesicht. Vorsichtig tupfte Anke mit der Fingerspitze auf die Wange. Die Haut war klebrig. Dann maß sie den Puls und wusste, dass es einen weiteren Todesfall in der Seniorenresidenz gegeben hatte. Ohne dem Urteil des Arztes vorgreifen zu wollen, war sie sich sicher, dass Bruno Steinträger an einer Unterzuckerung gestorben war. Sie warf noch einen Blick über die Schulter auf den Tropf, der mit der Vene des alten Mannes verbunden war. Dann eilte sie ins Schwesternzimmer, um Dr. Michalke zu verständigen – und die Polizei.

*

Weiß war die alles beherrschende Farbe. Tapete und Bettwäsche waren ebenso weiß wie das Gesicht des Toten. Die anderen Anwesenden im Raum hatten sich angepasst.

Während Schwester Anke noch eine vornehme Blässe zeigte, wirkte das Antlitz des Heimleiters wie gekalkt. Brodersens Teint unterschied sich in nichts von dem Bruno Steinträgers. Frau Dr. Michalke trug einen ernsten Gesichtsausdruck zur Schau, und Christoph, könnte er sich im Spiegel sehen, sah auch nicht glücklich aus. Ihn hatte ein tiefes Winterbleich befallen.

»Mit hoher Wahrscheinlichkeit ist der Mann an Unterzuckerung gestorben. Möglicherweise hat er zu viel Insulin erhalten.« Mit diesen Worten brach die Ärztin die Stille.

»Wann ist ihm das Insulin verabreicht worden?«, fragte Christoph.

»Schwer zu sagen. Je nach Konstitution des Patienten tritt der Tod nach einem halben bis einem Tag ein.« Sie klopfte gegen den Tropf. »Vielleicht ist es auch hierüber zugeführt worden.«

»Das kann nicht sein«, protestierte Brodersen mit schwacher Stimme. Er hatte nicht mehr die Kampfeslust, mit der er ihnen allen bei den vorhergehenden Todesfällen entgegengetreten war. »Zufällig kann das Insulin dort nicht hingeraten sein. Das hieße dann …« Er brach ab, als er sich bewusst wurde, welchen Verdacht er soeben ausgesprochen hatte.

»Sie haben recht«, mischte sich Große Jäger ein. »Das würde bedeuten, dass er da«, der Oberkommissar zeigte auf den Toten, »ermordet wurde.«

Brodersen ließ sich auf einen der simplen Holzstühle fallen. Alle erschraken, als das Sitzmöbel rückwärts über den Boden scharrte.

»Wer hat das Insulin gespritzt?«, fragte Christoph.

Schwester Anke sah auf einen schuppenartigen Klappdeckel und blätterte zwei Seiten um.

»Regina hat gestern Nachmittag die Injektion verabreicht.« Sie tippte mit dem Finger auf das Dokument. »Hier ist die korrekte Menge eingetragen worden. Ich nehme an, dass die Spritze wie immer von Dagmar vorbereitet wurde.«

Christoph sah sich im Raum um. Auf den ersten Blick war nichts Außergewöhnliches zu erkennen.

»Haben Sie noch etwas?«, wandte er sich an die Ärztin.

Die schüttelte den Kopf. »Ich werde ›unklare Todesursache‹ ankreuzen«, stellte sie fest und warf Brodersen einen Blick zu. Doch der Protest des Heimleiters blieb aus.

»Gut, dann bitte ich alle, den Raum zu verlassen. Wir werden die Spurensicherung kommen lassen. Das Zimmer darf nicht mehr betreten werden. Das gilt auch für das Schwesternzimmer«, sagte Christoph.

»Aber! Wir müssen doch arbeiten«, warf Brodersen ein.

»Da müssen Sie sich vorübergehend etwas anderes einfallen lassen. Wir werden einen Beamten am Eingang postieren. Niemand verlässt oder betritt das Gebäude, bevor wir es freigegeben haben. Sie«, Christoph sah den Heimleiter an, »werden mir umgehend eine Liste mit allen anwesenden Personen fertigen. Und mit denen, die seit gestern Abend im Hause waren.«

»Da wäre noch etwas«, warf Schwester Anke schüchtern ein und berichtete von der Aushilfskraft, die sie vorhin schlafend im Schwesternzimmer erwischt hatte.

»Eine Ein-Euro-Jobberin?«, fragte Christoph erstaunt. »Das dürfte andere Dienststellen als unsere interessieren. Es wird zu prüfen sein, ob hier seitens der Verantwortlichen des Heimes fahrlässige Tötung vorliegt. Doch zuerst möchte ich wissen, wer dem Toten das Insulin verabreicht hat.«

»Armer Herr Steinträger«, sagte Schwester Anke leise. »Sechsundsiebzig Jahre. Alzheimer, Diabetes. Und wir alle können nur ahnen, was in den letzten Jahren in ihm vorgegangen ist. Ist das nicht seltsam? Wissen Sie, was er noch über das fünfundsechzigste Lebensjahr hinaus beruflich gemacht hat?«

Christoph sah sie an. Dann schüttelte er den Kopf.

»Friedhofsarbeiter. Und jetzt wird er selbst zu Grabe getragen.« Sie wischte sich verstohlen eine Träne aus dem Augenwinkel. »›Ich muss dahin‹ waren die einzigen Worte, die er fortwährend vor sich hingebrabbelt hat, wenn er über den Flur hastete. Manche haben darüber geschmunzelt. Keiner wusste, was er damit meinte. Und nun hat er sein Ziel erreicht.«

Christoph beorderte Hilke Hauck und einen weiteren Kollegen zur Seniorenresidenz, damit sie bei der Aufnahme der anwesenden Personen und den Verhören der Bewohner behilflich sein konnten.

Anschließend rief er bei der Spurensicherung in Flensburg an.

»Moin, Klaus«, begrüßte er Hauptkommissar Jürgensen und wurde durch Große Jäger gestört, der mit einer angedeuteten Geste des Niesens »Hatschi-hatschi-hatschi« in den Raum rief, dabei grinste, sich dann in Richtung des Toten leicht verneigte und »Oh, Verzeihung, der Herr« sagte.

»Du willst mir nicht erzählen, dass ihr einen weiteren Toten gefunden habt?«, trompete Jürgensen ins Telefon.

Auf Christophs Bestätigung brach der kleine Hauptkommissar in ein schallendes Gelächter aus.

»Ich glaube es nicht. Was macht ihr Wattläufer da eigentlich? Ihr dezimiert euch aber kräftig in der jüngsten Zeit. Ich war neulich mit dem Innenminister angeln. Da haben wir beide beschlossen, dass ich ein Wohnmobil gestellt bekomme, damit ich mich bei euch Deichbewohnern häuslich einrichten kann.« Dann wurde er ernst. »Ich habe übrigens den ersten Befund der Rechtsmedizin erhalten. Der Tote von gestern …«

»Von Hasenteuffel-Stichnoth«, unterbrach Christoph.

»Lass mich doch ausreden. Also der. Das war wirklich ein Herzinfarkt.«

»Seid ihr euch da sicher?«, fragte Christoph skeptisch.

»Hundertpro.«

Dann sicherte ihm Jürgensen zu, sich mit seiner Mannschaft so schnell wie möglich an die Westküste zu begeben.

»So oft, wie wir in der letzten Zeit bei euch waren ... Wir haben schon eigene Spurrillen auf der Bundesstraße«, meinte er.

Es war überraschend, dass der Tod des Barons nicht in das Schema der zweifelhaften Todesursachen passte. Ein Herzinfarkt? Und das, nachdem der Mann Stunden zuvor noch gesund und voller Vitalität auf dem Deich entlanggelaufen war?

»Harm«, wandte sich Christoph an Mommsen. »Schau dir doch einmal den Computer von Hasenteuffel an. Vielleicht verrät uns der etwas.«

»Wonach suchen wir?«, fragte Mommsen.

»Keine Ahnung. Ich vertraue auf deinen Instinkt. Leider habe ich auch keinen weiteren Anhaltspunkt.«

Die nächsten Stunden verbrachten sie damit, die Personalien der Menschen in der Seniorenresidenz aufzunehmen.

Die Spurensicherung hatte sich des Schwesternzimmers und des Raumes, in dem Bruno Steinträger gestorben war, angenommen.

Am meisten Überzeugungskraft musste Christoph gegenüber Oberstaatsanwalt Dr. Breckwoldt aufwenden, von dem er erneut die Genehmigung für eine Obduktion erbitten musste.

Christoph hatte darauf verzichtet, Harry Seelig getrennt von Kapitän Thordsen zu vernehmen. Die beiden Alten machten diesmal überhaupt keinen fröhlichen Eindruck. Das verschmitzte Lächeln, das sonst auf dem Antlitz des Kapitäns zu wohnen schien, war einem sorgenvollen Gesichtsausdruck gewichen.

»Man kriegt ja richtig Angst in diesem Haus«, sagte er bekümmert.

»Wir wissen, dass Sie, Herr Thordsen, vor Kurzem eine Menge Geld von der Sparkasse geholt und Ihnen«, Christoph zeigte auf Seelig, »einen Stapel davon übergeben haben. Weshalb haben Sie so viel bekommen?«

Die beiden Alten wechselten einen verdutzen Blick. Ratlosigkeit stand im Gesicht des Kapitäns.

»Das war so«, stammelte Thordsen, wurde aber mitten im Satz von Seelig unterbrochen.

»Das musst du denen nicht sagen.«

Unschlüssig schwieg der Kapitän.

»Es wäre besser, Sie würden reden. Wir bekommen es doch heraus. Ich besorge mir einen richterlichen Beschluss, und dann prüfen wir Ihre Kontobewegungen der letzten Jahre«, sagte Christoph.

»Ja, also …«, begann Thordsen.

Erneut unterbrach ihn Seelig.

»Halt den Mund, Bernhard. Lass ihn doch selbst draufkommen.«

»Quatsch. Halt endlich die Klappe.« Dem Kapitän war anzumerken, dass er sich Christoph offenbaren wollte.

»Das war so. Harry«, er zeigte mit seiner faltigen Hand auf Seelig, »hatte oft einen guten Riecher. Bei Pferderennen. Aber auch bei anderen Wetten. Und da es hier in Husum so was nicht gibt, haben wir über den Computer gewettet. Interdingsbums. Ich vergess immer, wie das genau heißt. Ich hab auch keine Ahnung, wie das geht. Das hat der Rammler für uns gemacht.«

»Also Herr von Hasenteuffel«, warf Christoph ein.

»Genau. Der. Ich hab mich um das Finanzielle gekümmert. Also die Überweisungen. Und die Gewinne sind auch auf meinem Konto eingegangen. Die anderen hab'n ihren Anteil dann von mir gekriegt.«

»Wer war an diesen Wetten beteiligt?«

»Ich. Er.« Wiederum zeigte der Kapitän auf Seelig. »'n bisschen hat der Baron gewagt. Der hatte ja nicht viel Mäuse.«

»Waren das alle?«

Während Seelig heftig nickte, schüttelte Thordsen den Kopf.

»Ne. Fiete Kubelka hat auch mitgemischt.«

Christoph lächelte.

»Sie sind mir ja ein schönes Zockerquartett. Haben Sie wenigstens gewonnen?«

»Klar doch«, sagte Seelig, und es schien, als würden ihm vor Eifer die Wangen rot.

»Harry hat bei Wetten ein glückliches Händchen«, bestätigte

Thordsen. »Unterm Strich ist 'n ordentlicher Batzen hängen geblieben.«

»Und sonst war keiner an Ihren Wettaktionen beteiligt? Frau Beckerling? Paul Schüttemann?«

»Nix da. Wir waren wirklich nur zu viert. Auf Ehre und Gewissen, Herr Kommissar«, versicherte Thordsen.

»Also die, die wir auch bei McDonald's in der Flensburger Chaussee gesehen haben? Nur Kubelka fehlte damals.«

»Richtig. Da haben wir bei 'ner Frikadelle unseren Gewinn gefeiert. Is ja nich so toll, ich meine dieses pappige Rundstück. Aber die Frikadelle ist schon lecker. Das war schon so 'ne Art von Ritual, dass wir nach 'nem dicken Gewinn zu diesem Imbiss gefahrn sind. 'ne größere Feier is ja für uns Oll'n nix mehr«, erklärte der Kapitän.

Christoph schwieg und dachte an Kubelka, der mit seinem Freudenhausbesuch eine ganz persönliche Alternative gefunden hatte, um seinen Gewinnanteil zu verwenden.

Christoph stimmte sich nach dem Gespräch mit den beiden Alten mit Große Jäger, Hilke Hauck und den anderen eingesetzten Beamten ab. Die Verhöre der Bewohner und Mitarbeiter der Seniorenresidenz hatten keine neuen Erkenntnisse gebracht. Niemand wollte etwas gehört oder gesehen haben.

Dann ging Christoph in von Hasenteuffels Apartment. Mommsen sah kurz auf, als er eintrat.

»Hast du schon etwas entdeckt?«, fragte Christoph.

Mommsen arbeitete schon wieder am Bildschirm.

»Es ist überraschend, mit welcher Fertigkeit der Mann seinen Computer beherrschte. Word und Excel waren ihm vertraut. Und auch im Internet kannte er sich anscheinend gut aus.«

»Ist etwas dabei, was uns weiterhilft?«

»Das kann ich noch nicht sagen. Unter Excel habe ich Tabellen gefunden, in denen von Hasenteuffel seine Finanzen verwaltet hat. Üppig schienen seine wirtschaftlichen Verhältnisse nicht gewesen zu sein. Bei den Zahlungseingängen war nur seine Pension. Wenn ich bedenke, wie wenig ein Oberst im Alter bekommt, dann mag ich gar nicht an meine späten Jahre denken.«

»Du vergisst, dass der Mann viermal verheiratet war. Vielleicht hat er bei dieser und jener Scheidung etwas von seinen Pensionsansprüchen abtreten müssen. Da bleibt dann nicht viel übrig.«

»Dann gibt es noch eine Merkwürdigkeit. In einer Extraspalte im gleichen Spreadsheet tauchen weitere Zahlen auf. Die Beträge sind unterschiedlich. Und auch bei den Datumsangaben kann ich kein System erkennen. Dahinter stehen als Stichworte merkwürdige Bezeichnungen. Zum Beispiel ›Erlkönig‹, ›Diamant‹ erscheint sogar mehrfach. In einem Kommentar habe ich ›Schalke / HSV‹ gefunden. Das Ganze sieht aus, als hätte von Hasenteuffel gewettet.«

»Du liegst mit deiner Vermutung richtig«, bestätigte Christoph und erzählte Mommsen von der Zockerei der vier Alten. »Der Baron hat penibel seine Gewinne notiert. Gibt es bei den Ausgaben etwas?«

»Nein. Wie gesagt – er musste sparsam mit seinem Geld umgehen. Auto, Versicherung, kleine Posten mit der Bezeichnung ›Sonstiges‹. Die größten Investitionen hat von Hasenteuffel wohl in Bücher getätigt.«

Beide Beamten warfen automatisch ein Blick auf die Regale, die den größten Teil der Wandfläche einnahmen.

»Regelmäßig tauchen dort Eintragungen mit dem Hinweis ›Delff, Liesegang und Schlossb.‹ auf.«

»Das sind die drei Husumer Buchhandlungen«, sagte Christoph. »Ich selbst habe ihn einmal beobachtet, wie er mit einem Stapel Bücher unterm Arm eines der Geschäfte verließ.«

»Unter Word hat er mehrere Ordner angelegt. Ich habe darunter persönliche Korrespondenz gefunden. An seine Krankenversicherung, die Autowerkstatt, an einen Freund aus der Bundeswehrzeit und so weiter. Nichts von Bedeutung. Aber das hier, das ist interessant.«

Mommsen tippte auf den Bildschirm, nachdem er mit der Eingabe einiger Kommandos die entsprechenden Dateien aufgerufen hatte.

Christoph beugte sich vor.

»Was ist das?«

»Von Hasenteuffel hat nicht nur gelesen, sondern auch selbst geschrieben. Wenn ich es richtig verstehe, hat er Kurzgeschichten verfasst und diese im Internet veröffentlicht.«

Christoph war nicht überrascht. »Das hatte er mir gegenüber angedeutet.«

Mommsen hüstelte. »Wir wissen, dass Frau Beckerling am vergangenen Donnerstag in die Wohnung ihrer Nichte gebracht wurde.«

»Nach der vagen Beschreibung, die uns ein Nachbar gegeben hat, hätte es von Hasenteuffel sein können.«

»Das habe ich mir auch gedacht«, sagte Mommsen. »Aber am Donnerstagnachmittag, also in der fraglichen Zeit, hat er an seinem Computer gearbeitet. Diesen Nachweis habe ich in den Exceltabellen gefunden und in Word. Bei den Dateien wird ein Timestamp hinterlegt, das sind Datum und Uhrzeit der letzten Speicherung. Und diese Angaben habe ich über den ganzen Nachmittag bis in den Abend hin entdeckt. Unter anderem hat er auch an einer Kurzgeschichte geschrieben, die er in immer wieder veränderten Versionen unter fortlaufenden Namen abgelegt hat. Hier. ›Altersweisheit‹ heißt die Story. Auf der Festpatte findet die sich unter den Dateieinträgen ›Altersweisheit-001‹, ›Altersweisheit-002‹ und so weiter.«

»Dann hat er auch nach seinem Tod ein vorzeigbares Alibi«, sagte Christoph.

»Wir müssen davon ausgehen, dass er selbst am Computer gearbeitet hat. Das ist auch an einer Transaktion im Internet ersichtlich. Als er mit seiner Kurzgeschichte zufrieden war, hat er sie nämlich in ein Internet-Forum eingestellt, in dem jedermann seine Storys veröffentlichen kann. Ich habe sogar sein Pseudonym gefunden, hinter dem er sich versteckt hat. Außerdem hat er unter Excel am Donnerstag zu der fraglichen Zeit Buchungen aus seinen Online-Bankkonten ergänzt.«

»Das sieht wie ein hieb- und stichfestes Alibi aus. Unter welchem Decknamen hat von Hasenteuffel seine Geschichten veröffentlicht?«

»Catilina.«

»Das habe ich schon einmal gehört. Was war das noch gleich? Im Augenblick kann ich mit diesem Begriff aber nichts anfangen. Will er uns damit etwas sagen?«

Mommsen zuckte nur die Schultern.

»Dann können wir die Aktion in der Seniorenresidenz beenden und zur Dienststelle zurückkehren.«

*

Der blaue Dunst kräuselte sich langsam zur Zimmerdecke. Sie waren noch nicht ganz im Büro, da hatte Große Jäger seine Lieblingsposition eingenommen und kurz »Kaffee« geknurrt. Die Zeit, die Mommsen benötigte, um das braune Getränk zu brauen, überbrückte der Oberkommissar mit dem Rauchen mehrerer Glimmstängel.

»Ich hab's dir gleich gesagt. Von Hasenteuffel kommt als Täter nicht infrage. Welches Motiv sollte er gehabt haben? Zum einen ist er selbst Opfer. Und nach seinem Dahinscheiden stirbt ein weiterer Senior auf eine genauso merkwürdige Weise wie die anderen Toten. Der Täter läuft noch frei herum. Und wir haben immer noch keine Idee.«

»Du scheinst recht zu haben, Wilderich. Leider. Mein Gefühl sagte mir, dass es lohnenswert wäre, sich mit dem Baron zu befassen. Nun beginnen wir wieder von vorn.«

»Wenn der Scheiß-Starke wüsste, wie wir uns im Kreis drehen, würde er sich ins Fäustchen lachen. Unser Herumstöbern mit der langen Stange im Nebel hat uns nicht weitergebracht.« Große Jäger drehte sich zu Christoph um. Mit einem bedenklichen Knarren folgte der Stuhl seiner Bewegung.

»Ich will dir aber keineswegs die Schuld in die Schuhe schieben. Auch meine Methode hat hier versagt.«

»Was ist denn deine Methode?«

»Auf den Busch klopfen und warten, ob jemand daraus hervorgekrochen kommt. Besonders schlimm ist es, dass wir so lange gebraucht haben, um Thorben Althoff zu finden. Es hätte dem kleinen Lukas sicher geholfen, wenn er die Knochenmarkspende ein paar Tage früher erhalten hätte. Aber zurück zum anderen Fall. Wenn der Kaninchensatan …«

»Du solltest von einem Toten nicht so reden. Der Mann heißt von Hasenteuffel«, unterbrach ihn Christoph.

»Von mir aus. Also. Wenn dieser gehörnte Hase nicht derjenige war, der Trude Beckerling zur Wohnung ihrer Nichte gebracht hat, muss es jemand anderes gewesen sein. Aber wer?«

»Das würde mich auch interessieren. Aber Saskia Willich schweigt eisern. Sie will uns nicht sagen, wo sie sich aufgehalten hat. Auch gibt es keine Zeugen.«

»Und wenn sie doch in der Wohnung war und seelenruhig zugesehen hat, wie ihre Tante sich zu Tode litt?«

»Dafür gibt es derzeit keine Anhaltspunkte«, sagte Christoph. »Aber ich habe noch eine Idee. Mir ist noch etwas eingefallen, eine Kleinigkeit. Das möchte ich gern überprüfen.«

»Verrätst du uns deinen Gedanken?«, bohrte Große Jäger.

»Nein, weil er mir sehr abwegig erscheint.« Er stand auf. »Ich werde der Idee trotzdem nachgehen.«

Große Jäger erhob sich ebenfalls.

»Ich komme mit«, entschied er und folgte Christoph auf den Flur. Im Türrahmen wendete er sich noch einmal zu Mommsen um, der an seinem Computer saß. »Sei fleißig, mein Kleiner.« Dann schloss er die Tür und eilte Christoph hinterher.

»Man muss immer ein Auge auf die Kinder haben«, erklärte er, als Christoph ihn fragend ansah.

Christoph hatte mit einem Lächeln registriert, dass Große Jäger automatisch den Hintereingang ansteuerte, der zum Hof führte. Dort waren die Fahrzeuge geparkt. Sie verließen das Gebäude der Polizeidirektion jedoch zur Poggenburgstraße, die direkt am Bahndamm entlangführte.

Auf der rechten Seite lag der Husumer Bahnhof. Sie bogen in die Herzog-Adolf-Straße ab und passierten das Haus, in dem Große Jägers Wohnung lag.

»Verflixt. Wo schleppst du mich hin? Ich habe mich damals bei der Kripo beworben, damit ich nicht mein ganzes Berufsleben per pedes durchschreiten muss«, maulte der Oberkommissar.

»Habe ich dich eingeladen, mich zu begleiten?«

»Natürlich! Dich kann man nicht allein loslassen. So wie du den Hasenbraten fälschlicherweise verdächtigt hast, bist du imstande, andere brave Bürger einzulochen. Da muss doch jemand auf dich aufpassen. Du ruinierst dir mit deiner Unbedachtheit sonst deine Karriere.«

Beide lachten schallend.

Sie überquerten die Brücke der Husumer Au, eines kleinen Wasserlaufs, der in den Binnenhafen mündete.

Am Kreisverkehr, wenige Meter hinter der Brücke, ging Christoph auf das Rotklinkergebäude zu.

»Willst du mich veräppeln? Das hättest du gleich sagen können, dass du deine Steuern nicht bezahlt hast«, schimpfte Große Jäger, als sie das Finanzamt betraten.

Sie fragten nach Saskia Willich und klopften kurz darauf an der hölzernen Tür zu deren Büro.

Trude Beckerlings Nichte sah blass aus. Dunkle Schatten lagen unter ihren Augen.

»Können wir Sie einen Moment sprechen?«, fragte Christoph.

Sie nickte. »Ich komme raus.« Unter den neugierigen Blicken der beiden männlichen Finanzbeamten, mit denen sie den Raum teilte, folgte sie den beiden Kripoleuten auf den Flur. Fahrig wischte sie sich die Haare aus der Stirn.

»Was wollen Sie noch von mir? Ich muss mich nicht nur um die Beerdigung meiner Tante kümmern … Das Ganze hat mich arg mitgenommen.«

»Es wäre hilfreich, wenn Sie uns endlich sagen würden, wo Sie sich in der letzten Woche während Ihres Urlaubs aufgehalten haben«, sagte Christoph.

Sie blieb stumm.

»Dann werden wir jetzt mit Ihrem Sachgebietsleiter sprechen.«

Saskia Willich zuckte zusammen.

»Warum? Können Sie mein Privatleben nicht von meinem Arbeitsplatz fernhalten? Ich möchte nicht, dass Ihre ungerechtfertigten Verdächtigungen gegen mich hier im Amt die Runde machen.«

»Wie heißt Ihr Chef?« Christoph blieb unnachgiebig.

»Ich protestiere gegen Ihr Verhalten«, ereiferte sich die Frau. »Ich werde mich über Sie beschweren.«

»Als Angestellte beim Finanzamt wissen Sie, wie Dienstaufsichtsbeschwerden einzureichen sind«, mischte sich Große Jäger ungerührt ein.

Saskia Willich warf ihm einen bösen Blick zu.

»Wollen Sie uns nun sagen, wer Ihr Vorgesetzter ist, oder soll ich die Herren aus Ihrem Büro fragen?« Christoph wurde langsam ungeduldig.

»Steueroberamtsrat Maaß. Vorletzte Tür links.« Sie streckte den Arm aus und wies den gefliesten Gang entlang.

Christoph steuerte auf das Büro des Sachgebietsleiters zu. Nach einem kurzen Anklopfen und einem leisen »Herein« betrat er die triste Amtsstube vor Große Jäger. Auch Saskia Willich war ihnen gefolgt und drängte sich in den Raum.

Hinter dem Schreibtisch saß ein vielleicht fünfzigjähriger Mann mit grauen Schläfen. An der Stirn waren die Haare zu ausgeprägten Geheimratsecken schon weit zurückgewichen. Lediglich in der Mitte stand noch ein kleines Büschel wie eine Insel.

Christoph stellte sich vor. Maaß nickte, wies mit der Hand auf die Besucherstühle und verlangte die Dienstausweise. Sorgfältig studierte er die Dokumente und gab sie zurück.

»Was kann ich für Sie tun?« In seiner Stimme schwang ein Hauch von Unsicherheit mit. Während er sprach, suchten seine Augen Saskia Willich.

»Sie sind der Vorgesetzte von Frau Willich?«

Maaß nickte, während seine Hände unruhig mit einer Büroklammer spielten.

»Frau Willich hatte in der vergangenen Woche Urlaub. Sie auch.«

Schnell wechselten Maaß und Saskia Willich einen Blick.

»Ist das von Bewandtnis?«, fragte der Sachgebietsleiter.

»Ja. Weil Sie bestätigen können, dass Frau Willich am vergangenen Donnerstag mit Ihnen zusammen war. Jetzt möchten wir gern wissen, wo Sie sich aufgehalten haben.«

Statt einer Antwort drehte sich Maaß zu der Frau um.

»Wie kommst du dazu, darüber zu reden?«, fuhr er sie an. »Hatten wir nicht Diskretion vereinbart? Musst du unsere ganz private Angelegenheit breittreten?«

»Ich habe nichts gesagt«, stammelte Saskia Willich. »Wirklich nicht, Rupert.«

Ärgerlich fuhr Maaß mit der Hand durch die Luft. »Ach was.

Fehlt nur noch, dass du behauptest, ich wäre dir hinterhergestiegen.«

»Wo waren Sie?«, fragte Christoph.

»Nun ist auch alles egal«, schimpfte Maaß erbost. »Meine Frau war für zwei Wochen zu ihrer Mutter verreist. Die letzte Woche war Saskia bei mir.«

»Dauert Ihr Verhältnis schon länger?«

»Ist das nicht meine Privatsache?«

Große Jäger grinste breit.

»Nee, nun nicht mehr. Wir möchten gern ein wenig an Ihrem Techtelmechtel teilhaben.«

»Wir kennen uns schon seit drei Jahren auf privater Basis«, umschrieb Maaß das Verhältnis mit seiner Mitarbeiterin. »Bisher ist alles still und diskret abgelaufen. Doch damit dürfte es nun vorbei sein.« Ein wütender Blick streifte Saskia Willich. »Kann man sich nicht auf die Verschwiegenheit der Frauen verlassen?«

»Ich habe wirklich nichts verraten.« Die Frau sprach in einem flehenden Tonfall.

»Woher wissen die beiden denn von uns?«, donnerte Maaß sie an.

»Nun man ruhig Blut, Kollege«, mischte sich Große Jäger ein.

»Frau Willich hat wirklich geschwiegen«, bestätigte Christoph. Er musste nicht verraten, dass es eine intuitive Idee von ihm gewesen war, nachdem er bei seinem ersten Besuch auf dem Finanzamt gehört hatte, dass parallel zur Saskia Willich auch deren Chef im Urlaub war. Die vage Vermutung hatte sich als zutreffend erwiesen.

»Sie können bestätigen, dass Frau Willich in der vergangenen Woche mit Ihnen zusammen war.«

»Ja. Mit Ausnahme des Sonnabendnachmittags. Da war sie allein unterwegs. Sie wollte sich mit einem älteren Herrn treffen, einem Bekannten ihrer Tante.«

Wenn Maaß unaufgefordert die Begegnung zwischen Saskia Willich und von Hasenteuffel im Café Jacqueline erwähnte, konnte man davon ausgehen, dass er auch beim Alibi für die Frau die Wahrheit sagte.

»Wir bitten Sie, während der üblichen Bürozeiten zu uns auf

die Dienststelle zu kommen, damit wir Ihre Aussage zu Protokoll nehmen können.«

Christoph ließ unerwähnt, dass er auch noch eine Gegenüberstellung mit dem Nachbarn plante, der Trude Beckerling und den Unbekannten vor Saskia Willichs Wohnung gesehen hatte. Allerdings glaubte Christoph nicht, dass Rupert Maaß dieser Mann gewesen war.

Sie verließen das Finanzamt und kehrten zur Dienststelle zurück.

»Damit dürfte Saskia Willich aus dem Kreis der Verdächtigen ausscheiden. Nun ist es auch verständlich, dass sie so beharrlich geschwiegen hat. Sie wollte nicht preisgeben, dass sie ein Verhältnis mit ihrem Chef hat«, sagte Christoph.

Große Jäger brummte nur zustimmend.

*

Mommsen saß immer noch hinter seinem Computer, als sie das Büro betraten. Auf Christophs Schreibtisch stand ein Karton, in dem diverse ungeordnete Papiere lagen.

»Was ist das?«

Mommsen sah auf.

»Das hat ein Kollege von der Spurensicherung abgegeben. Einer von Jürgensens Männern. Es ist der Inhalt der Schränke von Hasenteuffel. Die Unterlagen sind erkennungsdienstlich behandelt. Wir dürfen jetzt damit machen, was wir wollen.«

Christoph sah Große Jäger an.

»Oh, nein. Das kommt nicht infrage.« Der Oberkommissar hob abwehrend beide Hände. »Solange die Staublunge bei Polizisten nicht als Berufskrankheit anerkannt wird, wälze ich keine Papiere.«

»Ich bin einer interessanten Sache auf der Spur«, sagte Mommsen und blickte kurz von seinem Computer auf. »Noch habe ich keine absolute Gewissheit, aber es könnte zu einer Wende in unserem Fall führen.«

»Komm, Kind, lass schon hören«, sagte Große Jäger. »Mach es nicht so spannend.«

Doch Mommsen schwieg beharrlich.

Christoph schaltete seinen eigenen Rechner ein und fand als Erstes eine Nachricht von Jürgensen.

Die chemische Zusammensetzung des Tropfs, an dem Bruno Steinträger zum Zeitpunkt seines Todes gehangen hatte, lag noch nicht vor. Es war bisher nur eine Vermutung, dass dem bestimmungsmäßigen Inhalt Insulin hinzugefügt worden war. Die Spurensicherung hatte eine winzige Stelle gefunden, durch die mit einer Injektionsnadel die Arznei zugeführt worden sein könnte, die zur Unterzuckerung und damit zum Ableben Steinträgers geführt hatte.

Weiterhin konnten Fingerabdrücke festgestellt werden. Die waren allerdings so zahlreich, dass die Auswertung noch eine Weile dauern würde.

»Wir haben jetzt Hinweise darauf, dass Bruno Steinträger ermordet wurde«, sagte Christoph. »Jemand hat den Tropf, mit dem der Mann versorgt wurde, präpariert.«

Große Jäger seufzte.

»Dann ist der Rest ja einfach. Wir müssen nur noch den finden, der das Insulin hineingekippt hat.«

»Klaus Jürgensen geht davon aus, dass es mit einer Injektionsnadel geschehen ist.«

»Das könnte den Kreis der Verdächtigen auf das Pflegepersonal begrenzen. Zum einen haben die Zugang zum Insulin. Und zum Tropf. Und der Umstand, dass eine Spritze dafür benutzt wurde, weist auch auf Fachleute hin. Also sollten wir die bezaubernden Schwestern der Seniorenresidenz näher unter die Lupe nehmen.«

»Vergiss die Ärztin nicht. Auch der Heimleiter hätte die Möglichkeit gehabt«, ergänzte Christoph.

»Oder …?«, warf Mommsen ein.

»Was, oder?«, herrschte ihn Große Jäger an und winkte ab. »Tünkram.«

Sie wurden durch Hilke Hauck unterbrochen, die ins Zimmer trat.

»Na, Tante Hilke, willst du mir Kaffee bringen? Oder hast du Sehnsucht, wieder einmal mit einem anständigen Menschen zu sprechen?«, flachste Große Jäger.

Doch Hilke reagierte nicht auf seinen Scherz. Mit ernster Miene sagte sie: »Ich habe eben eine Nachricht von der Uniklinik Münster erhalten. Der kleine Lukas ist heute Nacht gestorben. Man hat mir gesagt, er sei friedlich im Arm seiner Mutter eingeschlafen. Damit war unser Bemühen vergeblich.«

Eine Weile herrschte betroffenes Schweigen im Raum.

»Das kann nicht wahr sein«, fasste sich Große Jäger als Erster. Seine oft zur Schau gestellte Schnoddrigkeit war von ihm abgefallen. In seiner Stimme lag ein leichtes Zittern. »O Mann. Warum haben wir es nicht geschafft, diesen verdammten Althoff früher zu finden?« Er fuhr sich mit der Hand durch die ungekämmten Haare, sodass sie noch mehr vom Kopf abstanden. Dann drehte er sich zu Christoph um. »Sag du mir, warum wir zu dämlich waren, den Arsch in dieser Kleinstadt aufzuspüren? Warum nur? Warum?«

Christoph räusperte sich.

»Wir teilen deine Ohnmacht, Wilderich. Leider begegnen wir in unserem Beruf dem Tod öfter in seiner hässlichsten Form. Trotzdem macht uns ein Fall wie dieser besonders zu schaffen. Da ist es auch kein Trost, dass wir alles versucht haben, um dem Kind zu helfen.«

»Das ist doch Quatsch, was du da erzählst«, erwiderte Große Jäger aufgebracht und tippte sich mit dem Zeigefinger gegen die Stirn. »Am Bahnhof war ich dem Kerl auf den Fersen. Nur weil ich meine müden Knochen nicht mehr schnell genug vorwärtstreiben kann, ist Althoff entwischt.« Große Jäger schnäuzte in ein Papiertaschentuch. »So ‘ne verdammte Scheiße!«

Hilke war hinter ihn getreten und legte eine Hand auf Große Jägers Schulter.

»Gerade du, Wilderich, hast alles getan, was in deiner Macht stand. Du bist nächtelang durch die Stadt gezogen. Deshalb solltest du dir keine Vorwürfe machen.«

»Ach, hör doch auf. Was verstehst du denn davon?«

Hilke schluckte tief.

»Ich glaube, ich kann nachempfinden, was es bedeutet, ein Kind zu verlieren. Schließlich bin ich nicht nur Polizistin, sondern auch Mutter. Und wir alle hier auf dieser Dienststelle haben das Gefühl, den kleinen Lukas mit verloren zu haben.«

Große Jäger wollte antworten, winkte dann aber ab und zündete sich eine Zigarette an. Nur weil es still im Raum war, hörten die anderen das kaum wahrnehmbare »So 'ne Scheiße«, das fortwährend über seine Lippen gewispert kam.

Hilke wandte sich ab und verließ auf leisen Sohlen das Büro.

Christoph war nicht wohl in seiner Haut. Er musste alle seine Energie aufwenden, um sich auf den Bildschirm vor seinen Augen zu konzentrieren. »Catilina« hatte sich von Hasenteuffel als Pseudonym bei der Veröffentlichung seiner Kurzgeschichten im Internet zugelegt. Dunkel erinnerte sich Christoph, dass ihm dieser Begriff schon einmal begegnet war.

Im Internet rief er eine Suchmaschine auf und gab »Catilina« ein. Umgehend erhielt er eine Vielzahl von Quellen, die zu diesem Thema weitere Informationen versprachen. Er wählte eine frei zugängliche Online-Enzyklopädie aus. Postwendend erschien die Antwort auf seinem Bildschirm. Dann erinnerte er sich.

Als Schüler hatten sie sich in Latein mit Ciceros vier Reden gegen Catilina auseinandersetzen müssen. Henrik Ibsen hatte sogar ein Drama über den bösartigen Römer verfasst.

Lucius Sergius Catilina entstammte einem alten Adelsgeschlecht, war aber verarmt. Beides traf auch auf von Hasenteuffel zu. Der Römer soll über eine außergewöhnliche körperliche Robustheit und einen scharfen Verstand verfügt haben. Auch diese Eigenschaften ließen sich auf von Hasenteuffel übertragen. Catilina litt unter der Armut. Dieses war eine weitere Parallele.

Deshalb entwickelte sich der Römer zu einem hinterhältigen Mörder. Er zeichnete sich durch Grausamkeiten während des Bürgerkrieges aus, zettelte eine Revolution an und soll auch nicht davor zurückgeschreckt haben, Mitglieder seiner eigenen Familie zu ermorden.

War das auf von Hasenteuffel übertragbar? Konnte man die Bewohner der Seniorenresidenz als »seine Familie« bezeichnen? Mit etwas Phantasie war das vorstellbar.

Aber wenn der Baron der Täter war, fehlte noch ein schlüssiges Motiv.

Christoph las weiter. Catilina hatte zeitweilig das Amt des Prätors inne, des höchsten Justizbeamten. Damit war er Herr über Leben und Tod.

Ein Schauder durchfuhr Christoph. War es wirklich vorstellbar, dass jemand aus dem grauenvollen Wirken eines machthungrigen Römers die Ideen zu Morden in der heutigen Zeit ableitete? Von Hasenteuffel hatte nie den Eindruck eines geistig kranken oder verwirrten Menschen erweckt. Wo war das Motiv? Und wer hatte Trude Beckerling in Saskia Willichs Wohnung gebracht? Der Baron hatte ein Alibi. Hatte der Mann einen Komplizen?

Eine letzte Bemerkung in der Enzyklopädie ließ Christoph stutzig werden. Catilina hatte sich mehrfach vergeblich um den Posten eines Konsuls bemüht. Die letzte Anerkennung war ihm versagt geblieben.

Auch von Hasenteuffel war von den Menschen in seiner Umgebung verkannt worden, als »Rammler« verspottet, von der Familie ausgestoßen und nach Nordfriesland abgeschoben worden. Waren das ausreichende Beweggründe, um Menschen zu ermorden? Konnten die bisher ungeklärten Zwischenfälle in der Seniorenresidenz als »stiller Aufstand« gedeutet werden?

Bevor Christoph seinen Verdacht mit seinen Kollegen diskutieren wollte, musste er sich das Ganze noch einmal durch den Kopf gehen lassen. Um sich abzulenken, griff er in den Pappkarton mit den Unterlagen aus von Hasenteuffels Schränken. Er sichtete die Papiere und blätterte in Versicherungspolicen, Beitragsrechnungen, Arztquittungen und Nachweisen über die Pensionszahlungen an den ehemaligen Oberst.

Als Christoph den ehemaligen Dienstgrad des Barons sah, fiel ihm ein, dass Friedrich Kubelka gespottet hatte, von Hasenteuffel sei nie ein richtiger Soldat gewesen und habe nie einen anderen Gegner als die Bürokratie gesehen. Sein Krieg sei der Papierkrieg gewesen. Wollte der Baron es am Ende seines Lebens allen noch einmal zeigen, dass er nicht zum »alten Eisen« gehörte? Beim Deichspaziergang mit Christoph hatte er sich darüber beklagt, dass man den Senioren nichts mehr zutrauen würde.

Christoph blätterte in den sorgfältig abgehefteten Kontoauszügen. Dann stutzte er. Sein Finger wanderte auf dem Auszug auf und ab. Zur Kontrolle verglich er diesen Auszug mit dem vorhergehenden. Die Nummern waren in direkter Folge. Christoph war aufgefallen, dass die Kontotransaktionen am vergangenen Freitag ausgeführt worden waren und nicht am Donnerstag, wie Mommsen anhand der Zeitstempel auf von Hasenteuffels Computer festgestellt hatte. Der Baron hatte die Eintragungen auf seinem Computer zeitlich manipuliert.

»Ich habe etwas entdeckt«, sagte Christoph.

»Ich auch«, erwiderte Mommsen.

Christoph nickte dem jungen Kommissar zu.

»Ich habe mir auf den Internetseiten die Kurzgeschichten angesehen, die von Hasenteuffel am letzten Donnerstag dorthin übertragen hat. Die sind alle am Nachmittag veröffentlicht worden, wenige Minuten nachdem sie der Baron zuletzt auf seinem Computer gespeichert hatte. Allerdings am Freitag. Dann habe ich weitergesucht. Der Mann war sehr gescheit. Er hat seinen Rechner manipuliert, indem er das Tagesdatum vom Freitag auf den Donnerstag verändert hat. Es sah so aus, als hätte er am Donnerstag zu der fraglichen Zeit, als Trude Beckerling verschwand, durchgängig an seinem Rechner gearbeitet. Dieses Alibi hätte er uns gegenüber irgendwann aus dem Hut gezaubert.«

Christoph berichtete von seiner Entdeckung.

»Damit schließt sich der Kreis. Fast wären wir auf die manipulierten Daten hereingefallen. Wer traut einem alten Mann so viel Cleverness im Umgang mit Computern zu? Und darin liegt auch das Motiv. Von Hasenteuffel wollte uns und allen anderen beweisen, dass Senioren nicht abgeschrieben, sondern durchaus zu außergewöhnlichen Taten fähig sind. Dabei ist er über das Ziel hinausgeschossen und hat Menschen umgebracht. Es entschuldigt auch nicht, dass er Opfer ausgewählt hat, deren Lebenserwartung ohnehin begrenzt war.«

»Zudem hat er mit seinen Taten späte Rache an der Gesellschaft geübt, die ihn verspottet hat. Seine Morde bringen gesellschaftliche Schande über die ferne Familie, obwohl die in keinem Zusammenhang damit steht. Die Sippenhaft wirkt dennoch. Auf diese Weise straft er die ab, die ihn verstoßen haben«, sagte Große Jäger.

»Wie lange hätte der Mann uns noch an der Nase herumführen können? Wenn er nicht selbst einem natürlichen Tod erlegen wäre, hätte es vielleicht weitere Opfer gegeben. Wer wäre der Nächste gewesen? Der Kapitän? Seelig? Kubelka?«

»Darüber zu sinnieren führt uns nicht weiter«, antwortete Große Jäger. »Ich muss dir Abbitte leisten, weil ich an deinem ersten leisen Verdacht gegenüber dem Kaninchensatan gezweifelt habe.« Er klimperte Christoph mit den Augenlidern zu. »Zumindest darf ich jetzt ungerügt vom Teufel sprechen. Wir haben so viele Beweise, dass wir das ›von Hasen‹ ruhig weglassen können.«

»Und was ist mit Bruno Steinträger? Der ist schließlich nach von Hasenteuffel gestorben«, warf Mommsen ein.

»Das hat mich zuerst auch irritiert«, erklärte Christoph. »Aber von Hasenteuffel hat den Tropf vor seinem Tod mit Insulin manipuliert. Er hat es dem Zufall überlassen, wer das nächste Opfer sein sollte. Und auch die Tatzeit war nicht vorhersehbar. Und diese Konstellation, die einem Glücksspiel glich, hätte uns weiter im Ungewissen gelassen. Ich möchte wetten, dass die Spurensicherung auf dem Tropf keinen Fingerabdruck des Mannes finden wird, dafür aber Anzeichen, dass der Behälter gründlich abgerieben wurde. Alle nachweisbaren Prints stammen nur vom Personal, das völlig ahnungslos die ›Mordwaffe‹ in Händen hielt. Zwangsläufig hätten wir unsere Ermittlungen in diese Richtung gelenkt.«

»Und von Hasenteuffel hätte weitergemordet, bis wir ihm auf die Schliche gekommen wären«, sagte Große Jäger.

Begleitet von einem lauten Stöhnen reckte sich der Oberkommissar. Dann sah er Mommsen an.

»Weißt du, was ich glaube, Kleiner? Wenn unser Christoph sich weiter ordentlich bemüht, kann vielleicht irgendwann einmal ein brauchbarer Kriminalist aus ihm werden.«

Hannes Nygaard
TOD IN DER MARSCH
Broschur, 240 Seiten
ISBN 3-89705-353-3

»Ein tolles Ermittlerteam, bei dem man auf eine Fortsetzung hofft.« Der Nordschleswiger

Hannes Nygaard
VOM HIMMEL HOCH
Broschur, 240 Seiten
ISBN 3-89705-379-3

»Nygaard gelingt es, den typisch nordfriesischen Charakter herauszustellen und seinem Buch dadurch ein hohes Maß an Authentizität zu verleihen.« Husumer Nachrichten

www.emons-verlag.de